南京晓庄学院文学院求真学术文库

万象自往还

苏诗与苏学

关鹏飞 著

社会科学文献出版社
SOCIAL SCIENCES ACADEMIC PRESS (CHINA)

目 录

001 / 绪 论

001 / 第一章 "诗画本一律，天工与清新"
　　　　　　——诗学与画学
003 / 　第一节　苏轼诗画论流变研究
034 / 　第二节　寻找语图关系中的缺失之环
　　　　　　　——以苏轼绘画反哺诗歌为中心

055 / 第二章 "琴里若能知贺若，诗中定合爱陶潜"
　　　　　　——诗学与琴学
057 / 　第一节　古琴审美与宋诗平淡风格
075 / 　第二节　琴诗与哲思：苏轼音乐存在的困惑与解答

093 / 第三章 "诗法不相妨，此语当更请"
　　　　　　——诗学与佛学
095 / 　第一节　苏轼的空静诗观及其诗学实践
119 / 　第二节　兼性共生：苏轼诗、佛关系新论

137 / 第四章 "出新意于法度之中，寄妙理于豪放之外"
　　　　　——诗学与其他

139 / 　第一节　苏轼诗歌用典"错误"新探

156 / 　第二节　苏诗中的格物新变与诗学传统

175 / 附录一　严羽的诗学批评方法及其原因
　　　　　——以辨体与以禅喻诗为中心

193 / 附录二　和苏诗选（外一首）

199 / 主要参考文献

225 / 后　记

230 / 补　记

绪　论

宋诗自苏、黄等出，始自成面目，形成与唐诗不同的审美风貌。于此稍晚，唐宋诗之争也随之渐起。其中对宋诗最有代表性的批评，是严羽的《沧浪诗话》，其《诗辨》说："诗者，吟咏情性也。盛唐诸人惟在兴趣，羚羊挂角，无迹可求。故其妙处透彻玲珑，不可凑泊，如空中之音，相中之色，水中之月，镜中之象，言有尽而意无穷。近代诸公乃作奇特解会，遂以文字为诗，以才学为诗，以议论为诗。夫岂不工，终非古人之诗也。"[1] 严羽从批评的角度指出宋诗的特征，可谓一针见血，然而宋诗此风格的形成，果真如严羽所云，是"近代诸公乃作奇特解会"的结果吗？

作为宋诗最高成就的代表，苏诗在严羽的批评中处在一个微妙的位置。张戒批评苏黄"用事押韵之工……乃诗人中一害"，甚至说"诗妙于子建，成于李杜，而坏于苏黄"。严羽则不同，他在批评宋诗的过程中，尽管也说"至东坡山谷始自出己意以为诗，唐人之风变矣"，指出苏诗也是变化唐人之风的，但同时又说"山谷用工尤为深刻，其后法席盛行，海内称为江

---

[1] 郭绍虞：《沧浪诗话校释》，人民文学出版社，1961，第26页。

西宗派",又说"且其作多务使事,不问兴致。用字必有来历,押韵必有出处。读之反覆终篇,不知着到何处。其末流甚者,叫噪怒张,殊乖忠厚之风,殆以骂詈为诗,诗而至此,可谓一厄也",似乎又把批评的矛头对准黄庭坚及其江西诗派,苏轼反而不在其中了。严羽对苏诗为何语焉不详?

谢桃坊《苏轼诗研究》认为严羽继承了张戒对苏诗的批评,这是富有代表性的意见①。非特苏诗研究者如此认为,《沧浪诗话》研究者也几乎皆持此见。② 考原文,严羽对东坡有批评、有赞同,前者如:"东坡两'耳'韵,两'耳'义不同,故可重押。要之亦非也。"后者如:"柳子厚'渔翁夜傍西岩宿'之诗,东坡删去后二句,使子厚复生,亦必心服。"更重要的是,严羽论诗,有很多地方其实是继承苏轼的,如学诗之法云:"学诗有三节:其初不识好恶,连篇累牍,肆笔而成;既识羞愧,始生畏缩,成之极难;及其透彻,则七纵八横,信手拈来,头头是道矣。"这与苏轼学诗之法类似③。

严羽所论问题的实质,简而言之是诗与学的关系,可分为两个子问题:一是诗本身是不是可以学的;二是诗歌与诗歌之

---

① 谢桃坊:《苏轼诗研究》,巴蜀书社,1987。
② 郭绍虞《试测〈沧浪诗话〉的本来面貌》云:"正因为他(指严羽)偏于艺术性方面,所以在这方面熟参的结果约略体会到形象思维和逻辑思维的分别,总觉得苏黄诗风和汉魏盛唐有所不同,于是要求学古。"(《文汇报》1961年6月10日)过分简化。张健从当时的学术背景出发,认为严羽"以盛唐为法"的出现"与严羽时代理学的盛行有一定关系……尽管严羽与理学家同是穷理,但他所穷之理与理学家并不一致,他认为诗歌有自己的理,诗学并不从属于理学"。(《沧浪诗话校笺》上册,上海古籍出版社,2012,第7页)跳出二人个体,从历史的高度加以把握,使这一问题更复杂。
③ 朱靖华、王洪《试论严羽的东坡论》:"严羽批评东坡,又与东坡在理论上有着互相一致之处,所以严羽常常不由自主地对东坡的艺术见解大加称赞;而东坡的艺术实践,却又突破了严羽的艺术见解,在'物境'之外,另开辟了'情境'的道路,这又为严羽所不容。"(《文学遗产》1986年第3期)虽然指出一致之处,但主要还是侧重于差异。

外的学问能否恰到好处地融合。对此问题，严羽并非没回答，他说："夫诗有别材，非关书也；诗有别趣，非关理也。然非多读书，多穷理，则不能极其至。"尽管严羽认为读书穷理很重要，其关注点却不能不因为当时诗坛的流弊而侧重于诗之"别材"与"别趣"。客观地看，当时江西诗派学问化乃至理学化倾向和四灵学习晚唐诗倾向都过于严重，严羽不得不有针对性。但他的回答是不是解决了这个问题呢？张健认为："用宋代的知识工夫达到唐诗的抒情境界，严羽以他的方式解决了知识与抒情的矛盾。"① 但从后世对《沧浪诗话》的巨大争议来看，恐怕没有。

如果说严羽的诗歌理论是"古代的文学理论"的代表，则苏诗无疑是蕴含丰富的"古代文学的理论"的资料库，真正的研究应该如程先生所云，要把二者结合起来："所谓古代文学理论，应该包括'古代的文学理论'和'古代文学的理论'这两层含义。因而古代文论的研究，也就应该采取两条腿走路的方法，既研究古代的文学理论，也研究古代文学的理论。前者是今人所着重从事的工作，其研究对象是古代理论家的研究成果；后者则是古人所着重从事的，主要是研究作品，从作品中抽象出文学规律和艺术方法来。"② 因此笔者不打算从诗歌理论到诗歌理论，而是结合创作实践，探讨被严羽故意忽略的苏诗。从整个宋诗来看，苏轼的诗歌成就代表宋诗最高水平，是严羽所谓"极其至"的伟大诗人。苏轼是如何处理苏诗与苏学的关系的？弄清楚这个问题，无疑对如何正确对待诗与学、抒情与知识、唐诗与宋诗等类似问题有着极大的启发意义，甚至对当代的诗歌创作与批评亦可提供一些有价值的参考意见。

---

① 张健：《知识与抒情：宋代诗学研究》，北京大学出版社，2015，第16页。
② 巩本栋编《程千帆沈祖棻学记》，贵州人民出版社，1997，第121~122页。

一 苏诗研究现状

苏诗是中国诗歌史上与陶诗、杜诗、韩诗并称的少有的专用名词。本文中的苏诗，自然是指苏轼创作的诗歌作品，也包括与之关系密切的词、赋等韵语作品。苏轼的作品，在他生前便深受人们喜爱，历代的研究成果汗牛充栋。据曾枣庄等《苏轼研究史》、王友胜《苏诗研究史稿》（修订版）、历年宋代文学国际研讨会论文集、历年宋代文学研究年鉴、历年宋代文化研究和历年《中国苏轼研究》来看，关于其作品各方面的研究都取得了丰盈成果。笔者围绕苏学与苏诗的论题，《苏轼研究史》等说过的则少说、没说到的重点说，从苏诗研究、苏学研究和苏学与苏诗研究三个层面归纳研究现状。其中每个层面的研究成果都按时间顺序，不分国别和地区。

对苏诗的研究，不仅在宋代文学中，即使在整个古代文学的研究领域，也是研究成果最丰富者之一。尤其是在宋诗研究获得蓬勃发展的今天，想要面面俱到地梳理自然不现实，这里先对历代苏诗研究作一简单回顾，再选与本论题关系较为密切而《苏轼研究史》等书又较少论述的问题展开讨论。

苏诗自诞生后，哪怕在宗唐的明代，也受到诸如王世贞等人的喜爱，随着清代宗宋风气的兴起，苏诗自然受到更大的重视。民国以降，对苏诗的研究，多集中在宋诗研究和文学史中，较为著名的如胡云翼《宋诗研究》、陈衍《宋诗精华录》、胡适《白话文学史》等。新中国成立后，王季思《苏轼试论》[①]的苏轼"政治一贯"论和程千帆《苏诗札记》[②]的苏轼"反抗论"

---

① 王季思：《苏轼试论》，《文学研究》1957年第4期。
② 程千帆：《苏诗札记》，《光明日报》1957年5月19日。

绪 论

很快受到严厉批评。此时期的选本在一定程度上做出一些贡献,如钱锺书《宋诗选注》中的苏诗部分。

"文化大革命"结束后,苏诗研究也面临着拨乱反正的任务,首先便是关于苏轼政治思想的拨乱反正,王水照《评苏轼的政治态度和政治诗》[1]、朱靖华《论苏轼政治思想的发展》[2]和曾枣庄《论苏轼政治主张的一致性》[3]从多个角度论证苏轼的政治态度。值得一提的是,此时对宋诗的研究还处在"宋人多数不懂诗是需要形象思维"的观点笼罩下,如王水照所作《宋代诗歌的艺术特点和教训》,认为"宋诗的艺术成就之所以逊于唐诗,其中的一个原因,就在于它的不少作者违背了形象思维的创作规律"[4],又说:"宋诗的特点还表现在大量用典和对前人诗句的模拟方面,形成'以才学为诗'的倾向……宋代诗和文的一个不同点是文易而诗艰……"[5]并云:"用典不仅要求活用创新,而且必须成为自己所创造的诗歌形象或意境的有机组成部分。王安石反对'编事',主张'借事以相发明',苏轼、黄庭坚提出'以故为新',似也强调创新,实际上只是游离于整个诗歌形象的花样翻新而已。"[6]本文附记后云:"文中在把握宋诗总体评价及对宋诗缺点原因的探讨上,均有片面性。"[7]可见对文学研究的反思任务非常艰巨。可喜的是,随着新时代的到来,苏诗研究随着宋诗研究的繁荣一起迈步,如赵仁珪《宋诗纵横》

---

[1] 王水照:《评苏轼的政治态度和政治诗》,《文学评论》1978年第3期。
[2] 朱靖华:《论苏轼政治思想的发展》,《历史研究》1978年第8期。
[3] 曾枣庄:《论苏轼政治主张的一致性》,《文学评论丛刊》1979年第3辑。
[4] 王水照:《王水照自选集》,上海教育出版社,2000,第82页。
[5] 王水照:《王水照自选集》,上海教育出版社,2000,第93页。
[6] 王水照:《王水照自选集》,上海教育出版社,2000,第95页。
[7] 王水照:《王水照自选集》,上海教育出版社,2000,第104页。

所收《苏诗的议论》、《苏诗的才气》和胡念贻《略论宋诗的发展》① 等文。

新时期以来,苏诗研究呈现出繁荣的局面。学界不仅在宋诗的研究背景下深化了对苏诗的研究,而且在系统研究苏诗方面取得了很大成绩,单篇论文更是不计其数。苏诗研究在各方面蓬勃推动下,也出现了一些新的研究动向。下面从宋诗中的苏诗研究、苏诗系统研究(包括文艺学研究)和苏轼艺术融通研究三方面展开论述。

(一)宋诗中的苏诗研究

尽管跟黄庭坚的诗歌比起来,苏诗并非最典型的宋诗,但苏诗研究的深入跟宋诗整体研究水平的提高关系密切。缪钺《古典文学论丛·论宋诗》说:"宋诗虽殊于唐,而善学唐者莫过于宋。"② 又说:"所贵乎用事者,非谓堆砌饾饤,填塞故实,而在驱遣灵妙,运化无迹。宋人既尚用事,故于用事之法,亦多所研究。"③ 这对宋诗乃至苏诗的研究都有助益。随着研究的深入,宋诗的宏观研究和微观研究都取得了不凡的成就。

首先是对宋诗形成与发展的论述,在发生历史和诗学演进各方面都有进步。黄美铃《欧梅苏与宋诗的形成》第七章"尚意的诗观"第二节"意与学"云:"因此尚意的诗观,意的来源系由读书学古中觅得,再出以己意,方为上品。是以以意为主的创作型态,必然强调读书学古的重要性,意和学是息息相关的。"④

程杰《北宋诗文革新研究》第十九章论述宋诗创作意识中的

---

① 胡念贻:《略论宋诗的发展》,《齐鲁学刊》1982 年第 2 期。
② 缪钺:《古典文学论丛》,浙江大学出版社,2009,第 103 页。
③ 缪钺:《古典文学论丛》,浙江大学出版社,2009,第 105 页。
④ 黄美铃:《欧梅苏与宋诗的形成》,台北文津出版社,1998,第 247 页。

三大矛盾，即情与理、意与法、雅与俗，并说："这种以'意'为主导的创作有赖于创作主体的坚实保证。苏、黄所代表的创作理论和方法都与他们的哲学思想紧密地联系在一起，统一在他们世界观、人生观及文化性格的整体之中。苏轼的创作主要根基于老庄齐物忘我，物我合一和禅宗随缘适性，无住无著的人生哲学，抒情则随意挥洒，写景则随物赋形，说理则随机应变……表现出心灵透脱、自由流注的创造性。"①

张兴武、王小兰在《唐宋诗文艺术的渐变与转型》第四章"征事奥博 绮密瑰妍——学人之诗的传承与嬗变"中说："杜、韩之诗宗法《文选》，虽说是凤毛麟角，但毕竟已开学人诗风之先河，居功至伟。晚唐五代乱象沸腾，但熟知坟典、从学问中寻找诗歌创作源泉的作家依然代不乏人，只是其功底不如杜甫和韩愈那样深厚罢了……概而言之，'学人之诗'的源头大致有两个：一是元白次韵相酬之长篇排律，它开创了博学雅士次韵唱和的先例……二是李商隐、韩偓、吴融等人以'四六'功夫为七言律诗，用事隐约，属对工稳……"②又说："值得注意的是，当'三十六体'诗歌唱响在晚唐诗坛时，温、李等人并没有获得太多的赞誉；效法者虽亦有之，但毕竟被目为'非适用之具'。而当杨亿、刘筠、钱惟演等人以博学多识引领风骚的时候，几乎没有人再去指责他们雍容曼妙的风姿，就连欧阳修那样的文坛领袖也要为之倾想不已。此中原因固然复杂，但有关唐诗与宋诗创作主体的特性差异，以及由此而造成的诗歌艺术取向，实在不能不深加关注。唐代诗人中重视学问者不过杜甫、

---

① 程杰：《北宋诗文革新研究》，内蒙古教育出版社，2000，第466~467页。
② 张兴武、王小兰：《唐宋诗文艺术的渐变与转型》，中国社会科学出版社，2014，第202页。

韩愈、李商隐等数人而已。两宋诗人则既为能吏，又是学者和诗人，这种复合型的主体特性在诗歌创作中的必然表现便是以才学为诗。后世学者往往将玉溪诗与西昆体相提并论，殊不知在这两座峻峰之间，还必须经历唐末五代乃至宋初几十年低谷慢进的演变过程；而每一次因时而异的探索和实践，都意味着学人之诗在艺术上的新变与超越。"①

其次是在宋诗专题方面的新进展。谢佩芬在《北宋诗学中写意课题研究》第一章绪论中说："宋人不仅以意论诗，更将他们对意的重视贯彻到实际创作之中，从而形成'以文字为诗，以才学为诗，以议论为诗'的特色，可以说，宋诗风格的形塑与他们对意的重视密不可分。"② 又说："事实上，意并不仅存在于作品之中，如果我们以作品中的意为中心点，就会看到，这个意先是形具于创作者心灵活动之中，借由语言文字等人文媒介传达出来，成为人类共通可以听闻察识的意，在语言文字之中所存在的意，便是我们平日泛称的意。"③ 第五章"写意诗观的建立（上）"说："'浩然听笔之所之'背后支撑的力量，如前所说，乃是书者用意精至所形具成的浩然之气，既是'浩然'，自然源源不绝，不虞匮乏，从而形成一股强大的主导势力，仿佛凌驾所有的技巧原则之上。事实上，苏轼在'浩然听笔之所之'后接着说'而不失法度'，借'而'这一转折连接词的作用，表明'而'后的但书才是重点所在。"④ 又说："虽然苏轼以随物赋形为创作原则，但这并不表示作者可以任笔意

---

① 张兴武、王小兰：《唐宋诗文艺术的渐变与转型》，中国社会科学出版社，2014，第250页。
② 谢佩芬：《北宋诗学中写意课题研究》，台湾大学文学院，1998，第3页。
③ 谢佩芬：《北宋诗学中写意课题研究》，台湾大学文学院，1998，第13页。
④ 谢佩芬：《北宋诗学中写意课题研究》，台湾大学文学院，1998，第225页。

绪　论

率性而为，不加节度。在'不择地皆可出'、'随物赋形'的同时，有一项但书是我们不可忽视的，那便是'常行于所当行，常止于不可不止'。也就是说，意念与表达手法之间的配合仍有一个规矩存在，这个规矩虽然宽松，但仍具有法度的作用，是创作者必须遵循的原则。不过，追源溯始，问题的关键并不在法度，而在于创作主体的心灵，若是作者运用得宜，法度不能，也不会限制意的表出。"[1] 此实际上受钱锺书的影响："克拉克（Cyril Drummond Legros Clark）《苏东坡的赋》，钱锺书《序文》，纽约1964年第二版，转引自陈幼石《韩柳欧苏古文论》（上海文艺出版社，1983，第111页）：在苏轼的艺术思想中，有一种从以艺术作品为中心转变为以探究艺术家气质为中心的倾向。"[2]

专题研究中也存在一些将苏诗与其他诗人作品相互关照的研究成果。杨胜宽《杜学与苏学》在《论"以故为新，以俗为雅"》一文中，先分析此为苏黄的共同点："苏黄二人都主张诗歌创作时要'以故为新，以俗为雅'，这是苏黄在诗歌理论主张上的若干共同处之一，视之为他们创立'宋调'的一条作诗原则是一点不为过的，并且宋诗的若干特点，如以意理取胜、以议论才学为诗、普遍喜欢使事用典、书卷气重、学植深厚、造句用语典雅精警、下字用韵更多讲究等，的确都与此有某种联系。"同时指出二者之不同："苏轼只把这视为一般技巧使用和倡导，黄庭坚则俨然视之为作诗的根本原则。"[3] 又说："苏轼提出的'以故为新，以俗为雅'的创作原则，乃是其'出新意于

---

[1] 谢佩芬：《北宋诗学中写意课题研究》，台湾大学文学院，1998，第477页。
[2] 谢佩芬：《北宋诗学中写意课题研究》，台湾大学文学院，1998，第245页。
[3] 杨胜宽：《杜学与苏学》，巴蜀书社，2003，第272页。

法度之中,寄妙理于豪放之外'这一诗歌创作理想的具体化和写作技法之一。"① 又说:"苏轼把'以故为新,以俗为雅'作为'使事'的手段对待,而在创作实践中却不拘于一种作诗手段,更着重于在题材和立意上的创新,很好地体现了'出新意于法度之中'的特点。这与他高度重视创作的动机('有为而作')有密切关系。"② 又说:"宋人重视学问的风气对宋诗风格的形成,至少有直接和间接两方面的作用。其直接作用,就是把才学体现在创作中……其间接作用,导致文人对现实生活和社会矛盾逐渐忽视,越来越迷信书本,越来越迷恋技巧。"③ 杨胜宽另有《东坡与放翁:隔代两知音——论陆游对苏轼思想和文艺观的全面继承》。

日本学者内山精也著有《传媒与真相——苏轼及其周围士大夫的文学》,该书中认为乌台诗案是"《诗经》(毛传)以来的传统诗歌观,亦即积极容忍和支持诗歌干预政治的社会观念,在传播媒体(木板印刷)得以普及的新的社会状态下走向崩溃的标志"④。内山精也又有《苏轼诗研究》等。⑤

最典型的则是在宋诗研究的基础上,结合苏诗本身的特点,进行的深入具体的研究。这方面的代表学者为莫砺锋先生。莫砺锋先生《唐宋诗论稿》⑥编于1997年。十年后,即2007年,该书在原稿的基础上略有改动,更名为《唐宋诗歌论集》⑦并出

---

① 杨胜宽:《杜学与苏学》,巴蜀书社,2003,第270页。
② 杨胜宽:《杜学与苏学》,巴蜀书社,2003,第279页。
③ 杨胜宽:《杜学与苏学》,巴蜀书社,2003,第276页。
④ 内山精也:《传媒与真相——苏轼及其周围士大夫的文学》,朱刚等译,上海古籍出版社,2013,第140~141页。
⑤ 内山精也:《苏轼诗研究》,研文出版,2010。
⑥ 莫砺锋:《唐宋诗论稿》,辽海出版社,2001。
⑦ 莫砺锋:《唐宋诗歌论集》,凤凰出版社,2007。

绪 论

版。其中新收入两篇关于苏轼研究的文章《论清代苏轼研究的几个特点》《论纪批苏诗的特点与得失》。加上原稿中跟苏轼研究有关的 5 篇文章（《论苏轼在北宋诗坛上的代表性》、《论苏诗的"奇趣"》、《苏诗札记》、《论苏轼苏辙的唱和诗》和《论苏黄对唐诗的态度》），共有 7 篇，而该书总共所收论文 28 篇，由此可见莫砺锋先生在苏诗研究上所下功夫之深。在莫砺锋先生的研究中，对"苏诗为宋诗最高造诣"的论述，从历时性和共时性两方面进行，已成定论。而莫砺锋先生对苏诗艺术特色"奇趣"的论述，也别具手眼。就在研究苏轼苏辙唱和诗和苏黄对唐诗的态度中，其实侧重点也在苏轼。莫砺锋先生不仅对苏诗艺术风格进行了深入研究，而且对历代苏诗的注释与评点亦有斩获。由此可见莫砺锋先生对苏轼的独到偏爱。时隔一年，莫砺锋先生便出版《漫话东坡》[①]，他以严谨流畅的文笔，对东坡的家庭、交游、子弟、经历、人生与文艺乃至其敌人都做了研究和介绍，在原来的研究基础上走向融通，详后。因为该书把学术研究的东坡和百姓喜闻乐见的东坡结合在一起，所以令人耳目一新，并于 2010 年再版。

王祥《唐宋文学论稿》收有《苏轼词的内在形式与内容意蕴》一文，并说："任何一个作家的作品都存在着某种内在的形式，它不是表面的可视的东西（如体裁、语言等），但又以独特的方式贯穿其中，显示着作家思维方式和创作方法上的基本特点。"随后分析"苏词在创作方法上的特点是一种递进式的展开，即由甲想到、引发出或转换成乙，再由乙想到、引发出或转换成丙……而每次转换都是意义上的递进，而不是平行的比喻"。[②]

[①] 莫砺锋：《漫话东坡》，凤凰出版社，2008。
[②] 王祥：《唐宋文学论稿》，中国社会科学出版社，2013，第 193 页。

而在研究苏轼的论文集之中，此类论文更多。比如王静芝、王初庆等所编《千古风流——东坡逝世九百年学术研讨会》。其中，王洪《苏轼：近代诗歌奠基人》云："唐宋诗歌之别是古典诗歌与近代诗歌之别，苏轼是中国近代诗歌的奠基人。"①《苏东坡研究》又云："诗人学者化，并且将学问引入诗歌创作的领域，这也是近代文化区别与古典文化（包括前古典文化）区别的重要标志之一。"②"苏轼则不仅仅在诗词文赋四个领域美奂美仑，而且在书法领域，他是四大书法家之首，在绘画领域，画竹石颇具独到之处，绘画理论则在绘画史上占有重要一席；在美学理论上，他对于司空图的推崇，对于陶渊明、王维、韩愈等人的批评，可以说是中国批评史最为经典的论述。苏轼还是史学家，上百篇《策论》显示了他在史学领域的造诣，晚年他继承父志，完成了《易经》《论语说》等哲学著作，可以说是哲学家，是名符其实的学者……"③又云："'以才学为诗''以议论为诗'同时发轫于王安石一人并非偶然。因为，二者之间是互为因果的，以议论为诗对于唐诗意象方式的改造，固然使诗歌更为轻灵，更为便于表达思想，但是，同时，它也就造成诗歌的失重，而借古说今，借典故表达现实的方式，就及时地从一个侧面对于以议论为诗的失去形象的危险进行了补足。从此，诗人笔下的意象，不再以自然界为直接源头，而是以历史人文为主体，进行剪裁取舍，即便是同样的自然物，也往往是经历

---

① 王静芝、王初庆等编《千古风流——东坡逝世九百年学术研讨会》，台北红叶文化事业有限公司，2001，第 155 页。
② 王静芝、王初庆等编《千古风流——东坡逝世九百年学术研讨会》，台北红叶文化事业有限公司，2001，第 171~172 页。
③ 王静芝、王初庆等编《千古风流——东坡逝世九百年学术研讨会》，台北红叶文化事业有限公司，2001，第 173 页。

历史人文积淀的意象。"① 蔡振念讲评意见:"将宋以下至白话诗出现前归为近代时期,诗风由唐代的纯诗走向宋代的非纯诗,这是忽略了元明清三朝诗史复杂的变化……约而言之,本文有宏观的野心,将苏轼试置于诗史流变中来观察,是其洞见,然论证尚待补强,方足以服人。"② 又刘莹《悠游于意与法之间——论苏东坡的书法美学观》认为:"东坡自称写书法的时候,是'自出新意,不践古人'、'我书意造本无法,点画信手烦推求',他强调的是意造、无法;然而,论及用笔则云:'知书不在于笔牢,浩然听笔之所之,而不失法度,乃为得之',强调的却是不失法度。笔者经过剥茧抽丝,仔细深入的研究,发现他其实是意与法并重的。"③ 又云:"虽然文学修养与传统的书法知识为东坡的书法创作加入了深厚的内涵,但是在创作当时,他并不受这些知识的羁绊。"④

(二) 苏诗系统研究

苏诗现存 2700 多首,要对其进行系统研究,殊非易事。且研究者对苏诗历来争议颇大,尤其对其创作分期、作品的风格特征、作品评价等方面,或有截然相反的意见。但这并没有阻碍研究的继续,其中较早系统展开苏诗研究的,是谢桃坊的《苏轼诗研究》。作者尽管在自序中说"我所奉献于读者的这束札记,可算作苏海蠡测。我愿它能起到引玉的作用,待到高明

---

① 王静芝、王初庆等编《千古风流——东坡逝世九百年学术研讨会》,台北红叶文化事业有限公司,2001,第 173~174 页。
② 王静芝、王初庆等编《千古风流——东坡逝世九百年学术研讨会》,台北红叶文化事业有限公司,2001,第 186 页。
③ 王静芝、王初庆等编《千古风流——东坡逝世九百年学术研讨会》,台北红叶文化事业有限公司,2001,第 721 页。
④ 王静芝、王初庆等编《千古风流——东坡逝世九百年学术研讨会》,台北红叶文化事业有限公司,2001,第 743 页。

之作问世之日，它的任务就算完成了，它将像泡沫一样从苏海中消失的"①，但事实证明，谢先生的著作在今天仍有参考价值。该书分为七章，第一章"苏诗是北宋诗歌革新运动的胜利成果"，第二章"苏轼诗歌的创作道路"，第三章"苏诗的艺术成就"，第四章"苏诗的艺术渊源"，第五章"苏诗的思想意义"，第六章"关于苏诗的评价问题"，第七章"苏诗对宋诗和后世诗歌的影响"。书中对苏诗的发展阶段和特色的论述，颇为中肯，然而在评价方面则存在一些问题。曾枣庄等著《苏轼研究史》第十二章"结语：论'苏学'"中引谢先生的观点说："如谢桃坊先生的《苏诗分期评议》就认为，苏轼从黄州起'诗才明显地开始衰退'，元祐诗的'思想内容和艺术水平却较差'，而岭海的'和陶和学陶诸诗，在艺术上是基本失败的'。"② 要正确评价苏诗，不仅仅是个艺术标准问题，更需要从苏学的土壤中厘清苏诗为何这么发展，才能给出较为平实的意见。另外，该书第六章第二节"关于严羽对苏诗的批评"中认为，"严羽对东坡与山谷诗及整个宋诗的批评其基本出发点是错误的"③。这里又涉及两点：第一，严羽对宋诗的批评有其片面性，但是否全部错误，这需要辩证分析；第二，严羽有没有批评苏诗？如前所述，严羽实际上在接受张戒的观点后，对苏诗做了特殊处理。谢先生一概而论不太妥当。瑕不掩瑜，这些缺点都是时代局限所致，而谢先生在苏诗研究中的开创之功，无疑让系统研究苏诗有了较高起点。

徐中玉《徐中玉文集》第三卷收《论苏轼的创作经验》，其

---

① 谢桃坊：《苏轼诗研究》，巴蜀书社，1987，第3页。
② 曾枣庄等著《苏轼研究史》，江苏教育出版社，2001，第783页。
③ 谢桃坊：《苏轼诗研究》，巴蜀书社，1987，第241页。

绪 论

意图主要在于"揭示其中合乎科学、用之有效、具有规律性的部分，期望它对今天的文艺创作有所帮助"①，因此不太涉及缺点。《胸有成竹》一篇论"意在笔先"的构思而非"主题先行"②，均有创见。

刘乃昌《苏轼文学论集》中有《谈苏诗的艺术个性》一文，说："诗到东坡，用典增多，典故的来路也空前扩展……苏诗用典历来有毁有誉，在这方面苏轼确乎有经验，也有教训……因为苏轼博闻强志，笔底掌故辐凑，故能随笔拈来，自然妥帖……"③又说："苏诗中有的篇章用典过多，使事较僻，乃至一句中用两三事，就难免给人以堆砌之感。有的典故本身没有多少耐人回味的机趣，却使读者读起来不免吃力，如'往来供十吏，腕脱不容歇'，只是为了说明文思敏捷，而胪列陈遵、苏颋的故事来铺排形容，就稍有矜才使气之嫌。这类典故用得过多，自然会影响诗意的明朗性而给读者带来障碍。"④又《苏轼的文艺观》说："苏轼在《南行前集叙》中，说他'为文至多，而未尝敢有作文之意'，这与强调'有为而作'并不矛盾。这里他是强调为文要有兴会灵感，即作者要避免搜索枯肠、向壁虚造，要到胸中富有积蓄、不吐不快时，才可秉笔。"⑤又说："苏轼虽然也说过'用事当以故为新，以俗为雅'的话，并且在写作中也偶有炫示才学的倾向，但他毕竟是正视现实的，从不曾走向单纯向故纸堆中讨生活的道路。这正是苏轼诗文富有社会内容的重要原因，也是苏轼同后来的江西诗派大不相同的地方。"⑥又说：

---

① 徐中玉：《徐中玉文集》，华东师范大学出版社，2013，第927页。
② 徐中玉：《徐中玉文集》，华东师范大学出版社，2013，第978～980页。
③ 刘乃昌：《苏轼文学论集》，齐鲁书社，2004，第96页。
④ 刘乃昌：《苏轼文学论集》，齐鲁书社，2004，第98页。
⑤ 刘乃昌：《苏轼文学论集》，齐鲁书社，2004，第183页。
⑥ 刘乃昌：《苏轼文学论集》，齐鲁书社，2004，第184页。

"艺术的自然美,不是自发的偶然形成的。它不排斥功力,相反正从功力中来……清新自然的高格,似乎来自毫不经意地信笔挥洒,实则是经由作者深入表现对象的结果,是同他勤苦锻炼与淘洗分不开的。"① 刘乃昌又在《论佛老思想对苏轼文学的影响》中说:"对苏轼来讲,我们认为他所承受的佛老的影响,积极的一面却远远地超过了消极的一面。"② 又说:"'期于达'也是苏轼潜心佛老所祈望的一种境界。所谓'达',指识见通达而不滞阻,心胸豁达能因缘自适,乃至履危犯难而泰然自若。"③ 又说:"老庄归真返璞的思想也给予苏轼以显著影响。老庄的归真返璞、反对机心,一方面表现为主张绝圣弃智、向慕原始生活,一方面表现为否定世俗、官场而崇尚安贫乐贱。前者由于违反历史的发展趋势,因而是消极落后的;后者在恶浊的封建秩序下,则有相对的进步意义。"④ 又说:"老庄哲学的辩证思维比较丰富,这自然也为苏轼所汲取利用。老子看到了宇宙的运动变化,认为事物无不含有矛盾对立,提出了'有无相生,难易相成,长短相形,高下相倾'的著名论断。庄子也惯于谈论是非、美丑、善恶、大小之辩。苏轼谙熟老庄,研究过《周易》,写过《中庸论》,显然他融合了儒道两家的朴素辩证法因素,丰富了自己的思维逻辑,提高了文章的论辩力。"⑤ 又说:"苏轼旁通佛老,在文学上难免有受病的一面。苏轼集中专列'释教'一类,多为禅偈、佛赞、罗汉颂、寺观碑、斋室铭等,差不多是千篇一腔的宗教文字,毫无文学性可言。有的以诗谈

---

① 刘乃昌:《苏轼文学论集》,齐鲁书社,2004,第185页。
② 刘乃昌:《苏轼文学论集》,齐鲁书社,2004,第205页。
③ 刘乃昌:《苏轼文学论集》,齐鲁书社,2004,第206页。
④ 刘乃昌:《苏轼文学论集》,齐鲁书社,2004,第207页。
⑤ 刘乃昌:《苏轼文学论集》,齐鲁书社,2004,第209页。

禅，形同押韵的佛讲，很少诗味……不过，苏轼文学风格的形成，技巧的提高，在不少地方得力于庄释，这也是不可忽视的事实……苏轼多方面承受庄释在艺术上的影响，富于理趣是重要一点。文学作品重在言情，但也不排斥明理，问题是理必须与情结合，并借形象来体现。"①又说："苏轼运思谋篇，善于化实为虚，以变济穷，波澜层生，出人意表，奇幻精警处与老庄禅家文字十分相像。"②又说："在诗文的艺术风格上，苏轼濡染释老而形成了独有的特色。北宋自王禹偁始，为文尚平易，反对苦涩。欧阳修、梅尧臣、苏舜钦等人继起，或长于疏畅，或长于闲谈，或长于豪纵，都是走平易的路子，而又有自己的独创。苏轼是欧、梅、苏的直接继承者，他行云流水般的自然，实是'平易'之一境。不过，他的自然又与活泼、恣肆、警策相融合，而形成了纵横博辩、一无滞碍、随物赋形、机趣横生的文风……"③"至于苏诗，如赵翼所说'大概才思横溢，触处生春'，'放笔快意，一泻千里'，'左旋右抽，无不如志'，其风格基调与苏文是并无二致的。"④

木斋《苏东坡研究》第九章"苏轼以才学为诗论"认为，"诗人们不再单纯是诗人，这就势必影响到诗歌作品的构成因素和构成方式。诗人的才学势必要表现和反映到作品中来，而读者文化水平的普遍提高，也反过来要求诗歌具有才学性，要求诗歌不仅要具有才学的气质，而且，要具有更多的知识性，更浓郁的趣味性"⑤，并说："与唐相比，唐人情思含蓄凝聚于意

---

① 刘乃昌：《苏轼文学论集》，齐鲁书社，2004，第210页。
② 刘乃昌：《苏轼文学论集》，齐鲁书社，2004，第211页。
③ 刘乃昌：《苏轼文学论集》，齐鲁书社，2004，第212页。
④ 刘乃昌：《苏轼文学论集》，齐鲁书社，2004，第212~213页。
⑤ 木斋：《苏东坡研究》，广西师范大学出版社，1998，第299页。

象，宋人情思含蓄凝缩于故实。前者更接近大自然，后者更靠近人类社会；前者具有自然之美，后者更具知识美。尽管艺术方式不同，美感特质不同，具有审美意义却是共同的。在宋人那里，情思和美感通过故实来交流；诗人的思想等凝聚在典故中，同时也能引起读者广泛的想象。"① 又说："苏轼以议论为诗、以文为诗，常使诗歌松散、直露，以才学为诗使事用典则是以另一种方式浓缩情感、提供意象，从而弥补了以议论为诗等的不足。"② 木斋又有《苏轼诗歌研究》。详后。

从文艺学角度对苏诗展开的系统研究也获得了一些成果，比如王启鹏《苏轼文艺美论》。该书研究苏轼文艺创作美学，将其归纳为：目的论、源泉论、灵感论、构思论、风格论、标准论、创新论、修养论、技巧论和批评论。应该说，这是一个创举，但所分太细，且作者自云："我就着重从写作学这个角度进行研究，侧重于现代写作学的写作主体论研究，拟下了这样的提纲：创作目的论，创作源泉论，创作灵感论……然后就一一对应地找出苏轼的有关论述。"③ 则套用写作学既是本书的亮点，也是缺陷。

江惜美《苏轼诗文艺美学研究》，其中收有《析论苏轼诗中的灵感》一文。该文把苏轼的灵感代表作分为三大类：以文字为诗，以议论为诗，以才学为诗，并在每类之下做出解释。以文字为诗："苏轼喜欢以创新的方式写诗，最明显的是用新鲜的语汇。当他灵感一来，经常将通俗语写入诗中，产生意想不到的效果。"④ 以议论为诗："苏轼诗中不乏说理议论之作，或用来抒发情思，或用来议论禅理，都能够有独到的见解，获得世人

---

① 木斋：《苏东坡研究》，广西师范大学出版社，1998，第309页。
② 木斋：《苏东坡研究》，广西师范大学出版社，1998，第306页。
③ 王启鹏：《苏轼文艺美论》，中山大学出版社，2007，第278页。
④ 江惜美：《苏轼诗文艺美学研究》，台北学生书局，2009，第108～109页。

的认同。"① 并引王文诰对《游罗浮山一首示儿子过》按语："公所书此记，不皆罗浮事。盖公时欲作罗浮诗，乃随意集此各事作诗材耳。储材既备，诗辄随手而成，故诗中所使事，不出此也。"并云："他指出苏轼在创作这首诗时，已先储备了诗材，这一点是苏诗议论的灵感，应无疑义。"② 以才学为诗："苏轼是一位古文家，也是诗人、词家、画家、书法家以及文学批评家，他以天纵的才华，引领北宋诗文坛，才学自不在话下。"③ 江老师尚有《乌台诗案研究》《苏轼诗学理论及其实践》《苏轼文学批评研究》《苏轼诗词专题论集》《苏轼诗析论——分期及其代表作》等。

(三) 苏轼艺术融通研究

张高评在《宋诗论文选辑序》中说："宋代学术，崇尚科际整合，许多诗人与诗评家往往将文艺作为一整体来思考研究，汲取艺术之共相与规律，以沾溉创作及批评，如诗禅相通、诗画合一，以文为诗，诗书画相济诸论题，即其中彰明较著者。"对苏轼的艺术相通论，苏轼自己就有很多表述，新时期的研究则在多方面有所拓展。

苏轼艺术融通，首先体现为人格与艺术的融通。张惠民、张进《士气文心：苏轼文化人格与文艺思想》第十三章"文艺创造的自由境界"云："创造主体超越了种种外在的拘限以后，怎样才能实现创造的自由呢，这是创作论中最为重要的问题。李泽厚、刘纲纪二先生在《中国美学史》中对美的创造下过这样的定义：'美就其本质而言，既具有合规律性，又具有合目的性，它

---

① 江惜美：《苏轼诗文艺美学研究》，台北学生书局，2009，第110页。
② 江惜美：《苏轼诗文艺美学研究》，台北学生书局，2009，第113页。
③ 江惜美：《苏轼诗文艺美学研究》，台北学生书局，2009，第114页。

是合规律性与合目的性的统一，也可以说是必然与自由的统一。''艺术创造活动是一种合规律的活动，同时又是一种不受规律束缚的自由活动。'（第一册）苏轼的创作论的最主要的特点就是极大地强调这种遵循规律，制服必然，超越限制，既合艺术客体的规定性，又充分实现主体创造的自由。"[1]又说："苏轼论创作，最为任意者，但未曾废法，他批评艺术创造中的'废法而任意'，说明他极为重法，重视遵循事物之客观规律。人之作为主体以应物，因其知识心理结构之差异而对外物的接受评价必有所偏，偏见偏重，先入而为主，故而对客体而言，万物之情因主体之意识过于强烈而难以真正地接受或反映。故儒家以为毋我毋固，而庄释以为虚静空明以应物而物无隐情，始能反映物之本真状态性质。苏轼的'无意无我'即是此意，惟其如此，才不会过浓地染上主观色彩而失万物之真万物之情，才能创新意于法度之中……他认为，对艺术规律的把握与运用，应该达到一种数学意义上的准确程度，而'不差毫末'，然后才是在对客体规律的严格遵循和创造性运用中达到艺术的高境，进入庄子所推崇向往的庖丁解牛的'游刃有余'的自由境界。艺术的创新，应该是在法度中创造出新，'新意'、'豪放'是主体的情性表现和艺术追求，而这种主体目的性又必须合于艺术创造的客体规律性，在合目的性与合规律性的统一中完成美的创造。"[2]又说："所以心中能识其然而要完全地充分地实现主体的创造目的，在内外之间，在心手、手眼之间，以至在手与笔之间，就必须形成一个高度的融洽与统一。这个道理，钱锺书先生《管锥编》有一段精到深刻的论说：

---

[1] 张惠民、张进：《士气文心：苏轼文化人格与文艺思想》，人民文学出版社，2004，第353页。

[2] 张惠民、张进：《士气文心：苏轼文化人格与文艺思想》，人民文学出版社，2004，第354页。

绪 论

'盖心有志而物有性，造艺者强物以从心志，而亦必降心以就物性。自心言之，则发乎心者得乎手，出乎手者形于物；自外物言之，则手以顺物，心以应手。一艺之成，内与心符，而复外与物契，匠心能运，而复因物得宜……《列子》言心、手而及物，且不遗器，最为周赅。夫手者，心物间之骑驿也，而器者，又手物间之骑驿而与物最气类亲密者也。器斡旋彼此，须应于手，并适于物。'（第二册）"[1]又说："苏轼的文艺本体论既然主张文学艺术应是主体情性的充分自由的表现，既然苏轼的创作论主张主体的创作自由是在对客体规律的高度完美的适应和运用中实现，因而，苏轼的作家论也贯穿着人格与文品相统一和艺道两进的思想，主张文艺家人格境界的升华与艺术技能的提高的同步，主张作家在道和艺两方面的修养而不可缺一，工夫在实在处做起，由积学练识而至于体道，掌握客体规律，由有法入而臻于无法，由规矩入而臻于自由创造。"[2]又说："苏轼既强调'有为而作'，又强调'无意为文'，正显示了他对文艺的功利性与非功利性的辩证关系的认识。按照马克思主义文艺观，文艺作为审美意识形态，它既具有一般意识形态的功利性质，又具有审美的非功利性质。苏轼能将此二者并论，在各自的层面上加以强调，避免了或一味强调功利，使文艺成为社会政治的附庸，或一味强调非功利，使文艺成为纯个人的遣兴之具。从而使文艺能够真正成为对社会是有为而作，于主体是有感而发。"[3]作者又在第十五章"尊杜崇陶的诗学思想"中说："苏轼虽注重

---

[1] 张惠民、张进：《士气文心：苏轼文化人格与文艺思想》，人民文学出版社，2004，第355页。
[2] 张惠民、张进：《士气文心：苏轼文化人格与文艺思想》，人民文学出版社，2004，第358页。
[3] 张惠民、张进：《士气文心：苏轼文化人格与文艺思想》，人民文学出版社，2004，第369页。

诗的托物兴寄，意与境会，但因其'腹有诗书'、'学际天人'，故又十分看重以诗书才学为诗。"① 该章对苏轼晚年将陶渊明放在杜子美之上做出解释，认为"没有经历对杜诗纵横阔大气象峥嵘的典范的倾慕与追求，很难识得陶诗奇趣绝妙的平淡之美"，又认为"陶诗与杜诗虽显示出两种不同的美学风貌，然而两者又绝非冰炭不容有你无我"。此外，作者还从苏轼融合儒道的角度加以论述②。当代学者的研究都注重主客体的关系，而忽略主体构思和客观呈现之间的关系，相反，古人如陆机、刘勰却极为注意此关系，盖古人创作与研究统一，今人多分裂。然主体构思和客观呈现之间确实不同，如果文艺研究不是建立在这一不同的基础上，那么随之的理论建构都不牢固。又第十四章"以一含万的文艺辩证思想"云："'追配古人'与'不践古人'，涉及的正是文艺创造中'师古'、'师法'与'独造'、'独出'的问题，也是继承与创新的问题。"③

阮延俊《苏轼的人生境界及其文化底蕴》④，其中第一章第二节中的"野性论"，书后参考文献只涉及王启鹏《疏狂：苏轼"野性"的任真表现》，而没有提及"苏轼野性论"的提出者王洪（即木斋）的著作《苏轼诗歌研究》⑤。

其次，是对苏轼哲思与艺术的融通研究。《宋诗论文选辑》第三册所收黄永武《诗与禅的异同》说："禅的本义是静虑，梵

---

① 张惠民、张进：《士气文心：苏轼文化人格与文艺思想》，人民文学出版社，2004，第403页。
② 张惠民、张进：《士气文心：苏轼文化人格与文艺思想》，人民文学出版社，2004，第390~392页。
③ 张惠民、张进：《士气文心：苏轼文化人格与文艺思想》，人民文学出版社，2004，第373页。
④ 阮延俊：《苏轼的人生境界及其文化底蕴》，世界图书出版广东有限公司，2014。
⑤ 木斋：《苏轼诗歌研究》，朝华出版社，1993。

绪 论

文‘禅那’是定慧的通称，是一种明心达理的意趣，传至中土，融会了中国的固有文化与精神，成为中国的禅宗。禅是泯绝主观客观的绝对境界，这境界必须自悟自证，无法言解，所以禅与诗，一为宗教、一为文学；一为思想、一为艺术；原本是两个范畴不同、内涵也不同的东西。但是从其相通的角度去看，由于诗很空灵，用诗来表达禅的悟境，才能不脱不黏，避免‘背’‘触’皆非。由于禅极机妙，用禅来深远诗的悟境，才能灵趣盎然，超出‘理’‘言’之外。"[①] 并认为诗与禅相同处有九：第一，"诗与禅都崇尚直观与'别趣'，或者是从违反常理之中去求理趣，或者是从矛盾的歧异之中去求统一"；第二，"诗与禅都常用象征性的活句，富有'言此意彼'的妙处"；第三，"诗与禅都常用双关语，喜欢将'超'与'凡'两种境界同时表现在一句话里"；第四，"诗与禅都常用比拟法，使抽象的哲理形象化"；第五，"诗与禅都喜欢站在一个新的立场去观照人生，必须有超脱现实的心理距离"；第六，"诗与禅常以不说为说，使言外有无穷意味"；第七，"诗与禅常以妙悟见机，时有互通之处，诗可以有禅趣，禅可以有诗趣"；第八，"诗与禅都重视寻常自然，日常生活即是禅，寻常口语即是诗"；第九，"诗与禅均反对任何定法，不得'缚律迷真'"。[②] 不同之处有四：第一，"诗与禅的指向有别，禅的指向只在明自性，而诗的悟性却是多方面的"；第二，"诗与禅的机缘有别，禅的机缘往往是以眼前事作问答，机锋相对，而诗句中的呈机则是自由的"；第三，"诗与禅的凭借工具有别，禅家不立文字，直指人心，诗则必须以文字为表现的工具"；第四，"诗与禅在内涵上

---

① 黄永武、张高评编《宋诗论文选辑》，台湾复文图书出版社，1988，第25页。
② 黄永武、张高评编《宋诗论文选辑》，台湾复文图书出版社，1988，第26~35页。

自有其分界，诗可以有禅味禅趣，但不能有禅理禅语"。①《宋诗论文选辑》又收徐中玉《论苏轼的随物赋形说》和李泽厚《苏轼美学的韵外之致》。张高评另编有《宋诗综论丛编》②。又有《自成一家与宋诗宗风——兼论唐宋诗之异同》③，强调宋学的会通化成。此类著作又有《宋诗之新变与代雄》④。

再次，苏轼各类艺术、各种文体之间相互融通。前者如衣若芬《苏轼题画文学研究》，以及戴丽珠《苏东坡诗画合一之研究》⑤，其第五章第二节为东坡之诗论。后者如郑倖朱《苏轼以赋为诗研究》，其中第五章"东坡以赋为诗主要艺术技巧分析"第三节"淋漓尽致的宏肆风格"之三"典故铺陈"说："在东坡援经案史，用典使事于诗中时，也把辞赋中聚事类义的特色用到诗中来，用以极言申说、反复形容诗人所要说明的事或物，从而形成以赋为诗的表现之一。"⑥再比如饶晓明《东坡词研究新思维》⑦，该书认为苏轼有诗中词。

最后，对苏轼艺术的融通研究也涉及艺术与制度、政治等的关系。前者如陈元锋《北宋馆阁翰苑与诗坛研究》第十三章第四节论述苏轼与"升平格力"，认为："元祐时期以苏轼、黄庭坚诗歌为标志的那种'升平格力'和'风流气味'，以及更浓厚的书卷翰墨气息与学理思辨色彩，正是北宋馆阁诗歌所达到的最成熟的艺术境界。"⑧第十五章专节探讨苏轼与元祐学士诗人群。

---

① 黄永武、张高评编《宋诗论文选辑》，台湾复文图书出版社，1988，第36~39页。
② 张高评：《宋诗综论丛编》，台湾丽文文化事业股份有限公司，1993。
③ 张高评：《自成一家与宋诗宗风——兼论唐宋诗之异同》，台北万卷楼图书股份有限公司，2004。
④ 张高评：《宋诗之新变与代雄》，台北红叶文化事业有限公司，1995。
⑤ 戴丽珠：《苏东坡诗画合一之研究》，台北文津出版社，2007。
⑥ 郑倖朱：《苏轼以赋为诗研究》，台北文津出版社，1998，第206页。
⑦ 饶晓明：《东坡词研究新思维》，广西师范大学出版社，2008。
⑧ 陈元锋：《北宋馆阁翰苑与诗坛研究》，中华书局，2005，第203页。

绪 论

又比如日本学者高津孝《科举与诗艺——宋代文学与士人社会》，潘世圣等译，收有《明代苏学与科举》一文，"探讨明代对宋代文学家苏轼父子所进行的研究和评价的具体状貌"[1]，可见是从苏轼研究史的角度看待苏学的。《苏轼的艺术论与"场"》利用布狄厄的社会学视点来分析，认为"对画给予高度评价的前提，是精神主义，是学问，是与道相关的东西。当这一点内在化、诗与画的目标相一致时，就产生了诗画一致论"。[2]

后者如沈松勤《北宋文人与党争——中国士大夫群体研究之一》，第六章下面探讨"政见之争与王安石、苏轼创作风格的演变"，认为："群体主体的当世之志和参与意识，强化了'开口揽时事，论议争煌煌'的创作倾向，而个体主体的畏祸心理和对自我生命价值的祈取，则又淡化了参与意识，从而又促使议论时政的创作倾向向摅写自我生命律动的转化。"[3] 并论证苏轼"从纵笔好骂到寓悲哀于旷达"的创作风格演变，"苏轼诗歌在不同时期有不同的风格特征，但就总体的艺术成就而言，熙宁诗歌无疑是其高峰。该时期诗歌艺术的一个显著特征，是纵横驰骤，恣肆雄健"[4]，"苏轼在参政实践中，与物沉浮，应顺外物，适性任真，表现在创作中，嬉笑怒骂，放笔快意，随物赋形。而这，在熙宁政见相左、各不相能的特定的党争环境中，得到了淋漓尽致的发挥；换言之，'纷纷争夺'，'主于救国'的

---

[1] 高津孝：《科举与诗艺——宋代文学与士人社会》，潘世圣等译，上海古籍出版社，2005，第143页。
[2] 高津孝：《科举与诗艺——宋代文学与士人社会》，潘世圣等译，上海古籍出版社，2005，第64页。
[3] 沈松勤：《北宋文人与党争——中国士大夫群体研究之一》，人民出版社，1998，第254页。
[4] 沈松勤：《北宋文人与党争——中国士大夫群体研究之一》，人民出版社，1998，第270页。

政见之争,为'东坡体'独特的创作体性的发育和成熟,提供了一贴强有力的催促剂,从而丰富和发展了始于凤翔时期纵横驰骤、恣肆雄健的创作风格"[1]。经过乌台诗案后,"对人生的忧患与多难的真切体验,凝结成了苏轼谪居黄州时期的沉重情累"[2],而"前、后《赤壁赋》标志了苏轼人生境界的升华,也标志了其待罪黄州时期以理遣情的成功,以及寓悲哀于旷达的新的创作风格的形成"[3]。

其他如李一冰《苏东坡新传》等对苏诗也有涉及,作者在后记中认为文章是写给别人看的,不如诗歌更能表现人的真实性情,因而说:"我写东坡新传,取材于他的诗作者,十之八九,意即在此。"[4] 可谓的论。祝尚书《宋代文学探讨集》[5],收《论宋代文化中的"眉山现象"》,该文对了解苏轼早年所处人文环境颇有益处。

从以上并不完全的搜罗中可以看出,苏诗研究一方面跟宋诗研究关系密切;一方面却又能在一定程度上推动宋诗的研究。而随着苏诗研究的积累与进步,苏轼艺术内部与外部的融通研究越来越受到学界的关注,成为苏轼研究的学术增长点。

二 文学本位与文化学角度

古代文学的博士学位论文,自然以"文学本位"为基础。

---

[1] 沈松勤:《北宋文人与党争——中国士大夫群体研究之一》,人民出版社,1998,第276页。
[2] 沈松勤:《北宋文人与党争——中国士大夫群体研究之一》,人民出版社,1998,第277页。
[3] 沈松勤:《北宋文人与党争——中国士大夫群体研究之一》,人民出版社,1998,第282页。
[4] 李一冰:《苏东坡新传》下册,台北联经出版事业公司,1996,第1232页。
[5] 祝尚书:《宋代文学探讨集》,大象出版社,2007。

袁行霈先生在《中国文学史》的总绪论中说:"文学创作是文学史的主体,文学理论、文学批评和文学鉴赏是文学史的一翼,文学传媒是文学史的另一翼。所谓文学本位就是强调文学创作这个主体及其两翼。"但袁先生在强调文学本位的基础上,同时提倡从跨学科的文化学角度进行研究:"我们不但不排斥而且十分注意文学史与其他相关学科的交叉研究,从广阔的文化学的角度考察文学。文学的演进本来就和整个文化的演进息息相关,古代的文学家往往兼而为史学家、哲学家、书家、画家,他们的作品里往往渗透着深刻的文化内涵。因此,借助哲学、考古学、社会学、宗教学、艺术学、心理学等邻近学科的成果,参考它们的方法,会给文学史研究带来新的面貌,在学科的交叉点上,取得突破性的进展。"[1] 在袁先生的提倡下,陶文鹏先生指出:"近些年来,许多古代文学研究者正越来越注意从广阔的文化学的视角来考察文学,写出了见解深刻令人耳目一新的论著,把古代文学和文学史研究推向高深的境界,对此,我是非常赞成也努力这样做的。"[2] 对宋代文化的代表之一苏轼来说,这种文化学角度更不能缺失。

(一) 苏轼自身的文化创造:苏学

所谓苏学,早在徽宗禁毁元祐学术的时候便有其实,即苏学是元祐学术的代表之一,但"苏学"一词的出现,则在南宋。程瞳《程克庵传》云:"先生名洵,字钦国,后更字允夫,号克庵。姓程氏,婺源人。韩溪翁之子。晦庵先生文公之内弟也……先生之学,初敬慕苏氏之议论。复谓程苏之道同。盖当是时,世之学士大夫,惟苏学是尊也。文公与之辩难数千百言,卒竟

---

[1] 袁行霈:《中国文学史》,高等教育出版社,2003,第一卷,第5页。
[2] 陶文鹏:《唐宋诗美学与艺术论》,南开大学出版社,2003,第293页。

从事于语孟濂洛之书，剖析推明，文公亟称许之。"① 朱熹《答汪尚书》亦有"苏学邪正之辨"等语。可见苏学的出现，正导源于元祐学术分裂引起的学派之争。正因如此，与洛学相对，苏学有时又称蜀学，如全祖望所补《宋明学案》中的《苏氏蜀学略》。有时苏学又可囊括三苏之学。

苏学在当代的学术研究中被赋予新的含义。王水照《走近"苏海"》云："翁方纲不止一次地说到，'苏学盛于北，景行遗山仰'（《斋中与友论诗》），'有宋南渡以后，程学行于南，苏学行于北'（《石洲诗话》卷五）。他所谓的'苏学'似主要指苏诗而言。我们不妨接过这一概念，用以规划和设计苏轼研究的整体格局，力求研究的系统性与严整化，以争取苏轼研究的更大突破。"② 曾枣庄《论苏学》云："广义的'苏学'并非单指苏轼，而是包括三苏；主要并非指文学，而是指经学……本书所说的苏学是指苏轼之学，指历代对苏轼的研究。"③ 二位先生所指之苏学，是指对苏轼的研究，也就是从当代学科建设的层面上使用的词语，与"红学""龙学"类似。如果按照今人的学科分类，据曾枣庄统计，"苏轼的著述涉及政治学、哲学（经学）、美学（他的文艺思想、美学思想）、文学（他的诗、词、文）、书学、画学、史学、宗教学（他的释、道思想）、教育学、医学、军事学……等不同领域"④。

相比于繁荣的苏诗研究，现代意义上的苏学研究起步较晚，且研究数量远不能与之相比。其中台湾的较早较多，而大陆的研究则以蜀地为主，毕竟苏学一开始是作为蜀学的一部分提出

---

① 程洵：《尊德性斋小集（补遗）》，清知不足斋丛书本。
② 王水照：《苏轼研究》，中华书局，2015，第3页。
③ 曾枣庄等著《苏轼研究史》，江苏教育出版社，2001，第774页。
④ 曾枣庄等著《苏轼研究史》，江苏教育出版社，2001，第778页。

绪 论

来的。如胡昭曦、刘复生、粟品孝《宋代蜀学研究》，书中清理蜀学概念，尤其辨明蜀学与苏学之关系，认为"苏学在后世影响巨大，所以后来许多学者一提蜀学，便明为苏氏之学"[1]，实际上"广义的蜀学应包括四川地区的各种学术"[2]。本书认为"苏氏蜀学是由苏洵开创、苏轼苏辙兄弟发展成熟的"[3]，并对蜀洛二学进行比较[4]，认为程朱学派最不满意苏氏蜀学之处在于："一是苏学尚权谋，重人情，有经世之学的特点；二是苏学公然声言三教合一，且留有佛老思想的明显痕迹。"[5] 然叶平《三苏蜀学思想研究》则认为，"元祐以后宋人说的蜀学即特指苏氏的学术，不再有'蜀地学术'的意思"[6]。但二书都认为苏学是包括苏氏文章之学，叶平在自序中说得更清楚："关于三苏蜀学不仅是文学流派，更重要的还是儒家思想发展史上的一个重要学派。"[7]

苏轼的经学著作，主要集中在《易传》、《书传》和《论语说》。因为《论语说》亡佚，故后世研究不多。今所知辑录，以曾枣庄、舒大刚所编《三苏全书》收得最为完备。另有杨胜宽《苏轼论语说三题》[8] 和唐明贵《苏轼论语说的阐释特色》[9] 等研究文章，主要讨论《论语说》的学术特色，尤其是对苏轼关于性命之理的探究更为深广。苏轼对春秋学也有所涉猎，但并无专著，后人只能略加讨论，如葛焕礼《尊经重义：唐代中叶

---

[1] 胡昭曦、刘复生、粟品孝：《宋代蜀学研究》，巴蜀书社，1997，第3页。
[2] 胡昭曦、刘复生、粟品孝：《宋代蜀学研究》，巴蜀书社，1997，第6页。
[3] 胡昭曦、刘复生、粟品孝：《宋代蜀学研究》，巴蜀书社，1997，第30页。
[4] 胡昭曦、刘复生、粟品孝：《宋代蜀学研究》，巴蜀书社，1997，第43~54页。
[5] 胡昭曦、刘复生、粟品孝：《宋代蜀学研究》，巴蜀书社，1997，第39页。
[6] 叶平：《三苏蜀学思想研究》，河南大学出版社，2011，第38页。
[7] 叶平：《三苏蜀学思想研究》，河南大学出版社，2011，第1页。
[8] 杨胜宽：《苏轼论语说三题》，《达县师范高等专科学校学报》（社会科学版）2005年第6期。
[9] 唐明贵：《苏轼论语说的阐释特色》，《东岳论丛》2015年第3期。

至北宋末年的新〈春秋〉学》①第八章，在苏辙的春秋学后面附有对苏轼的春秋学的论讨。因此讨论苏学，就主要集中在他的易学和《尚书》学上。

可能跟朱熹对苏氏易学的批判有关，易学哲学史研究著作几乎不涉及《东坡书传》，比如朱伯崑《易学哲学史》②，廖名春、康学伟、梁韦弦《周易研究史》③，高怀民《宋元明易学史》④，王铁《宋代易学》⑤，等等。少数论及的，也只是评价说："会心于老庄与佛理，故能发为妙解，亦良足多者。"⑥然而苏轼的易学成就毕竟是客观存在的，因此也不乏余敦康《内圣外王的贯通：北宋易学的现代阐释》这样专辟一章论述苏轼易学的著作。余先生认为苏轼易学跟郭象更近，并进一步认为"如果不了解他的易学，便无从了解他的文学，也难以了解他的为人"。⑦通过与李觏、欧阳修尤其是司马光的易学思想的比较，余先生认为"苏轼提出了一个自然主义的易道观，表现了鲜明的理论特色，在宋代易学史上，卓然成家，独树一帜，其地位不可忽视"⑧。该书随后从"自然之理与人事之功""卦爻结构与义理内涵"等方面展开论述，最后归结为"苏轼的文化价值理想"。

苏轼易学的专书研究，有金生杨《苏氏易传研究》，书中认为《苏氏易传》是宋代重要的义理派易学著作之一，但同时也

---

① 葛焕礼：《尊经重义：唐代中叶至北宋末年的新〈春秋〉学》，山东大学出版社，2011。
② 朱伯崑：《易学哲学史》，昆仑出版社，2009。
③ 廖名春、康学伟、梁韦弦：《周易研究史》，湖南出版社，1991。
④ 高怀民：《宋元明易学史》，广西师范大学出版社，2007。
⑤ 王铁：《宋代易学》，上海古籍出版社，2005。
⑥ 徐芹庭：《易经源流——中国易经学史》下册，中国书店，2008，第626页。
⑦ 余敦康：《内圣外王的贯通：北宋易学的现代阐释》，学林出版社，1997，第76页。
⑧ 余敦康：《内圣外王的贯通：北宋易学的现代阐释》，学林出版社，1997，第85页。

不忽略象数。舒大刚在序中说："王安石以'纵横家'斥责苏氏学术，朱熹又将他们列入'杂学'予以鞭挞。究其原因，不过是苏氏父子对不同的学术观点，采取兼容并蓄的态度而已。"①

另有徐建芳《苏轼与周易》，该书"依据大量的文献资料"，认为"苏轼应对困境、超脱痛苦的更根本性精神支柱应来自易学"②。其中第四、第五、第六章，把《周易》与苏轼的作家修养论、文艺创作论和审美鉴赏论结合起来论述。

与苏轼易学有关的还有姜声调《苏轼的庄子学》，该书第四章和第五章探讨苏轼文艺中的庄子学，从自然观、齐物观、修养观、处世观、出世观、安命观和文艺观来论述，但是结合得并不紧密，诚如其言："苏轼如何以'庄子学'来调整精神，稳定情绪，超脱自由，安命归结，并化为一种净化的文艺精神，都是其庄子学中的重点所在。他把这些观点自然地转化而融入文艺作品中，文义生动，风格一新，意味丰厚。"③ 然而是怎样的"自然地转化"法？书中没有清楚交代。

另外，李赓扬《融通三教 师法自然：苏轼自然观》论述了苏轼的科学技术和思想，指出"迩来三月食无盐"与《东坡志林》提倡蜀地井盐水鞴之法的关系④，但没有深入展开。

与苏轼易学不同，其尚书学被后人研究较多。这可能也跟朱熹对苏轼《书传》的评价较高有关。刘起釪《尚书学史》⑤就将其归于反对王安石之学一派。而蔡根祥《宋代尚书学案》⑥更是专立第七章"三苏尚书学案"加以讨论。

---

① 金生杨：《苏氏易传研究》，巴蜀书社，2002，第18页。
② 徐建芳：《苏轼与周易》，中国社会科学出版社，2013。
③ 姜声调：《苏轼的庄子学》，台北文津出版社，1999，第193页。
④ 李赓扬：《融通三教 师法自然：苏轼自然观》，海天出版社，2014，第111页。
⑤ 刘起釪：《尚书学史》，中华书局，1989。
⑥ 蔡根祥：《宋代尚书学案》，台北花木兰文化出版社，2006。

至于研究朱熹尚书学者,也多会涉及苏轼的《书传》。比如王春林在《书集传研究与校注》第二章"变古与阐理:《书集传》的学术背景"中就评价苏轼《书传》云:"《东坡书传》文字十分简洁。朱熹就曾指出'苏氏伤于简',不过他又认为注解《尚书》就应当简洁明了。"又云:"苏轼治《尚书》另一大特点就是对'治乱兴亡'很有心得,往往发前人之未发,有独到的见解……《书集传》引用《东坡书传》的次数高达45次,属采用诸家之中次数最多的一家……他(指朱熹)认为诸家《尚书》解中,苏轼的最好。"[1]

再比如陈良中在《朱子〈尚书〉学研究》第一章"宋代学风与宋代尚书学"中论苏轼《书传》说:"盖有激于以往传注的谬误,欲矫古今之失而成一家之言。"又说:"苏轼长于文,故解《书》关注行文,注重把握文章意脉……一是推求文意改字解经……一是对《尚书》窜简脱漏的论断。"[2] 又认为宋代尚书学主要围绕王安石尚书学和朱熹尚书学展开论争,并总结王安石为政治家解经,林之奇是经学家解经,朱熹是哲学家解经,而"苏轼解经是文学家解经的典范,经解与政治是疏离的,他又与王安石生于同时,其解经干政又是隐讳的"[3]。

然而研究苏轼尚书学的专著却还没有,只有零星的论文。

苏学研究的薄弱,原因很多,主要有三点。一是苏轼文学家身份的显赫,造成人们对他的经学著作很少留意。二是朱熹对苏学的批评,直到明代的有识之士才敢对朱熹提出质疑,从而重视苏轼的易学。三是经学研究的没落,导致经学著作难以

---

[1] 王春林:《书集传研究与校注》,人民出版社,2012,第39页。
[2] 陈良中:《朱子〈尚书〉学研究》,人民出版社,2013,第16~18页。
[3] 陈良中:《朱子〈尚书〉学研究》,人民出版社,2013,第56页。

激发研究者的兴趣。然而，作为古代学术支柱的经学，深刻地反映着古人的思想面貌，如果对其经学不够了解，则对其文学作品的理解自然也不能深入。苏轼也是如此。但对笔者来说，苏学的研究是为更好地探究苏诗中出现的文学现象，因而苏学的研究并非从苏学出发而展开，其落脚点还在于服务苏诗的研究。

(二) 苏诗与苏学的结合

跟苏学研究差不多，把苏学与苏诗结合起来的研究也不多。尽管如此，却也形成不小的规模。

首先，学者们对苏学有助于苏诗研究这方面有着清醒的认识。龙吟在《东坡易传》前言中就强调东坡易学对于理解其诗词文学的重要性。而王世德在《儒道佛美学的融合——苏轼文艺美学思想研究》中更认为苏轼的文艺美学思想在融合儒释道美学的基础上呈现出潜在的系统性，并提出审美非功利性的"寓意"论，说："从主体方面看，说明主体只有摆脱占有欲，才能解放感情，进入审美境界。从客体方面看，只有处于被人审美的关系中，被人以审美态度对待时，才是作为审美对象而存在，而呈现在人们面前，被人们真正掌握。"[1] 李凯《苏氏蜀学文艺思想的巴蜀文化特征》则认为："蜀学成为学派，始于北宋中期，由苏洵创始，苏轼、苏辙总其成。苏氏蜀学指学术派别（思想流派），主要包含三苏的哲学思想。但三苏被世人所知的首先是其文学创作，因此文艺思想实应属于苏氏蜀学的重要内容。苏氏蜀学作为一个整体，不仅在其哲学思想上表现出很多共同点，在其文艺观上亦复如是。苏氏文艺思想的核心是苏

---

[1] 王世德：《儒道佛美学的融合——苏轼文艺美学思想研究》，重庆出版社，1993，第9页。

洄的文艺思想,影响最大、成就最高的是苏轼的文艺思想。苏辙在父兄之外,也有不少独到之处。"[1] 又指出四点共同之处:"一、'以西汉文词为宗师'与两汉先贤意识","二、重文轻道与异端色彩","三、'言必中当世之过'与'作赋以讽'","四、'不得已而言'与任情适性"。

其次,学者们对宋人的官僚、文士、学者合一的身份非常熟悉。王水照《情理·源流·对外文化关系——宋型文化与宋代文学之再研究》认为:"宋代士人的身份有一个与唐代不同的特点,即大都是集官僚、文士、学者三位于一身的复合型人才,其知识结构一般远比唐人淹博融贯,格局宏大。"[2] 又说:"读书是宋代士人的基本生活方式。"[3] 在代序《我和宋代文学研究》中,王先生回顾自己研究苏轼的历程是"从政治家的苏轼,到文学家的苏轼,再到作为文化型范的苏轼"[4]。又《北宋的文学结盟与尚"统"的社会思潮》对学术与诗歌的内在影响颇有启发。邓乔彬所编《第五届宋代文学国际研讨会论文集》,在后记中所拟会议板块,也有宋代文学与宋代学术。[5]

最后,不少学者也在付诸实践,并取得初步成果。如张善文《周易与文学》中收有《论以易理为核心的邵康节体诗歌》[6]。再如张高评《春秋书法与宋代诗学——以宋代诗话笔记为例》[7]。又如李建军《宋代春秋学与宋型文化》[8] 第四章"宋

---

[1] 李大明编《巴蜀文学与文化研究》,商务印书馆,2005,第177页。
[2] 王水照:《王水照自选集》,上海教育出版社,2000,第30页。
[3] 王水照:《王水照自选集》,上海教育出版社,2000,第31页。
[4] 王水照:《王水照自选集》,上海教育出版社,2000,第5~6页。
[5] 邓乔彬编《第五届宋代文学国际研讨会论文集》,暨南大学出版社,2009,第725页。
[6] 张善文:《周易与文学》,福建教育出版社,1997。
[7] 张高评:《春秋书法与左传学史》,上海古籍出版社,2005,第126~127页。
[8] 李建军:《宋代春秋学与宋型文化》,中国社会科学出版社,2008。

代春秋学与文学"第二节"春秋义法与宋代诗文著述"接续张先生的启发而作，但主要着力于对南宋的分析，如吕祖谦、杨万里、张戒等。又如巩本栋《走近"苏海"——略谈东坡的思想学术与文学》，巩老师在文中说："我们如果能把握东坡兼融儒道的这种思想特征，那就会对他的政治态度、对他的生平行事、也对他的文学思想和创作，都有更深入的认识和更全面的把握。"① 这种见解自然是对的，但在文中没有展开。又如张春义《论南宋"士大夫之词"的义理化倾向——以辛派流变与"苏"、"程"之学的关系为个案》②。

尽管大家都有清醒的认识和期待，并在一定程度上从各方面付诸实践，但由于横跨学术史尤其是经学史和文学史，难度较大，因此成果并不显著，尤其是具体到苏学与苏诗的研究就更少了。就目前所掌握的资料来看，苏学与苏诗的结合研究，主要集中在以下几个方面。

一是跟儒道思想的结合。如何寄澎《典范的递承：中国古典诗人论丛》，收有《从'变'到'化'——谈〈赤壁赋〉中'一'与'二'的问题》一文，该文认为："所有'一'与'一'的对应、分立、矛盾，在《后赋》中消失，只留下一个'一'——东坡，让东坡绝无干扰地切实体验'变'。然后让这个'一'化为另一个'一'——孤鹤；然后再让这个'一'化为'二'——道士。《后赋》里这样的安排，一方面让《前赋》中观念层面的'常''变'认知转化为经验层面的体认——万物的确是莫非'常'、亦莫非'变'的；一方面则指出'化'才

---

① 《古典文学知识》2015年第4期。对苏轼思想的三教探索，巩老师提出儒道兼融，笔者一开始是极其认同的，但随着对苏轼作品尤其是经学作品阅读的展开和思考的深入，笔者日渐发现苏轼的思想自成一体，即苏学。
② 陶文鹏：《两宋士大夫文学研究》，中国社会科学出版社，2012。

是宇宙万物的本质，执迷于'变'，永远是有限的生命，唯有'化'才是真正的'常'——至此，《前赋》中无谓的'常'才有了'确实'的意义。"① 再如巩本栋《环绕'苏门'起始兴盛的几个问题》中认为，秦观"所谓'性命自得'，即是兼融儒道，是其（苏轼）'性命论'和'人情论'的统一"。② 又说："苏轼兼融儒道而本之于情性自然论的思想，不仅贯穿在其全部理论著作和文学创作之中，并支配着苏轼一生的思想和言行，而且也直接影响到'苏门'的兴盛。这种影响，最重要的就是表现为对创作主体思想情感抒发自然的顺应，表现为对创作主体的个性和自由的尊重。"③

二是跟禅宗思想结合。如周裕锴《文字禅与宋代诗学》④ 第二章第三节"梦幻与真如：苏黄代表的两种禅悦类型"。又如《从法眼到诗眼：佛禅观照方式与宋诗人审美眼光之关系》，该文"力图考察僧人与诗人在观照世界方面的一致性，即宗教地掌握世界与艺术地掌握世界的一致性。具体说来，本文将以惠洪的《石门文字禅》为中心，结合苏轼、黄庭坚及北宋后期其他诗人的相关论述，着重讨论佛教的万法平等、理事无碍、周遍含容、真妄不二、心造万物、如幻三昧、转物遍物、六根互用等观念，如何影响到北宋后期诗人观察认识世界的审美眼光，并如何转换为宋诗学中种种评论鉴赏艺术作品的审美观念"⑤。

---

① 何寄澎：《典范的递承：中国古典诗人论丛》，台北文史哲出版社，2002，第152页。
② 莫砺锋编《第二届宋代文学国际研讨会论文集》，江苏教育出版社，2003，第306页。
③ 莫砺锋编《第二届宋代文学国际研讨会论文集》，江苏教育出版社，2003，第318页。
④ 周裕锴：《文字禅与宋代诗学》，高等教育出版社，1998。
⑤ 李丰楙、廖肇亨编《圣传与诗禅：中国文学与宗教论集》，中研院中国文哲研究所，2007，第586页。

又说:"无论法眼还是道眼,宋人在使用时都和佛教的种种观照方式联系起来。据我考察,在今存宋人文献中,苏轼最早从认识世界的角度来使用这两个术语……其观照方式,显然接受了华严法界观的'周遍含容观'……其观照方式,显然来自华严法界观的'真空观'……"①"显然借鉴了华严法界观的'理事无碍观'……需要指出的是,苏轼之所以用法眼、道眼来称许禅师观世间的眼光,是因为他自己也站在同样的佛教观照的立场。"② 又如萧丽华《东坡诗中的般若譬喻》认为:"东坡把玄虚杳渺的般若至理,借由诸般譬喻呈现出来,因此东坡诗也成就了以诗喻禅的理趣诗典范。"③

三是与经学思想的结合。这方面研究的较早者有陈新雄。陈先生在《从苏东坡的小学造诣看他在诗学上的表现》④ 中详细论述,并在《苏轼研究史·序二》中津津乐道:"正因为苏轼平素注重小学,浸淫久,用功勤而造诣深,故于中国文字之形、音、义皆能确切掌握。犹如韩信将兵,多多益善,作文赋诗时,遇有字不适切,即换他字,用字方面,毫无踬碍,是以作文,如行云流水,行所当行,止所当止,无不赏心惬意,故表现于外者,乃出乎其类,拔乎其萃矣。"⑤ 但陈先生仅论述苏学中的小学。

四是思想基础上的文艺论。如冷成金《苏轼的哲学观与文

---

① 李丰楙、廖肇亨编《圣传与诗禅:中国文学与宗教论集》,中研院中国文哲研究所,2007,第591页。
② 李丰楙、廖肇亨编《圣传与诗禅:中国文学与宗教论集》,中研院中国文哲研究所,2007,第592页。
③ 李丰楙、廖肇亨编《圣传与诗禅:中国文学与宗教论集》,中研院中国文哲研究所,2007,第650页。
④ 陈新雄:《从苏东坡的小学造诣看他在诗学上的表现》,《古典文学》1985年8月7日上期。
⑤ 曾枣庄等著《苏轼研究史》,江苏教育出版社,2001,第9~10页。

艺观》①，该书主要从哲学观和文艺观两个角度研究苏轼，其中哲学观分为儒学思想、庄禅思想和生命实践等方面，而文艺观分为文艺本原论、创作论、艺术风格论和鉴赏批评论。其中第五章"苏轼的文学创作与他的哲学观和文艺观"探讨苏轼的具体文学现象"为词立法"和山水诗。由于全书致力于理论构建，因此这样的具体结合并不多见。再如李瑞卿《苏轼的易学与诗学》②，又为纯粹的文艺学研究，而较少涉及诗歌作品。

另外还有苏学与苏文相结合的成果。学术需要用文章来表达，文章也离不开学术的内容，因此苏学与苏文的结合研究是较为顺畅的。比如石学翰《苏轼易学与古文融摄之研究》③，作者自序云："然而限于时间、篇幅与能力，写作过程中并未全面地探究苏轼其他文学，比如：诗、词、赋，在这些文类中是否也隐含着易学与文学融摄的思想？相信是有的，可惜并未论及。"又比如日本学者副岛一郎的《宋初的易学者与古文家——从陈抟到冯元》论述易学与古文的关系，当然，这只是初步，正如作者在后记所说："它们之间内在有着什么样的关联，对此，至今仍找不到答案。"④

在苏学与苏文研究中最有影响者，当推美国汉学家包弼德。他在《斯文：唐宋思想的转型》第八章"苏轼的道：尽个性而求整体"中说："作为一个文人，苏轼遇到古文在寻找道德的普遍性和从事文学之间的张力；作为一个思想家，他面临古文的困境，即一个人应该在寻求了解所有人能共同认可的东西的同

---

① 冷成金：《苏轼的哲学观与文艺观》，学苑出版社，2003。
② 李瑞卿：《苏轼的易学与诗学》，《文学评论》2013年第3期。
③ 石学翰：《苏轼易学与古文融摄之研究》，台北花木兰文化出版社，2013。
④ 副岛一郎：《气与士风——唐宋古文的进程与背景》，上海古籍出版社，2013，第246页。

绪 论

时，自己亲知亲解。我将提出，苏轼最终通过他的解释解决了这些两难的困境，他解释了个人如何在相信万事万物最终是统一的和他自己对特定事件的反应之间建立联系，这些特定事件发生在一个历史的、变化的和经常是不完美的世界中。苏轼的道要求个性和多样性，以便实现共同的利益。它是一个价值观思考的普遍方式，不需要整齐划一。而且苏轼的道最终解释了人们创作的文如何在不要求风格千篇一律和得出相同结论的情况下具有真正的价值。"[①]

真正将诗歌作品与学术研究结合起来分析的专著，是查屏球的《唐学与唐诗》。全书从学术精神与诗风关系、学术态度与诗歌发展的关系和学术结构与诗风的关系三个角度展开论述[②]，对唐宋诗转型中的一些问题进行新的解释。但该书毕竟从宏观角度立论，因而所探讨者多为文学现象与学术现象，探讨的重点也是二者之间的关系，没有也不可能更深入地揭示诗歌与学术之间的相互渗透。这就需要在诗歌史和学术史的基础上，对诗人、学者身份兼有的个体展开研究方可达到。而苏轼无疑是最佳的选择。

在这方面，莫砺锋先生道夫先路。自《唐宋诗歌论集》出版后，莫先生的苏轼研究从宋诗背景下的苏诗研究走向苏轼的融通研究，这方面的代表作便是《漫话东坡》。虽然书名是漫话，但实则是对苏轼展开全方位的立体的纵深研究，从而在苏学方面提出东坡独特的人生观："东坡确实对儒、道、佛三家思想都曾汲取其精华为我所用，但他在兼收并蓄的基础上更进一

[①] 包弼德:《斯文:唐宋思想的转型》，刘宁译，江苏人民出版社，2001，第270～271页。
[②] 查屏球:《唐学与唐诗——中晚唐诗风的一种文化考察》，商务印书馆，2000，第6页。

步，从而创造了独特的人生观，东坡的人生观只属于他自己。"①又在第十章"东坡与人生"中说："东坡的人生观非常复杂，举凡儒、道、释各家思想中的合理因素，他不但兼收并蓄，而且融会贯通。但是东坡的人生观又非常独特，'三教合一'不是他思考人生的终点，而只是其起点，他的人生观是自成一家的。"②此论对历来关于苏轼的思想争论有廓清之功。不仅如此，莫先生还在书中特别分析《东坡易传》中的性情论和重视实践的认识论，指出苏轼独特思想的具体内容。苏学既然如此，莫先生对苏轼的文艺思想更是从"通"的角度加以把握。他在第十一章"东坡与文艺"中论述说："东坡的思想通脱而潇洒，不拘一格。东坡在文艺创作上多方面的才华又使他善于打通各种不同的艺术门类来进行体会与思考，从而达到融会贯通的境界。所以东坡的风格论与创作论都贯穿着一种'通'的精神，前者的具体表现是对不同风格的兼收并蓄并进而交融相济，后者则表现为在各种不同的艺术门类之间进行功能移植与风格渗融……如果从'通'的角度来考察中国古代的文艺思想家，东坡堪称古往今来的第一人。"③后面从东坡对异量之美的欣赏出发，通过他在书画与诗文等方面的具体融通成就来证明，尤其指出"清雄"在苏轼艺术风格中的特点。当然，莫先生这样的观念早有萌芽，比如 2001 年在台湾清华大学撰写的论文《从苏诗苏词之异同看苏轼"以诗为词"》，便把苏诗和苏词结合起来分析④。但那时莫先生还没从全面的角度来审视苏轼的文学成就，所以

---

① 莫砺锋：《漫话东坡》，凤凰出版社，2008，第 166 页。
② 莫砺锋：《漫话东坡》，凤凰出版社，2008，第 185 页。
③ 莫砺锋：《漫话东坡》，凤凰出版社，2008，第 221 页。
④ 莫砺锋：《从苏诗苏词之异同看苏轼"以诗为词"》，《中国文化研究》2002 年夏之卷。

关于苏诗和苏词的高低问题，该文认为二者尽管各有千秋，"如论内容之宽广、气魄之雄伟，当然是苏诗更胜一筹；但如果论意境之浑融高远，风格之蕴藉雅致，则苏词的造诣或许还在苏诗之上"。而在《漫话东坡》中，莫先生充分意识到苏轼创作的整体性，因此说："笔者不想把东坡的词与其诗文强分甲乙。"①事实上，不仅区分是没有意义的，而且也没法区分。

（三）突围：苏诗的文化研究

随着苏轼研究的繁荣，各方面研究成果涌现，如何在此基础上继续开拓，成为学者担忧的问题。朱靖华《苏轼的综合论及综合研究苏轼》认为"苏轼本身就是艺术综合论者"，因而"苏轼研究如欲有所突破，就必须从'全能'、'通才'的视角来观察和探索苏轼，要改变当前单纯以诗论诗、以画论画等偏执一隅的狭隘做法，走向综合交叉研究的康庄大道"。②朱先生的号召促使一些综合研究专著开始出现，比如冷成金《苏轼的哲学观与文艺观》。但本书只是局限于文艺内部之间的沟通，还需沟通苏轼研究的内外方可。这在苏诗的研究中尤其需要。关于苏诗的评论分歧很大，除去诗本身，还有诗的内容，对此苏轼自己有清醒的认识，他在《西江月·杭州交代林子中席上作》云："旧官何物与新官，只有湖山公案。此景百年几变，个中下语千难。"湖山公案，邹同庆、王宗堂《苏轼词编年校注》注云："这里指苏轼吟咏西湖的诗歌。留供林希判断。"③苏诗的诗歌包罗万象，又何止湖山公案，但仅此已经使同时人难以下语，何况千百年之后的研究者？本文试图从宋代文化的视角入手，

---

① 莫砺锋：《漫话东坡》，凤凰出版社，2008，第263页。
② 朱靖华：《苏轼的综合论及综合研究苏轼》，《中国人民大学学报》2001年第3期。
③ 邹同庆、王宗堂：《苏轼词编年校注》，中华书局，2002，第677页。

来重新探讨苏诗乃至宋诗的一些特点和问题。

宋代文化，又称宋学、宋型文化，学界对此已经展开较为丰富的研究，如张高评先生便提倡"宋诗与宋代文化之整合讨论"①。因研究论著较多，此处不再一一胪列。② 面对精深广阔的宋代文化，如何进行跨学科的苏轼诗歌研究，却是笔者较为关注的问题。如果只是简单地模拟论文框架，然后把相关成果排比、填充，这并不是笔者心目中认为的真正的跨学科研究。然而，由于各学科具有专业化的深入和隔阂，想要全方位、完整地进行学科跨越研究，又远非笔者有限的时间、精力和学识所可胜任。所幸前贤已经开辟了道路并提供了可资借鉴的成果和经验。袁行霈先生说："有志气的中国文学史研究者，应当融会中国的和外国的、传统的和现代的文学理论，从中国文学的实际出发，具体问题具体分析，以实事求是的态度阐述中国文学的历史，而不应先设定某种框架，然后往里填装与这框架相适应的资料。"③ 其中具体问题具体分析，也就是强调学术研究的问题意识。葛晓音女史则通过自己对日本雅乐和隋唐乐舞的跨学科研究实例，一方面指出整体跨学科的艰难；另一方面则认可专题研究过程中的跨学科可能。她说："古典文学是人文学的一部分，与政治、社会、哲学、宗教、艺术等学科关系密切。为了透彻研究文学发展的外因和内因，跨学科研究是必不可少的，所以学界前辈总是提倡文史兼通。但是在学科分工愈益细密、知识积累近于爆炸的当代，研究者已经很难做到像前辈学者那样博通。多数学者只能从研究某个专题的需要出发，搜寻

---

① 张高评：《宋诗特色研究》，长春出版社，2002，第443~444页。
② 可参见陈植锷《北宋文化史述论》，中国社会科学出版社，1992。
③ 袁行霈：《中国文学史》第一卷，高等教育出版社，2003，第6页。

绪　论

相关学科的知识和研究成果。"[①] 又说："所以跨学科是为了解决深层次问题所不得已采用的办法。在研究过程中我也体会到，虽然当代学术的发展使学者同时兼通其他学科几无可能，但是只要从本专业课题研究的需要出发，又肯下工夫深入钻研，还是可以在相关学科触及某些领域的前沿，至少能避免简单化地套用其他学科的常识或者现成结论来解释本专业的问题。当然，对某些跨学科研究的巨大难度，以及需要耗费的时间与当前学术评估体制的矛盾，也必须有充分的估计。如果没有耐心和定力，这类慢工细活的研究是很难长期坚持下来的。"[②] 葛女史指出跨学科是专题深入研究的必然结果，而非为套用而套用；同时，跨学科需要触及所跨学科的前沿才能够对触及的问题作出有益的启示。

有鉴于此，在前人大量的苏轼研究成果面前，文化角度和跨学科的方法成为突围的关键所在。笔者在研究的过程中，尽量吸收本专业和相关专业的基本知识和研究成果，在具体的文化背景中发现问题，并利用跨学科的资源进行尽可能的专题论证。

[①] 葛晓音：《跨学科研究的探索和实践——以日本雅乐和隋唐乐舞研究为例》，《文史知识》2016年第10期，第3页。
[②] 葛晓音：《跨学科研究的探索和实践——以日本雅乐和隋唐乐舞研究为例》，《文史知识》2016年第10期，第11页。

第一章
"诗画本一律,天工与清新"
——诗学与画学

跟西方艺术强调诗、画的差异不同，中国艺术更强调诗、画间的密切关联。对这种关联的论述，学界成果颇丰，如姜澄清《诗学与画学》[①]等。但此类论述多侧重理论阐发，而少个案探究；且偏向论述诗对画的影响，而忽略画对诗的作用。将诗人和画家身份合一的苏轼，不仅在他的创作实践中体现出诗、画互为所用的倾向，更在理论上提出"诗画一律"的观点。但通过梳理他的诗画资料，我们可以发现他的诗画论有着较为明显的阶段性特点，是不断流变、发展的；而画学对苏轼诗歌的反哺作用，也正是在这种动态的进程中逐渐强化、定型，体现出持续、广泛而深入的特征。

---

① 姜澄清：《诗学与画学》，《文学遗产》1993年第2期。

第一节　苏轼诗画论流变研究

在宋代艺术史上有个争论不休的问题，即苏轼是否"扬王抑吴"。"王"指王维，"吴"指吴道子。主张此说者，以苏轼早年所作《王维吴道子画》为证据；反驳此说者，又能举出苏轼二十余年后所作《书吴道子画后》为例。对此矛盾，钱锺书先生创造性地发现，"画品居次的吴道子的画风相当于最高的诗风，而诗品居首的杜甫的诗风相当于次高的画风"，由此得出结论，在中国文艺批评的传统里，诗与画存在着"标准分歧"，从而导致"相当于南宗画风的诗不是诗中高品或正宗，而相当于神韵派诗风的画却是画中高品或正宗"[1]。钱先生的结论暂且不说[2]，其对苏轼诗文的解读出于机械推理，是建立在苏轼诗画论毫无变迁、铁板一块的基础上的[3]。事实并非如此。衣若芬先生《论王维与吴道子》就注意到苏轼对吴道子评价的变化："苏轼

---

[1] 钱锺书：《中国诗与中国画》，《中国社会科学院研究生院学报》1985年第1期，第11～12页。
[2] 当代一些学者对钱先生的论断试图作出回应，如赵宪章先生从图像和文本的关系出发，认为："由于语言是实指符号，所以，诗歌的写实风格备受中国诗学的青睐；由于图像是虚指符号，所以，绘画的写虚（写意）风格备受中国画学的推崇——盖因它们发挥了自身之优长，从而在各自领域获得了话语优先权。反之，诗歌艺术追求写意、绘画艺术追求写实，也就意味着它们使用了自身的短处，所以不能达到最理想的效果。"见《语图符号的实指和虚指——文学与图像关系新论》，《文学评论》2012年第2期。
[3] 不仅钱先生如此，前人对苏轼诗画论的讨论，也多是建立在苏轼静止的诗画观上的，如黄鸣奋先生《论苏轼的文艺心理观》（海峡文艺出版社，1987）、陶文鹏先生《苏轼诗词艺术论》（上海古籍出版社，2001）和陈中浙先生《我书意造本无法：苏轼书画观与佛教》（商务印书馆，2015）等。其中陈先生从诗歌与绘画在创作思维、创作表达和欣赏品评上的一致性来阐释（第126～127页），虽然具体方面和论述内容不同，论述的逻辑起点都一样，但这个起点其实并不可靠。

对吴道子的逐渐推崇并不影响王维在他的心目中的地位,他也不曾再比较二人的长短,所以我们不必认为'扬王抑吴'即是定论。"①对吴道子的评价背后,实质上折射出苏轼诗画论的流变,但衣若芬先生没有深究下去。本文拟论述苏轼诗画论的流变、转向、回归和超越,其中包括审美标准侧重点的差异、差异造成的阶段性特点和造成差异的原因,并在此动态考察的基础上重新认识苏轼诗画论的"清新"美学。

一　以诗论画的盲区和画圣精髓的缺席

作为画圣的吴道子,在中国艺术史上的地位很高。《历代名画记》《唐代名画录》都对其绘画作品做出最高的评价。苏轼《跋庚征西帖》曾说:"吴道子始见张僧繇画,曰:'浪得名耳。'已而坐卧其下,三日不能去。"②朱景玄《唐朝名画录》云:"张怀瓘尝谓道子乃张僧繇之后身,斯言当矣。"③有趣的是,吴道子对张僧繇的这种认知变化,在苏轼对吴道子的认识上也鲜明地体现出来④。吴道子绘画也有变化发展,汤垕《画鉴·唐画》云:"吴道子笔法超妙,为百代画圣。早年行笔差细,中年行笔磊落。"⑤徐迅先生也说:"吴道子维摩变尚非其中

---

① 衣若芬:《苏轼题画文学研究》,台北文津出版社,1999,第85页。
② 李之亮笺注《苏轼文集编年笺注》第9册(诗词附),巴蜀书社,2011,第476页。
③ 潘运告:《中国历代画论选》上册,湖南美术出版社,2007,第79页。
④ 一说为阎立本。郭若虚《图画见闻志》卷五:"阎立本,至荆州,观张僧繇旧迹曰:'定虚得名耳。'明日,又往曰:'犹是近代佳手。'明日往曰:'名下无虚士。'坐卧观之,留宿其下十余日不能去。"今按:不管是吴道子还是阎立本,都说明欣赏绘画之精妙需要一个学习、揣摩的过程,因此对同一幅画或同一个画家也会有不同的观点。这在宋人身上多有表现。秦观对《辋川图》的鉴赏便有"不断深化、不断丰富的认识过程"(徐培均:《试论新发现的秦观〈辋川图跋〉》,《文学遗产》2011年第1期,第72页)。苏轼对吴道子的画也是如此。
⑤ 于安澜:《画品丛书·画鉴》,上海人民美术出版社,1982,第407页。

第一章 "诗画本一律，天工与清新"

后期纵横驰骋惊世骇俗风格，由此推断或为吴道子早期风格。"①这将吴道子的绘画风格明确区分为早期和中后期。苏轼对吴道子的认知变化，与吴道子绘画风格的发展有所关联，但在对同一类作品的鉴赏、品论上，则跟苏轼自身的诗画论发展更为密切。

苏轼早年受苏洵影响，酷爱画作，也经常以诗咏画。嘉祐六年（1061）秋，苏洵从大觉琏师处获赠阎立本的《水官画》，便创作《水官诗》回赠，并让苏轼也作一首。苏洵的诗对画面的描绘已经淋漓尽致：由上及下，兼顾左右，最后又回到上面："水官骑苍龙，龙行欲上天……下有二从臣，左右乘鱼鼋……翼从三神人，万里朝天关。"②苏轼对此也有清醒认识，诗中说："惟应一篇诗，皎若画在前。"③然而，苏轼诗中缺少对画面的歌咏，而多夹叙夹议，如开头便云："高人岂学画，用笔乃其天。譬如善游人，一一能操船。"④

这种风格延续到嘉祐八年（1063）所作《记所见开元寺吴道子画佛灭度，以答子由》诗中。苏辙之诗为《画文殊普贤》，全诗还是走苏洵之路，以描绘画面为主，故结句云："试与记录代一观。"⑤苏轼则不同，他一方面延续《次韵水官诗》中的议论风格；一方面又对画面进行描绘，尤其难能可贵的是，用比

---

① 徐迅：《窈冥而不知其所如，是谓达节也已——我解吴道子释道画壁》，《中国画画刊》2014 年第 1 期，第 49 页。
② 苏洵：《嘉祐集笺注》，曾枣庄笺注，上海古籍出版社，1993，第 515 页。
③ 张志烈、马德富、周裕锴主编《苏轼全集校注》第 1 册，河北人民出版社，2010，第 174 页。苏轼《次韵水官诗》："三官岂容独，得此今已编。吁嗟至神物，会合当有年。"其中"编"，校注云："偏字义胜……意谓三官图岂容只此一幅，但得此一幅已经不错。"（第 1 册，第 179 页）此处有误。苏洵《水官诗》此句为"我从大觉师，得此诡怪编"，苏轼和诗，当为"编"。四句意谓阎立本作有三官图，如今《水官图》已得，其他两官图也会得到的。这是迎合苏洵所好说出来让他高兴的话，也跟苏轼当时喜欢收藏画作一致。
④ 王文诰辑注《苏轼诗集》，孔凡礼点校，中华书局，1982，第 87 页。
⑤ 高秀芳、陈宏天整理《苏辙集》，中华书局，1990，第 20 页。

喻之语发表议论，使议论更形象，如"纵横固已灭孙、邓，有如巨鳄吞小鲜"①。又用比喻的方式来表达更丰富的议论，如把"修道"过程说成"初如蒙蒙隐山玉，渐如濯濯出水莲"。再比如把佛性不灭说成"隐如寒月堕清昼，空有孤光留故躔"，王注次公曰："月堕清昼，以譬佛之灭度；光留故躔，以譬佛之虽寂灭而犹在。盖月之昼隐非亡故也。"②纪昀评此诗："笔笔圆劲，大抵东坡诗自是气格方成就。"③纪昀把此诗看作苏诗气格成立的标志，其原因当然很多，但在创作中把比喻式的议论和充满画面感的描述完美地统一起来，使诗语与画面融合无间，恐怕是个重要的原因。所以纪昀对同样有此特色的《王维吴道子画》，也评价说："奇气纵横，而句句浑成深稳。"④

尽管对画面也有描绘，但终究是为议论服务。且苏轼描绘的目的，是想用佛灭度画来压过苏辙所看到的文殊普贤画："来诗所夸孰与此？安得携挂其旁观！"大有一较高下之意，可惜苏轼的关注点在佛灭度上，这从其诗题上可以看出来。但吴道子画的精髓却集中于菩萨⑤，这恰恰被苏轼忽略。邵博《邵氏闻见

---

① 张志烈、马德富、周裕锴主编《苏轼全集校注》第1册，河北人民出版社，2010，第292页。
② 张志烈、马德富、周裕锴主编《苏轼全集校注》第1册，河北人民出版社，2010，第292页。
③ 张志烈、马德富、周裕锴主编《苏轼全集校注》第1册，河北人民出版社，2010，第294页。
④ 张志烈、马德富、周裕锴主编《苏轼全集校注》第1册，河北人民出版社，2010，第321页。
⑤ 吴道子善画菩萨，如《历代名画记·西京寺观等壁画》"菩提寺"条："殿内东西北壁并吴画，其东壁有菩萨，转目视人。"袁有根先生对千佛崖实地考察发现："窟中的主像（如来佛）雕刻的水平并不高超，两旁陪饰的菩萨像雕刻得却很好，神态安详，肌体丰满，造型优美，线条流畅，衣纹组织得疏密有致。"并认为这尊菩萨很有可能是吴道子所画（《〈送子天王图卷〉真迹辨》，《文艺研究》1998年第6期，第107页）。吴道子善画菩萨，跟唐人关注菩萨的信仰基础和时代风气契合，可参见史忠平《莫高窟唐代观音画像研究》（中国社会科学出版社，2016）等论著。

后录》卷二八说:"凤翔府开元寺大殿九间,后壁吴道玄画,自佛始生修行说法至灭度,山林、宫室、人物、禽兽数千万种,极古今天下之妙。如佛灭度,比丘众躄踊哭泣,皆若不自胜者。虽飞鸟走兽之属,亦作号顿之状。独菩萨淡然在旁如平时,略无哀戚之容。岂以其能尽死生之致者欤?曰'画圣',宜矣。"①菩萨才真正代表着吴道子对佛灭度的理解。吴道子人物画的精髓,在李公麟画中有体现。李公麟学吴道子,米芾《画史》云:"尝师吴生,终不能去其气。"②苏轼《答李端叔》其一云:"辱书,并示伯时所画地藏。某本无此学,安能知其所得于古者为谁何,但知其为轶妙而造神,能于道子之外,探顾、陆古意耳。"③据邓椿《画继·论远》记载,李公麟尽管对吴道子的豪放笔势有所裁损,却在构思、布局上深得吴道子精义。《宣和画谱》云:"作《阳关图》,以离别惨恨为人之常情,而设钓者于水滨,忘形块坐,哀乐不关其意……故创意处如吴生。"④李公麟《阳关图》中的"设钓者"实源出吴道子画中的菩萨,"创意处"一致。反过来,这也可以为邵氏的观点提供佐证。而苏轼后来对菩萨态度的转变,竟然跟对吴道子评价的转变同时完成,也从一个侧面说明二者的关联。元丰八年(1085),苏轼作《书吴道子画后》,更新了对吴道子的评价。也是在同一年,苏轼作《跋王氏华严经解》,对王安石只解佛语而不解菩萨语进行批评:"若一念清净,墙壁瓦砾皆说无上法,而云佛语深妙,菩萨不及,岂非梦中语乎?"⑤苏轼对菩萨态度的转变与对

---

① 邵博:《邵氏闻见后录》,中华书局,1983,第217页。
② 《景印文渊阁四库全书》第813册,台北商务印书馆,1986,第9页下。
③ 张志烈、马德富、周裕锴主编《苏轼全集校注》第17册,河北人民出版社,2010,第5772~5773页。
④ 《宣和画谱》,俞剑华注译,江苏美术出版社,2007,第174页。
⑤ 苏轼:《苏轼文集》,孔凡礼点校,中华书局,1986,第2060页。

吴道子的重新认识发生在同一时间，联系前面苏轼对吴道子画中菩萨的忽略和此时对吴道子和菩萨的肯定，前后若合符节，不大可能是巧合。袁有根先生对吴道子壁画的主题分析也说："刻画了如来灭度时，比丘众蹩踊哭泣，悲痛不能自胜，飞鸟走兽亦作号顿之状的情景，反衬了'菩萨淡然在旁如平时，略无哀戚之容'的形象，从而表现了菩萨'能尽死生之致'的胸怀。"① 但袁先生没有仔细比较苏诗跟邵氏记载的不同，没有察觉出苏轼理解重心的偏差。

邵博记载了菩萨看破生死的自如姿态，而苏轼在《王维吴道子画》中却说："中有至人谈寂灭，悟者悲涕迷者手自扪。"至人指佛祖，苏轼虽写到"画中释迦牟尼说法至灭度之情景"②，但其描写的重点仍在"谈寂灭"乃至灭度之事对悟者和迷者的影响，即无论悟者还是迷者都在悲伤。苏轼在《记所见开元寺吴道子画佛灭度，以答子由》中也说："道成一旦就空灭，奔会四海悲人天。翔禽哀响动林谷，兽鬼蹢躅泪迸泉。庞眉深目彼谁子，绕床弹指性自圆。隐如寒月堕清昼，空有孤光留故躔。"③ 前两句说明苏轼的确注意到灭度之事，也是"悲人天"地痛哭，两诗正可对照。后六句写到佛祖灭而不灭的气韵，像白昼的月亮，尽管月光融入阳光而不见，月亮本身却是存在的。但这见解是苏轼本人的发挥，而不是他从吴道子画中精髓——菩萨像上感受到的，所以用"如"的比喻方式表达出来，而非直接描绘揭示。治平二年（1065）苏轼《谢苏自之惠酒》云："我今不

---

① 袁有根：《吴道子研究》，人民美术出版社，2002，第125页。
② 张志烈、马德富、周裕锴主编《苏轼全集校注》第1册，河北人民出版社，2010，第319页。
③ 王文诰辑注《苏轼诗集》，孔凡礼点校，中华书局，1982，第171页。

第一章 "诗画本一律，天工与清新"

饮非不饮，心月皎皎长孤圆。"① 校注云："譬喻心性明净如圆月，安定自足，无所挂碍。"② 可见苏轼的圆月之喻实际上受自身佛学涵养的影响，而非出于对吴道子画的精深理解。也就是说，他当时对吴道子本人的画作精髓的理解还有隔膜的。这可以从苏轼对佛光的不同处理来看。《记所见开元寺吴道子画佛灭度，以答子由》中将佛光比作月光，而《王维吴道子画》中将佛光比作日光："亭亭双林间，彩晕扶桑暾。"校注云："以扶桑之旭日形容画中释迦牟尼头上之光轮。"③ 两相对照，喻体月光与日光表达的对象和为诗歌服务的目的都不同，展现出苏轼对吴道子画的理解有别。

与吴道子画相反，苏轼对王维画作的理解是对的，尤其是初步认识到诗跟画的关系，"亦若其诗清且敦"④。以自己熟悉的诗歌论画，也成为苏轼理解王维的契机。谢稚柳先生在《董其昌所谓的"文人画"与南北宗》中评论说："王维是词客，苏东坡也是词客，都是士大夫、文人，所谓同声相应，同气相求。既引为同调，不惜扬王而抑吴，'犹以画工论'。尽管他曾先前赞扬了'道子实雄放，浩如海波翻，当其下手风雨快，笔所未到气已吞'。"⑤ 所言甚是。由于没能理解吴道子的精髓，所以苏

---

① 张志烈、马德富、周裕锴主编《苏轼全集校注》第 1 册，河北人民出版社，2010，第 469 页。
② 张志烈、马德富、周裕锴主编《苏轼全集校注》第 1 册，河北人民出版社，2010，第 471 页。
③ 张志烈、马德富、周裕锴主编《苏轼全集校注》第 1 册，河北人民出版社，2010，第 319 页。
④ 纪晓岚认为"敦"字有凑泊之处："'敦'字义非不通，而终有嵌押之痕。"但"清"与"敦"互补，也就是说王维的画虽清秀，却没有清秀到孱弱的缺点，而是敦厚。后面紧跟着写到的"鹤骨"般"心如死灰"的禅师和"雪节贯霜根"的丛竹，都是清秀敦厚的，显示出内在的生命力。苏轼显然不是为押韵而用"敦"字。苏轼《花落复次前韵一首》亦云："松明照坐愁不睡，并花入腹清而暾。"
⑤ 谢稚柳：《中国古代书画研究十论》，复旦大学出版社，2004，第 224 页。

轼对二人的倾向显而易见，不必曲为解释①。他认为吴道子终究是"画工"，而王维则"得之于象外，有如仙翮谢樊笼"，校注云："言王维之画灵性独运，不仅状物之形，更得其精神气韵，达于神妙之自由境界。"② 王文诰则说得更为明白："道玄虽画圣，与文人气息不通；摩诘非画圣，与文人气息相通。"③ 所谓文人气息，很重要的标志就是会诗，故苏轼对王维画作的欣赏看似就画论画，实则更带有以诗论画的偏好。当然，这一传统由来已久，朱景玄《唐朝名画录》便将王维诗画连接起来论述："其画山水松石，踪似吴生，而风致标格特出……又尝写诗人襄阳孟浩然马上吟诗图，见传于世。复画辋川图，山谷郁郁盘盘，云水飞动，意出尘外，怪生笔端。尝自题诗云：'夙世谬词客，前身应画师。'其自负也如此。"④ 只不过同样的作品，因为标准的不同，在苏轼这里远胜过吴道子的王维，在朱景玄《唐朝名画录》那里却屈居于吴道子之下。这种不同也体现在唐、宋对绘画的总体取舍上。衣若芬女史在《写真与写意：从唐至北宋题画诗的发展论宋人审美意识的形成》一文中说："笔者在研读这些作品时，发现唐人题画重视'写真'，即以画家创作的写实技巧为评赏原则；宋人则好品味'画意'，强调画家的个人'意气'，崇尚'忘形得意'，因此分别以'写真'与'写意'涵括唐人与宋

---

① 如杜桊就从"吾与维也敛衽无间言"出发，认为："'也'是个虚词，无实义；'敛衽'，即整理衣襟，表示尊敬之意；'无间言'：没有缺点可言，即完全赞同。诗句也许有褒王之意，但实无贬吴之词。其次，苏轼对王画'无间言'，也不能说明对吴画就有'间言'。因此，诗中不存在厚此薄彼之意。"（见其所著《雄放 清敦皆神俊——从〈王维吴道子画〉看苏轼的艺术审美观》，《美术大观》2013年第2期，第35页）
② 张志烈、马德富、周裕锴主编《苏轼全集校注》第1册，河北人民出版社，2010，第320页。
③ 张志烈、马德富、周裕锴主编《苏轼全集校注》第1册，河北人民出版社，2010，第322页。
④ 王伯敏、任道斌：《画学集成·唐朝名画录》，河北美术出版社，2002，第82页。

人的审美意识。"二者"虽然有历史演进的趋向，但并不表示后者在北宋即完全取代前者，只能说此二者较具时代的代表性"①。

苏轼咏画的议论倾向，主要来自欧阳修的影响。欧阳修在嘉祐元年（1056）冬的《盘车图》诗中，先用散文句式描述画面，接着发表对画的看法："古画画意不画形，梅诗咏物无隐情。忘形得意知者寡，不若见诗如见画。"②笺注云："其中'忘形得意'的诗画艺术思想，直接导引苏轼'论画以形似，见与儿童邻'审美观，并引发历代诗话家热烈讨论。"③其实在《王维吴道子画》等苏轼早期咏画诗中，欧阳修的这类影响就已出现。欧阳修明说"忘形得意知者寡"，意即能够忘却画作之形似而得其意旨的知音很少，正是因为这样的现实情况，所以才会说"不若见诗如见画"，即在"咏物无隐情"的诗作基础上得其意趣。由此可见，欧阳修认为优秀的诗歌可以更好地揭示画作的主题。苏轼完全承袭这一认知，他虽然也在描绘画面的基础上发表议论，但由于专业画学实践和理论的不够充分，因此即使议论很精彩，也难免错失画作本意。对吴道子画面菩萨的遗漏便使苏轼没能及时领会吴道子的画学精髓。元丰八年（1085），苏轼画学成熟，便很快在《书吴道子画后》一文中改正自己的偏见，对吴道子做出全新的评价。

二 习画实践与理论转契：诗人论画和画学入诗

苏轼对吴道子艺术成就的重新认识，是与其评价标准的丰

---

① 衣若芬：《观看 叙述 审美：唐宋题画文学论集》，中研院中国文哲研究所，2004，第93页。
② 刘德清、顾宝林、欧阳明亮笺注《欧阳修诗编年笺注》第3册，中华书局，2012，第1279页。
③ 刘德清、顾宝林、欧阳明亮笺注《欧阳修诗编年笺注》第3册，中华书局，2012，第1280页。

011

富相一致的,这便是从单纯的以诗论画到更具包容性的以诗论画之外的以画学入诗。以诗歌的标准来衡量画作水平,当然是身兼诗人、画家双重身份的王维更占优势。而以画学本身的成就来衡量画作水平,则多少排除一些外在因素,使评价发生较大变化,于是对吴道子的重新认识便自然而然地出现了。苏轼画学评价标准的丰富,跟他师从文同的习画实践和与画学理论的深入接触密不可分。元丰二年(1079)《文与可画筼筜谷偃竹记》云:"若予者,岂独得其意,并得其法。"①

关于苏轼师从文同习画方面,衣若芬女史已做过较为深入的研究,并得出结论:"苏轼大约在熙宁十年(1077)以后开始作画,也由于自己亲身体验创作的甘苦②,因此对艺术创作的观点也产生了变化,早期以为艺术创作是天生而能,不必刻意师法前人,至此则转为强调学习之不可偏废,唯有长期彻底勤加苦练,累积实力,才会有所成就。"③并在此基础上论述苏轼从天才论到工夫论的转变等。但衣若芬女史并没有意识到这些转变,其实跟苏轼深入接触画学理论也存在密切关系。

苏轼深入接触的画学理论,以张彦远之论为主,这鲜明地体现在苏轼的题画诗中。苏轼的题画诗从一开始就带有议论倾向,多表达其个人的观画感受与见解,而对画面的着墨往往不多。但是在熙宁十年(1077)《韩干马十四匹》诗中,苏轼却学韩愈《画记》中的叙马方式,也一匹一匹地描绘、欣赏,在局部辨析的基础上做出较为整体的评价:"韩生画马真是马,苏子

---

① 张志烈、马德富、周裕锴主编《苏轼全集校注》第11册,河北人民出版社,2010,第1154页。
② 几乎同一时期,苏轼不仅习画如此,练习书法也追求法度,见陈中浙先生《我书意造本无法:苏轼书画艺术与佛教》(商务印书馆,2015,第259~269页)。
③ 衣若芬:《苏轼题画文学研究》,台北文津出版社,1999,第180页。

第一章 "诗画本一律，天工与清新"

作诗如见画。"① 此诗对韩干的评价已摆脱了诗歌的干扰（尽管其论画的诗歌体式还在，但可能对杜甫《观曹将军画马图》也有所借鉴），而是从较为专业的画学角度进行的。

对韩干马的批评，在苏轼之前便已存在两个评价系统。一是诗人论画，对韩干提出批评。诗人论画，不排除出于作诗的主客抑扬之需要，但通过对其褒扬和批评的标准的分析，依然可以清晰分辨出诗人论画的价值观念。杜甫在《曹霸画马歌》中就批评说："弟子韩干早入室，亦能画马穷殊相。韩惟画肉不画骨，忍使骅骝气凋丧。"② 又在《画马赞》中说："韩干画马，毫端有神。骅骝老大，腰褭清新。鱼目瘦脑，龙文长身……瞻彼骏骨，实惟龙媒……"③ 俞剑华评论这两则材料云："彼此之间，似有矛盾，故张彦远直斥为不知画。其实文人习气大都如此，轻重抑扬之间，并无一定方针，只是为了行文方便，也就顾不得自相矛盾了。"④ 俞先生只看到前者"画肉不画骨"与后者"毫端有神"的矛盾，而没意识到这矛盾背后体现出来的较为一致的美学标准。"骅骝老大"等，正是前诗所谓"穷殊相"，而"瞻彼骏骨"也即"画骨"之处。二诗对韩干虽各有批评赞美，但赞美跟批评的标准，都是着眼于韩干画马画不画"骨"，会不会脱略其形而得其神韵。二是从画学角度对韩干的评价。张彦远《历代名画记》卷九云："杜甫岂知画者，徒以干马肥大，遂有'画肉'之诮。古人画马有《八骏图》……皆螭颈龙体，矢激电驰，非马之状也。晋宋间，顾、陆之辈已称改步；周齐间，

---

① 张志烈、马德富、周裕锴主编《苏轼全集校注》第 3 册，河北人民出版社，2010，第 1589~1590 页。
② 仇兆鳌：《杜诗详注》第 3 册，中华书局，1979，第 1150 页。
③ 仇兆鳌：《杜诗详注》第 5 册，中华书局，1979，第 2191 页。
④ 张彦远：《历代名画记》，俞剑华注释，上海人民美术出版社，1964，第 191 页。

董展之流亦云变态……玄宗好大马……圣人舒身安神，如据床榻，是知异于古马也。时主好艺，韩君间生，遂命悉图其骏。"①张氏从三个方面阐述杜甫画肉之说是对韩干画马的误会。第一，古人画马不似真马。第二，从美术史上来说，顾恺之、陆探微、董伯仁、展子虔都在改正古人画马的缺点。第三，韩干所画的马，实际上就是高头大马，是写实。最后，张氏用一则韩干给鬼神画马的传说，来验证"其感神如此"。总之，张彦远认为，韩干是在玄宗时期特有的条件下，在画真马的基础上，先达形似，后才入神。苏轼"韩生画马真是马"，先强调其"真"，无疑承自张氏之说。

这里有个问题需要辩说。元祐八年（1093）苏轼在《次韵吴传正枯木歌》中云："……古来画师非俗士，妙想实与诗同出……龙眠胸中有千驷，不独画肉兼画骨。但当与作少陵诗，或自与君拈秃笔。"②李公麟画马"不独画肉兼画骨"，看似与杜甫更近。这岂不与前面的论述矛盾？其实李公麟所画也是跟宋代马匹的实际情况相似，宋代的战马并没有唐代的高大，宋人也不像唐人那样关注马政。苏轼《题李公麟〈三马图卷〉》云："时（元祐初）西域贡马，首高八尺，龙颅而凤膺，虎脊而豹章。出东华门，入天驷监，振鬣长鸣，万马皆喑，父老纵观，以为未始见也。然而上方恭默思道，八骏在庭，未尝一顾。"③西域贡马在唐代是常事，而在宋代元祐初贡马入城时，百姓居然第一次见这样的高头大马，可见宋代马匹的实际情况正与李公麟所画一致。黄庭坚《次韵子瞻咏〈好赤头图〉》云："李侯画骨亦

---

① 张彦远：《历代名画记》，俞剑华注释，上海人民美术出版社，1964，第189～190页。
② 王文诰辑注《苏轼诗集》，孔凡礼点校，中华书局，1982，第1962页。
③ 苏轼：《苏轼文集》，孔凡礼点校，中华书局，1986，第611页。

画肉,下笔生马如破竹。"① 尽管唐宋马的外貌体型(即肉)有所不同,但李公麟还是在画肉的基础上画骨,这是毫无疑问的。苏轼诗中还说"古来画师非俗士",这又跟张氏观点一致。正是因为看中韩干穷尽其形而得其神,苏轼便把韩干的画跟杜甫的诗等类齐举,如《韩干马》(此诗不知编年)云:"少陵翰墨无形画,韩干丹青不语诗。此画此诗真已矣,人间驽骥漫争驰。"②

张彦远对吴道子的评价对苏轼影响尤大。《历代名画记·论顾陆张吴用笔》云:"国朝吴道玄……众皆密于盼际,我则离披点画;众皆谨于象似,我则脱落其凡俗……守其神,专其一,合造化之功,假吴生之笔,向所谓意存笔先,画尽意在也。凡事之臻妙者,皆如是乎,岂止画也……夫运思挥毫,意不在于画,故得于画矣……张、吴之妙,笔才一二,象已应焉。离披点画,时见缺落,此虽笔不周而意周也……"③又卷九《吴道子传》云:"吴道玄,阳翟人,好酒使气,每欲挥毫,必须酣饮……是知书画之艺皆须意气而成,亦非懦夫所能作也。"④元丰元年(1078)苏轼在《仆曩于长安陈汉卿家见吴道子画佛,碎烂可惜。其后十余年,复见之于鲜于子骏家,则已装背完好。子骏以见遗,作诗谢之》诗中说:"吴生画佛本神授,梦中化作飞空仙。觉来落笔不经意,神妙独到秋毫颠……"⑤二人的评价如出一辙,"意存笔先""落笔不经意"等方面尤其明显。

随着习画实践和理论转契的深入与融合,苏轼对画学的重要问题也有更为精当的思考,如形神关系。形神关系,顾恺之

---

① 郑永晓整理《黄庭坚全集辑校编年》上册,江苏人民出版社,2008,第520页。
② 王文诰辑注《苏轼诗集》,孔凡礼点校,中华书局,1982,第2630页。
③ 张彦远:《历代名画记》,江苏美术出版社,2007,第47页。
④ 张彦远:《历代名画记》,江苏美术出版社,2007,第221页。
⑤ 张志烈、马德富、周裕锴主编《苏轼全集校注》第3册,河北人民出版社,2010,第1732页。

便已涉及，张彦远也有著名的论断，其《论画六法》云："古之画或能移其形似而尚其骨气，以形似之外求其画，此难可与俗人道也。今之画纵得形似而气韵不生，以气韵求其画，则形似在其间矣……夫象物必在于形似，形似须全骨气，骨气形似皆本于立意，而归乎用笔。故工画者多善书……自古善画者，莫匪衣冠贵胄、逸士高人，振妙一时，传芳千祀，非闾阎鄙贱之所能为也。"[1] 苏轼则进一步提出"常形"与"常理"之差别，他在《净因院画记一首》中说："余尝论画，以为人禽、宫室、器用皆有常形，至于山石竹木，水波烟云，虽无常形，而有常理。常形之失，人皆知之。常理之不当，虽晓画者有不知。故凡可以欺世而取名者，必托于无常形者也。虽然，常形之失，止于所失，而不能病其全，若常理之不当，则举废之矣。以其形之无常，是以其理不可不谨也。世之工人，或能曲尽其形，而至于其理，非高人逸才不能辨。"[2]

如果说此时苏轼还只是把"至于其理"运用于山水画中，那么元丰八年（1085）所作《书吴道子画后》则扩展到对人物画[3]的理解："知者创物，能者述焉。非一人而成也。君子之于学，百工之于技，自三代历汉，至唐而备矣。故诗至于杜子美，文至于韩退之，书至于颜鲁公，画至于吴道子，而古今之变，天下之能事毕矣。道子画人物，如以灯取影，逆来顺往，旁见侧出，横斜平直，各相乘除，得自然之数，不差毫末。出新意

---

[1] 王伯敏、任道斌：《画学集成·历代名画记》，河北美术出版社，2002，第106页。
[2] 苏轼：《苏轼文集》，孔凡礼点校，中华书局，1986，第367页。
[3] 对画的分类，本身便已体现出画学观念的进步。朱景玄《唐朝名画录》："凡画人物、佛像、神鬼、禽兽、山水、台殿、草木。"《宋史》卷一百五十七选举志第一百一十云："画学之业，曰佛道，曰人物，曰山水，曰鸟兽，曰花竹，曰屋木。"可见唐宋时已有明确的专门之分。其实分体是研究、比较的前提，如诸宗元先生《中国书画浅说》（中华书局，2010），开篇就分析书体和画体。

第一章 "诗画本一律，天工与清新"

于法度之中，寄妙理于豪放之外。所谓游刃余地，运斤成风，盖古今一人而已。余于他画或不能必其主名，至于道子，望而知其真伪也。"① 在这段话中，苏轼进行了明显的艺术分类，如诗、文、书和画。而在画中，他又专门跳出吴道子的人物画一类②，其辨析之精细，远非早年可比③。这段论述的精彩之处，恰恰在于分体论断，体现出苏轼诗画一律论背后的专攻思想，即较为专业的以画论画观念。这种分体和贯通正是苏轼文艺思想中互为补充的两个辩证方面，但在此文中，强调的无疑是分体，钱锺书先生机械类推是不合适的。

从文艺思想层面来说，王维代表着苏轼诗画贯通的一面，而吴道子代表着术业专攻的一面。但从苏轼对个体的评价来看，两种文艺思想是无法截然区分的，而真正伟大的艺术家，在最高造诣面前，其各类艺术其实是相通的。绍圣元年（1094）苏轼《子由新修汝州龙兴寺吴画壁》云："丹青久衰工不艺，人物尤难到今世。每摹市井作公卿，画手悬知是徒隶。吴生已与不传死，那复典刑留近岁。人间几处变西方，尽作波涛翻海势。细观手面分转侧，妙算毫厘得天契。始知真放本精微，不比狂花生客慧……"④ 此处对吴道子的认识更深一层，其中"始知真放本精微"既是苏轼对吴道子画的定论，也是对自己探索吴道子

---

① 苏轼：《苏轼文集》，中华书局，1986，第 2210~2211 页。
② 苏轼对人物画的精妙辨析，也与他的实践体会密切相关。如其《传神记》云："凡人意思，各有所在。或在眉目，或在鼻口。虎头云：'颊上加三毛，觉精采殊胜。'则此人意思盖在须颊间也。"等等。
③ 苏轼早期论述吴道子、王维画，没分体裁便比较。苏轼对吴道子的画主要关注其人物，如"中有至人谈寂灭，悟者悲涕迷者手自扪"，而对王维的画则主要关注竹子，如"门前两丛竹，雪节贯霜根"，这就好比拿人物画跟竹画对比，原本不是同一个对象，如果真要对比，也应从更为宽泛的线条、墨色等处着眼，而苏轼却从各自形体特征出发，比其伯仲，得出的结论也就难以成立。
④ 张志烈、马德富、周裕锴主编《苏轼全集校注》第 6 册，河北人民出版社，2010，第 4329 页。

画艺的最终总结。

三 "诗画本一律"的内涵重究与诗画互参的螺旋式回归

中西方对诗画关系都有深入思考。莱辛《拉奥孔》主张诗、画不同,古代中国艺术史家也认识到诗、画的区别,如《历代名画记·叙画之源流》就说:"记传所以叙其事,不能载其容;赋颂有以咏其美,不能备其象,图画之制所以兼之也。故陆士衡云:'丹青之兴比,雅颂之述作,美大业之馨香。宣物莫大于言,存形莫善于画。'此之谓也。"苏轼对中国艺术史的最大贡献在于"士人画"的提出,而这一概念的核心,却是饱受争议的"诗画一律"论。

要探究"诗画一律"的内涵,需要回到具体语境。元祐二年(1087)苏轼《书鄢陵王主簿所画折枝二首》其一云:"论画以形似,见与儿童邻。赋诗必此诗,定非知诗人。诗画本一律,天工与清新。边鸾雀写生,赵昌花传神。何如此两幅,疏澹含精匀。谁言一点红,解寄无边春。"[1]后人对这首诗的评价、分析很多,《苏轼全集校注》云:"多数人认为苏轼并不反对形似,仅反对拘于形似,而失却神思气韵。"[2]较为妥帖[3]。"论画以形似",涉及苏轼文艺思想中形似与传神的问题,衣若芬女史说:"苏轼认为,自然万物有些是有常形,而有些是无常形的,既然如此,'形'便不是永恒不移,拘泥于'形'的某一刻表象非但不足以正确掌

---

[1] 张志烈、马德富、周裕锴主编《苏轼全集校注》第5册,河北人民出版社,2010,第3170页。
[2] 张志烈、马德富、周裕锴主编《苏轼全集校注》第5册,河北人民出版社,2010,第3170页。
[3] 很多学者持类似观念,如徐复观先生《中国艺术精神》(春风文艺出版社,1987)、葛路《中国古代绘画理论发展史》(上海人民美术出版社,1982)、过晓《论作为中国传统绘画美学概念的"似"》(上海人民出版社,2011)等。

第一章 "诗画本一律,天工与清新"

握'形',反而会被枝节纠缠困扰,与其迷惑于其'形'的变化多端,不如从根本的'理'上了解,所以'论画以形似,见与儿童邻',是针对绘画过于强调写实的反省和过于重视形式的批驳,其具体做法乃落实于体认万物之规律原则。"① 又说:"诚如其'常理'说在绘画理论史上的开创性意义,苏轼否定片面的形似而济之以数理,使得'传神'之'神'由顾恺之的'以形写神'深化为'循数合理,据理现形,即形传神'。"②

其实,形似的含义除去与造物的形似,还包含模仿的形似,后者是苏轼批评当时画坛的主要方面。周积寅著有《中国画论辑要》,刘汝醴在其序中说:"张彦远所说的'……传移模写,乃画家末事'……可是模写末事,到宋代已日益流行起来。关于这个问题,范宽有一条良好的经验。据《宣和画谱》说:'范宽喜画山水,始学李成。既悟,乃叹曰:前人之法,未尝不近取诸物,吾与其师于人者,未若师诸物也。'……但是范宽的经验并没有能够挽救日益流行的'末事'颓风,而范宽的艺术却成了师古者的崇拜偶像。郭熙有言:'今齐鲁之士,惟摹营丘,关陕之士,惟摹范宽。一己之学,犹为蹈袭,……故予以为大人达士,不拘于一家者也。'(《林泉高致》)模移传写,至此得到了郭熙的首肯。"③ 据谢稚柳《郭熙、王诜合集序》考证,当时尚有多人临摹李成,这些人来自不同地方,不专在"齐鲁"④,且郭熙六十余岁进京之前已放弃故步而"惟摹营丘",宋徽宗也说郭熙"全是李成"⑤。而米芾《画史》则见到李成伪本300本,

---

① 衣若芬:《苏轼题画文学研究》,台北文津出版社,1999,第241页。
② 衣若芬:《苏轼题画文学研究》,台北文津出版社,1999,第241~242页。
③ 周积寅:《中国画论辑要》,江苏美术出版社,1985,第3页。
④ 谢稚柳:《中国古代书画研究十论》,复旦大学出版社,2004,第179页。
⑤ 谢稚柳:《中国古代书画研究十论》,复旦大学出版社,2004,第182页。

足以说明当时李成的受欢迎程度及画工造假情况。

据黄庭坚《跋郭熙画山水》记载，"郭熙元丰末为显圣寺悟道者作十二幅大屏，高二丈余，山重水复，不以云物映带，笔意不乏。余尝招子瞻兄弟共观之。子由叹息终日，以为郭熙因为苏才翁家摹六幅李成骤雨，从此笔墨大进。观此图，乃是老年所作，可贵也"①，其中只记录"子由叹息终日"，而好发议论的苏轼居然无言。元祐二年（1087）苏轼作有《郭熙秋山平远二首》，其二云："要看万壑争流处，他日终烦顾虎头。"②李霖灿先生以顾恺之《女史箴图》第三段《贾大夫射雉图》中的"人物画得太大，和山的比例不侔"为例，认为苏轼此句"从绘画史的观点看，若要叫顾恺之画一幅万壑争流的山水画，可以确定他是画不过宋人的"。③苏轼意谓郭熙的绘画不能合造物之妙，虽有比顾恺之更形似的比例，却展现不出人物的精神面貌，求形似而忽略神韵，得不偿失。李先生以形似求之，误解苏轼原意。且由于绘画真迹流传于今太少，所以研究艺术史也需要借助前人的论述资料④。《世说新语·言语》中记载顾恺之游会稽之后的感受："千岩竞秀，万壑争流，草木蒙笼其上，若云兴霞蔚。"骆玉明先生评价说："虽然他擅长的是人物而非山水，但言及会稽山川之美，正如宗白华所指出的：'这几句话不是后来五代北宋荆（浩）、关（仝）、董（源）、巨（然）等山水画境界的绝妙写照么？中国伟大的山水画的意境，已包具于晋人

---

① 郑永晓整理《黄庭坚全集辑校编年》中册，江西人民出版社，2008，第925页。
② 王文诰辑注《苏轼诗集》，孔凡礼点校，中华书局，1982，第1540页。
③ 李霖灿：《中国美术史讲座》，广西师范大学出版社，2010，第16页。
④ 当然，二者最好是结合起来，如徐建融先生所提倡的"实践美术史学"那样，把视觉研究实践和作品思想内容、理论结合起来（《实践美术史学十论》，上海人民美术出版社，2010）。

第一章 "诗画本一律,天工与清新"

对自然美的发现中了。"① 顾恺之美妙的语言中体现出来的是对大自然深刻的观察,苏轼之所以说"他日终烦顾虎头",实际上也是在批评郭熙的画模仿李营丘虽好,但终究不是出自对造物之神的直接观察、提炼和表现。伍蠡甫先生也说:"假如我们把倪瓒的《竹木窠石》和郭熙的《窠石平远图》相比较,不难发现,在郭氏还不善于木石小品……结果一笔不苟,反伤刻划,而乏意趣。"② 倪瓒是对苏轼画学发扬光大的元代画家,他跟郭熙的不同,最能体现苏轼与郭熙的画学冲突。其实早在约熙宁五年(1072),苏轼在《与宝月大师》其二中就对画工所画山水寒林不以为然:"驸马都尉王晋卿画山水寒林,冠绝一时,非画工所能仿佛。"③ 而郭熙更像一个画工。由于苏轼对以郭熙等为代表的画家不满,因此郭熙跟苏轼的关系也较为一般。在《郭熙秋山平远二首》其一中,苏轼说:"此间有句无人见,送与襄阳孟浩然。"④ 把诗画贯通起来这一思想,在郭思《林泉高致集》"画意"中有所体现:"……更如前人言:诗是无形画,画是有形诗。哲人多谈此言,吾人所师。余因暇日阅晋唐古今诗什,其中佳句有道尽人腹中之事,有状出人目前之景,然不因静居燕坐,明窗净几,一炷炉香,万虑消沉,则佳句好意亦看不出,幽情美趣亦想不成,即画之主意亦岂易有及乎!境界已熟,心手已应,方始纵横中度,左右逢原。世人将就率意,触情草草便得,思因记先子尝所诵道古人清篇秀句,有发于佳思而可画者,并思亦尝旁搜广引先子谓为可用者,咸录之于下。"⑤ 然而

---

① 骆玉明:《世说新语精读》,复旦大学出版社,2012,第80页。
② 伍蠡甫:《中国画论研究》,北京大学出版社,1983,第67页。
③ 张志烈、马德富、周裕锴主编《苏轼全集校注》第5册,河北人民出版社,2010,第6783~6784页。
④ 王文诰辑注《苏轼诗集》,孔凡礼点校,中华书局,1982,第1540页。
⑤ 王伯敏、任道斌:《画学集成·林泉高致》,河北美术出版社,2002,第299页。

奇怪的是，其中所举诗例，有王维甚至包括王安石等人的诗句，却没有在这方面影响深远的苏轼的诗句，这暗示着郭熙、郭思对苏轼也很冷淡。他们的矛盾还体现在创作的速度上。苏轼强调快，其《文与可画筼筜谷偃竹记一首》云："急起从之，振笔直遂，以追其所见，如兔起鹘落，少纵则逝矣。"① 而郭熙则强调说："画之志思，须百虑不干，神盘意豁。老杜诗所谓'五日画一水，十日画一石'，'能事不受相促逼，王宰始肯留真迹'，斯言得之矣。"② 徐复观先生认为郭熙跟苏轼的相反"只是表面的相反"③，这从形神兼备的共同点来看确实有一定道理，但从绘画创作过程来看，存在明显差别，不该混为一谈。

与模仿形似相反，对造物由形似而上升到得其神理，则是苏轼对画学的自觉追求。熙宁十年（1077）《书韩干〈牧马图〉》云："众工舐笔和朱铅，先生曹霸弟子韩。厩马多肉尻䏡圆，肉中画骨夸尤难。"④ "肉中画骨"，即对真马由形似达到得其神骏⑤。又如《东坡志林》卷九记载戴嵩画牛的故事。戴嵩画牛享有盛名，苏轼却从他不符合造物事实之处展开批评，说明苏轼对画的神似，是以能否得造物之神为标准的。这在《书鄢陵王主簿所画折枝二首》其一中也得到体现。首四句实际上是把"论画"与"赋诗"进行比较。论画属于艺术评价层面，赋诗属于创作实践层面。这两个层面，正跟苏轼写这首诗的身份

---

① 苏轼：《苏轼文集》，孔凡礼点校，中华书局，1986，第365页。
② 王伯敏、任道斌：《画学集成·林泉高致》，河北美术出版社，2002，第302页。
③ 徐复观：《中国艺术精神》，华东师范大学出版社，2001，第224页。
④ 王文诰辑注《苏轼诗集》，孔凡礼点校，中华书局，1982，第722~723页。
⑤ 不仅苏轼如此认为，当时的著名画家李公麟和诗人黄庭坚也都有类似观念，如黄庭坚《次韵子瞻和子由观韩干马，因论伯时画天马》："曹霸弟子沙苑丞，喜作肥马人笑之。李侯论干独不尔，妙画骨相遗毛皮。"可见苏轼他们的追求神理，是在形似的基础上进行的，与王维的雪里芭蕉图尚有一定距离，也与元明文人画有不同之处。

一致。从创作实践层面来说，苏轼要写一首诗。从艺术评价层面来说，这首诗是要评价折枝画。即论画是诗歌的内容，而赋诗就是用诗歌的形式表达出来，即以诗论画。诗歌成为论画的表达方式，而画本身也是对事物的形象表达，二者都是重要的事物呈现途径。从这个角度来说，它们最终要面对的都是造物之神（事物形态特征及其内在规律等），即"诗画本一律，天工与清新"中的"天工"，而在造物之神面前，诗与画的艺术特性与技巧、规律都不确定，"论画以形似""赋诗必此诗"之类的陈词滥调都不适合。苏轼诗画一律观念的基础，是建立在诗、画都能呈现造物之神基础之上的〔如元祐二年（1087）《次韵米黻二王书跋尾二首》其二："画地为饼未必似，要令痴儿出馋水。"①〕，而不是任何诗、画不管质量如何都能一律。也正如此，造物之神的载体（如《欧阳少师令赋所蓄石屏》："古来画师非俗士，摹写物象略与诗人同。"）与体现造物之神的主体（如《次韵吴傅正枯木歌》："古来画师非俗士，妙想实与诗同出。"）；只有把"摹写物象"和"妙想"二者融合无间，才能使创作完美呈现，即《书鄢陵王主簿所画折枝二首》其二云："若人富天巧，春色入毫楮。悬知君能诗，寄声求妙语。"②"天巧"与"妙语"的完美融合，正如汪师韩《苏诗选评笺释》卷四评《书王定国所藏烟江叠嶂图》"君不见"以下所云："烟云卷舒，与前相称，无非以自然为祖，以元气为根。"③ 此言得之。

"诗画本一律，天工与清新"，诗画一律的内涵不仅在艺

---

① 张志烈、马德富、周裕锴主编《苏轼全集校注》第 5 册，河北人民出版社，2010，第 3202 页。
② 张志烈、马德富、周裕锴主编《苏轼全集校注》第 5 册，河北人民出版社，2010，第 3175 页。
③ 王水照：《苏轼选集》，上海古籍出版社，1984，第 193 页。

与真实的范畴中指向泯灭诗、画差异的造物之神（即"天工"①），还以"清新"的艺术标准力图使造物之神在诗、画等表达方式中得到淋漓尽致的发挥。谢稚柳先生对此有所察觉，他在《董其昌所谓的"文人画"与南北宗》中说："苏东坡的主张要'得之于象外'，'论画以形似，见与儿童邻'，'观士人画，如阅天下马，取其意气所到，乃若画工，往往只取鞭策皮毛槽枥刍秣，无一点俊发，看数尺许便倦'。也仍然是以艺术的高低分士人画与画工画的。"② 以"艺术的高低"区分士人画和画工画，说明谢先生充分意识到苏轼画学中不仅有贯通的一面，而且有分体的一面。同时，苏轼在诗画一律观念的辩证结合上升华出新的审美标准："清新"③。

从早期的以诗论画到中期的兼容并蓄，此时苏轼已不再拘泥于从诗出发或从画出发，而是在螺旋式回归中进行诗画互参，从而自由地以"清新"为标准来衡量艺术作品的水准。这里有个有趣的例子。蔡德龙先生发现，苏轼既在《记欧阳论退之文》中认为韩愈"《画记》近似甲名帐耳，了无可观"，又在《韩干马十四匹》中学习韩愈的方法，二者非常"吊诡"，蔡先生由此认为《韩干马十四匹》主要"继承了杜甫题画诗的特点"④。实际上，韩愈《画记》延续的正是画学的传统，而杜甫《观曹将军画马图》等则是较为典型的诗人论画，二者在苏轼诗画论中

---

① 这在当时的诗坛中并非独创，如刘挚《送文与可同出守湖州》"应怜岁寒节，落笔收天真"（刘挚：《忠肃集》，裴汝诚、陈晓平点校，中华书局，2002，第336页），"天真"与"天工"便颇为一致，都强调造物之理，但侧重点略有差异。
② 谢稚柳：《中国古代书画研究十论》，复旦大学出版社，2004，第228页。
③ 如元祐二年（1087）《书鄢陵王主簿所画折枝二首》其一："诗画本一律，天工与清新。"同年《书晁补之所藏与可画竹三首》其一："其身与竹化，无穷出清新。"等等。
④ 蔡德龙：《韩愈〈画记〉与画记文体源流》，《文学遗产》2015年第5期，第117~118页。

是相辅相成的，任何一方走到极端，都会被他迅速拉回，所以出现看似矛盾的一面。总之，诗画互参是苏轼诗画论的实现途径，而"清新"则是其诗画论的最终审美维度。

四 诗画论的内核：融合道、释的"清新"美学

苏轼通过诗画互参，已经隐隐约约感受到高于二者的"艺术"（即"清新"标准指引下的诗、画等技艺）的存在。朱光潜先生对此的看法刚好相反，朱先生认为："道理本来很简单。诗与画同是艺术，而艺术都是情趣的意象化或意象的情趣化。徒有情趣不能成诗，徒有意象也不能成画。情趣与意象相契合融化，诗从此出，画也从此出。"[①] 朱先生从现代美学出发，利用学科归类的方法，认为诗与画都属于艺术。这看似把问题解决了，实则刚好把诗画一律的内涵颠倒了。通过前面对苏轼理论语境的分析可知，在面对造物之神的时候，诗画共同承受着如何表现的考验，苏轼意识到这一点，并在综合诗画、彼此互参的基础上，使之走向"艺术"[②]。苏轼诗画论的实质，不仅代表着中国艺术史的重要内容，也象征着艺术自身的觉醒[③]。

"清新"一词作为文学审美的标准，在魏晋南北朝时期便已开始。陆云评价其兄陆机的文章，就说："然犹皆欲微多，但清

[①] 朱光潜：《诗论》，生活·读书·新知三联书店，1998，第153页。
[②] 关于"艺术"这一词的含义，是不断变化的，这里取其广义，即"美的艺术"。详见温尼·海德·米奈《艺术史的历史》，李建群等译，上海人民出版社，2007。
[③] 李泽厚先生说："所谓'文的自觉'，是一个美学概念，非单指文学而已。其他艺术，特别是绘画与书法，同样从魏晋起表现着这个自觉。它们同样展现为讲究、研讨、注意自身创作规律和审美形式的过程。"（《美的历程》，文物出版社，1981，第100页）李泽厚先生指出艺术自觉是在魏晋时期。这是就艺术作为一种研究对象而提出来的。本文所说"艺术自身的觉醒"，是指作为"美的艺术"而对自身的特点、标准有所体认。

新相接，不以此为病耳。"① 刘勰认为陆云是出于兄弟之情才这样用"清新"风格维护陆机诗文的繁芜特征："及云之论机，亟恨其多，而称'清新相接，不以为病'，盖崇友于耳。"② 刘师培阐释说："清者，毫无蒙混之迹也；新者，惟陈言之务去也。士衡之文，用笔甚重，辞采甚浓，且多长篇；使他人为之，稍不检点，即不免蒙混或人云亦云。蒙混则不清，有陈言则不新，既不清新，遂致芜杂冗长。陆之长文皆能清新相接，绝不蒙混陈腐，故可免去此弊。他如嵇叔夜之长论所以独步当时者亦只意思新颖，字句不蒙混而已。故研究陆士衡文者应以清新相接为本。"③ 可见清新一开始跟繁芜是对立的关系。萧统《宴阑思旧一首》云："灌蔬宴温雅，摛藻每清新。"④ "灌蔬"是殷芸的字，萧统也以"清新"评价其文采。萧统又在《答湘东王求文集及诗苑英华书一首》中对"清新"一词有所解释："虽事涉乌有，义异拟伦，而清新卓尔，殊为佳作。夫文典则累野，丽亦伤浮，能丽而不浮，典而不野，文质彬彬，有君子之致……观汝诸文，殊与意会，至于此书，弥见其美，远兼邃古，傍暨《典》、《坟》，学以聚益，居焉可赏。"⑤ 可见清新已不全与繁芜，尤其是博学对立。尽管萧统已较为辩证地看待了"清新"风格，但在当时还是以评鉴辞藻为主流，如任彦升《为萧杨州作荐士表》云："辞赋清新，属言玄远。"⑥ 又如徐陵《与李那

---

① 严可均：《全晋文》中册，商务印书馆，1999，第1077页。
② 王运熙、周锋：《文心雕龙译注》，上海古籍出版社，2012，第220页。
③ 刘师培：《中国中古文学史讲义·中国近三百年学术史论》，时代文艺出版社，2009，第102页。
④ 胡大雷：《齐梁体诗选》，河北大学出版社，2004，第134页。
⑤ 严可均：《全上古三代秦汉三国六朝文》第7册，河北教育出版社，1997，第211页。
⑥ 严可均：《全齐文 全陈文》，商务印书馆，1999，第54页。

第一章 "诗画本一律，天工与清新"

书》云："自古文人皆为词赋，未有登兹旧阁，叹兹幽宫，标句清新，发言哀断。"①

此风气至唐不衰。岑参《送张献心充副使归河西杂句》云："看君谋智若有神，爱君词句皆清新。"② 杜甫《春日忆李白》云："白也诗无敌，飘然思不群。清新庾开府，俊逸鲍参军。"③ 又《寄彭州高三十五使君适虢州岑二十七长史参三十韵》云："更得清新否，遥知对属忙。"④ 以上诗句皆承袭魏晋南北朝的"清新"观点。但另一方面，杜甫又从两个角度为"清新"论做出了贡献。第一，杜甫从立意与辞藻两个方面来全面界定清新风格。其《奉和严中丞西城晚眺》云："政简移风速，诗清立意新。"⑤ 苏轼后来也继承杜甫此说，其《次韵和刘贡甫登黄楼见寄并寄子由二首》其二云："清句金丝合，高楼雪月俱。吟哦出新意，指画想前橅。"⑥ "清句新意"则表述得比"诗清意新"更清晰。第二，杜甫较早地把"清新"一词从诗文评价领域引入绘画领域。其《画马赞》说："韩干画马，毫端有神。骅骝老大，腰袅清新。鱼目瘦脑，龙文长身。"⑦ 杜甫以"清新"风格来评价韩干所画的"腰袅"。这对苏轼的影响尤其重要。

如果说杜甫以"清新"来评论画中形象还是偶然的现象，那么在苏轼这里则成为自觉的追求。除去"诗画本一律，天工与清新"之外，苏轼还有《书晁补之所藏与可画竹三首》其一："与可画竹时，见竹不见人。岂独不见人，嗒然遗其身。其身与

---

① 严可均：《全齐文 全陈文》，商务印书馆，1999，第371页。
② 陈贻焮：《增订注释全唐诗》，文化艺术出版社，2001，第1628页。
③ 仇兆鳌：《杜诗详注》第1册，中华书局，1979，第52页。
④ 仇兆鳌：《杜诗详注》第2册，中华书局，1979，第643页。
⑤ 仇兆鳌：《杜诗详注》第2册，中华书局，1979，第893页。
⑥ 王文诰辑注《苏轼诗集》，孔凡礼点校，中华书局，1982，第997页。
⑦ 仇兆鳌：《杜诗详注》第5册，中华书局，1979，第2191页。

竹化，无穷出清新。庄周世无有，谁知此凝神。"① 以上诗句完全是以"清新"的标准来衡量文同的竹画。而"其身与竹化"即前面所言之"天工"，此类思想主要受庄子思想影响。《庄子》中充满着天地运行不已、代代出新的思想，比如《齐物论》："日夜相代乎前，而莫知其所萌。"② 郭象注云："日夜相代，代故以新也。夫天地万物，变化日新，与时俱往，何物萌之哉？自然而然耳。"③ 这种变化是自然而然发生的，非人力能为，连人也不能维持不变，《大宗师》云："然而夜半有力者负之而走，昧者不知也。"④ 郭象注云："夫无力之力，莫大于变化者也；故乃揭天地以趋新，负山岳以舍故。故不暂停，忽已涉新，则天地万物无时而不移也。世皆新矣，而日以为故；舟日易矣，而视之若旧；山日更矣，而视之若前。今交一臂而失之，皆在冥中去矣。故向者之我，非复今我也。我与今俱往，岂常守故哉！"成玄英则疏"有力者"为"造化也"，即造物，此说更加直接。⑤ 正因为造物变化日新，人与万物皆不能幸免，"故圣人将游于物之所不得遁而皆存"，郭象注云："夫圣人游于变化之途，放于日新之流，万物万化，亦与之万化，化者无极，亦与之无极，谁得遁之哉？"成玄英疏云："夫物不得遁者，自然也，孰能逃于自然之道乎！是故圣人游心变化之途，放任日新之境，未始非我，何往不存耶！"⑥ 苏轼精熟老庄之典，诗中多用之，如"暗中偷负去，夜半真有力"等，并积极吸收老庄美学思想。

---

① 李之亮笺注《苏轼文集编年笺注》第 11 册（诗词附），巴蜀书社，2011，第 298 页。
② 郭庆藩：《庄子集释》，王孝鱼点校，中华书局，2004，第 57 页。
③ 郭庆藩：《庄子集释》，王孝鱼点校，中华书局，2004，第 60 页。
④ 郭庆藩：《庄子集释》，王孝鱼点校，中华书局，2004，第 248 页。
⑤ 郭庆藩：《庄子集释》，王孝鱼点校，中华书局，2004，第 249 页。
⑥ 郭庆藩：《庄子集释》，王孝鱼点校，中华书局，2004，第 251 页。

第一章 "诗画本一律，天工与清新"

创作者神与物游，而造物之神变化无穷，故能不断出新。莫砺锋先生云："大千世界的景物不但形形色色、丰富多彩，而且每一种景物的自身就是千变万化、不主一格的。"①

但"好奇务新，乃诗之病"，光"新"不行，还需要"清"。刘国珺先生云："苏轼所要求的'新'，是和'清'紧密相联的。"②"清"在传统文学批评中是非常重要的术语，如刘勰讲"清丽"、钟嵘尚"清润"等。蒋寅先生指出"清"的特殊性："中国古典诗学的基本概念大体分为两类，一是构成性的概念，如神韵、理气、风骨、格调、体势等；一类是审美性的，如雅俗、浓淡、厚薄、飞沉、新陈等。两类概念应用的领域截然不同，前者是构成本质论、创作论的基础，而后者则是构成风格论、鉴赏论的基础，一般不太交叉。但有一个概念很特殊，那就是'清'。在诗学的历史语境中，它既是构成性概念，又是审美性概念。"③"清"兼有构成性和审美性，因此其化合能力较强，表现在苏轼的风格论中，就有极其重要的"清雄"风格："苏轼所谓'清雄'，实际上就是对于'阴柔之美'和'阳刚之美'这两个互相矛盾的风格范畴之间既对立又统一的辩证关系的形象化说明。"④容易被学者忽略的是，苏轼的"清"中也包含着佛学影响。这种影响尽管也出现在字词之中，但主要还是思想层面。

苏轼文艺思想中存在着创作主体与审美对象互化的现象。在诗论中，如熙宁四年（1071）十二月《腊日游孤山，访惠勤、惠思二僧》云："兹游淡薄欢有余，到家恍如梦蘧蘧。作诗火急

---

① 莫砺锋：《漫话东坡》，凤凰出版社，2008，第222页。
② 刘国珺：《苏轼文艺理论研究》，南开大学出版社，1984，第87页。
③ 蒋寅：《古典诗学的现代阐释》，中华书局，2003，第32页。
④ 程千帆、莫砺锋：《苏轼的风格论》，《成都大学学报》（社会科学版）1986年第1期。

追亡逋，清景一失后难摹。"① 难摹的是清景，也就是最美好的画面，它不是眼前景，否则就算失掉了，重游一趟便能找回，因为眼前景物还在原地。这个"清景"，是受眼前景激发后在诗人脑海中形成的图画，是兴到之时所产生的，一旦失去，就算故地重游，也难以找回。在画论中，以有名的"胸有成竹"为代表。《文与可画筼筜谷偃竹记一首》云："故画竹必先得成竹于胸中，执笔熟视，乃见其所欲画者，急起从之，振笔直遂，以追其所见，如兔起鹘落，少纵则逝矣。"② 与一般的写生不同，苏轼要求的是先经过观察后，在心中形成成竹的形象，然后通过笔墨展现在画面上。这种成竹，不仅跟自然中的竹子有所不同，而且跟画面上的竹子也有一定的差别，而"清景"也是如此。这类诗句很多，如"烦君纸上影，照我胸中山""肝肺槎牙生竹石"等，都暗示着在艺术创作之前和之后，心中存在着一个脱离主客体但又跟主客体关系密切的心象。

对这一心象的认识也是迁变着的。陆游认识得最深刻，其《跋东坡诗草》云："东坡此诗云：'清吟杂梦寐，得句旋已忘。'固已奇矣。晚谪惠州，复出一联云：'春江有佳句，我醉堕渺莽。'则又加于少作一等。近世诗人老而益严，盖未有如东坡者也。"③ 王水照先生分析此段云："'少作'意谓沉浸创作，梦中得句又忘，虽不愧佳句，但稍见矜持之态，'晚作'则谓春江自藏佳句，只是醉中堕入一片浑沌之中，没能也不必去寻觅，更显妙境偶得，意趣悠远。"④ 前半是苏轼早期刻意为诗的情状，

---

① 张志烈、马德富、周裕锴主编《苏轼全集校注》第 2 册，河北人民出版社，2010，第 628 页。
② 苏轼：《苏轼文集》，孔凡礼点校，中华书局，1986，第 365 页。
③ 陆游：《陆游集》，中华书局，1976，第 2236 页。
④ 王水照：《唐宋文学论集》，齐鲁书社，1984，第 285 页。

第一章 "诗画本一律,天工与清新"

暗示出他对物象的把握还比较勉强,心象捕捉的主观性很强;后半则显示出苏轼对心象的自如把握,"佳句"成为客体(春江)与主体(我)之间的第三种存在,它既非主体又非客体,既能跟主体产生客体效果又能跟客体产生主体联想,是属于"渺茫"之中的独立体①。这种独立体是苏轼在创作实践中渐渐发现的,因而它其实是苏轼主观意识(心)的客观化结果。

主观心象的客观化,形象地反映在月光童子的故事中。《楞严经》云:"月光童子……而白佛言。我忆往昔恒河沙劫……当为比丘,室中安禅。我有弟子,窥窗观室。唯见清水遍在室中,了无所见。童稚无知,取一瓦砾,投于水内,激水作声,顾盼而去。我出定后,顿觉心痛,如舍利弗遭违害鬼……我则告言,汝更见水,可即开门,入此水中,除去瓦砾。童子奉教。后入定时,还复见水,瓦砾宛然,开门除出。我后出定,身质如初,逢无量佛。如是至于山海自在通王如来,方得亡身,与十方界诸香水海,性合真空,无二无别。"②月光童子通过修习水观,明白身水无二,身即是水,水即是身,故而童稚投瓦于水中,身会受损,等到水中瓦砾已去,心也恢复。苏轼诗中多次用到此典,如《臂痛谒告作三绝句示四君子》云:"心有何求遣病安,年来古井不生澜。祇愁戏瓦闲童子,却作泠泠一水看。"③《观台》也说:"三界无所住,一台聊自宁……须防童子戏,投瓦犯清

---

① 这个概念有点类似卡尔·波普尔的世界3概念。他认为从客观物质世界(世界1)和主观精神世界(世界2)之后还会派生出一个世界3,它既是精神性的,又是客观的,也就是一个精神文化的世界。世界3是自主的,它反过来通过世界2对世界1发生作用。见《科学知识进化论——波普尔科学哲学选集》,纪树立编译,生活·读书·新知三联书店,1987。
② 董国柱:《佛教十三经今译·楞严经》,黑龙江人民出版社,1998,第265页。
③ 王文诰辑注《苏轼诗集》,孔凡礼点校,中华书局,1982,第1800页。

031

泠。"① 阮延俊先生云:"苏轼结合自己的人生际遇来体味和感悟月光菩萨的水观修习,在更深层次上认识到,清净心的修得只是一个开始,并非一劳永逸,尚需精心地、持久地、无间断地加以维系与呵护,这是苏轼从佛教'水观'中得到的开悟。"② 水是清泠的,心也如此。

"清吟""清景"实际上就在心中,而心所映照的,并非简单的唯心论或主观性,在佛教教义中,心分很多层次。如《楞伽经集注》就说:"凡言心者,略示名体,通有四种,梵音各别,翻译亦殊。一纥利陀耶,此云肉团心,是色身中五藏心也。二缘虑心,此是八识,俱能缘虑自分境故,此八各有心数,亦云心所,于中或无记、或通善染之殊,诸经论中目心所法,总名心也,谓善心、恶心等。三质多耶,此云集起心,唯是根本第八识也,积集诸法种子起现行故。四干栗陀耶,此云贞实心,亦云坚实心,此是真实心也。"③ 心之分层,与八识的区分关系密切。其中第八识即阿赖耶识,也就是注中所云"集起心",其性质一般认为是善恶和合。而"真实心"则是第九识,也即类似于般若学中的"真谛",如来藏系中的清净心。但在玄奘唯识学看来,第九识其实包含在阿赖耶识之中④。《大乘密严经》卷下云:"一切众生阿赖耶识,本来而有,圆满清净,出过于世,同于涅槃。譬如明月现众国土,世间之人见有亏盈,而月体性未尝增减。藏识亦尔,普现一切众生界中,性常圆洁,不增不减。"方立天先生阐释说:"这是说,如月亮在云中时圆时缺,

---

① 王文诰辑注《苏轼诗集》,孔凡礼点校,中华书局,1982,第1689页。
② 阮延俊:《苏轼的人生境界及其文化底蕴》,世界图书出版广东有限公司,2014,第127页。
③ 释正受:《楞伽经集注》,释普明点校,上海古籍出版社,2015,第42页。
④ 王耘:《阿摩罗识与阿赖耶识》,《中州学刊》2003年第1期。

第一章 "诗画本一律,天工与清新"

但月亮本身的体性并无增减一样,阿赖耶识的体性是清净的,不增不减的,阿赖耶识是净法和染法的共同依据。也就是说,阿赖耶识有染净二分,这就为调和如来藏与阿赖耶识提供了理论根据。"① 把阿赖耶识比喻明月,与苏轼诗中众多的明月意象极为吻合,而苏轼在《六月二十日夜渡海》一诗中更是说道:"云散月明谁点缀? 天容海色本澄清。"② 诗句虽用《晋书·谢重传》的典故,但实则暗示着剥去阿赖耶识中的有染部分,而得"澄清"之本源,此"澄清"之境是苏轼人格的最佳写照,是建立在对阿赖耶识的认识上的,是一颗清净心才能抵达的境界。

在苏轼的"清新"美学中,源于老庄思想的"新"是心与物游的自然出新,而受佛学影响之后的"清"则是创作主体对于所游之物的不二融化。换个角度来看,也就是说,"清"是脱去外物之色,得其神理;"新"是对主体有所抑制,与天出新。苏轼"清新"美学建立在一种非主非客的标准上,是文艺思想上融汇释、道的尝试,表现在诗画论中,则是在倾向客观的画形中加入诗的神志,在倾向主观的诗中加入画形,从而达到"诗中有画,画中有诗"的主客不分、物我为一的圆融境界。它既是对宋诗"以文为诗"的形象化补充,也是对唐诗兴象玲珑的抽象化提升,对熔铸出独具一格、往往让宗唐宗宋两派诗人都欣赏的苏诗风格至关重要。这种圆融境界也大大扩充了历史上"清新"论的内涵,是对苏轼自身诗画观的超越,更是诗画共性——艺术觉醒后的第一次较为完整的原理呈现,对苏轼的艺术人生乃至后来的中国艺术史都产生了极为重大的影响。

---

① 方立天:《中国佛教哲学要义》,宗教文化出版社,2014,上卷,第222页。
② 李之亮笺注《苏轼文集编年笺注》第11册(诗词附),巴蜀书社,2011,第533页。

第二节　寻找语图关系中的缺失之环
——以苏轼绘画反哺诗歌为中心

在读图时代，语图关系引发广泛关注，并持续升温①。其中，学者的研究偏重语言对图像的影响②，而对图像反哺语言方面着墨不多。赵宪章、杨继勇、尤迪勇等对此有初步涉及，但所论有限③。而在较富"中国经验"色彩的诗画研究领域，对语图关系中图像反哺语言的探讨则起步较早④。本文想要进一步梳

---

① 如本雅明、索绪尔、罗兰·巴特、潘诺夫斯基等学者的符号学、图像学，如今已延伸到影像学，参见日本学者宇波彰《影像化的现代：语言与影响的符号学》（李璐茜译，四川大学出版社，2014）等。

② 多表现为阐述图像中的文化观念、政治事件等，如美籍汉学家姜斐德（Alfreda Murck）按照诗歌隐喻的方式把画处理为视觉隐喻（《宋代诗画中的政治隐情》，中华书局，2009，第 111~130 页）等。

③ 赵宪章认为语图互访存在顺势和逆势的差别，而"逆势"并没揭示出图像对文学的具体影响（赵宪章：《语图互仿的顺势与逆势——文学与图像关系新论》，《中国社会科学》2011 年第 3 期），赵先生在另一篇论文中则对鲁迅小说语言中的色彩描绘有所揭示，但没有展开（赵宪章：《文学和图像关系研究中的若干问题》，《江海学刊》2010 年第 1 期）。杨继勇在此基础上论证"构筑图-文共处的文艺之宫"的可能性［杨继勇：《论图-文关系等视域的世界图像化时代的命题之困——对当代西方哲学预言和赵宪章文学图像论的阐释》，《中国海洋大学学报》（社会科学版）2016 年第 3 期］。尤迪勇从叙事学的角度来比较图像叙事与文字叙事之间的相互模仿关系，但仅从形式层面展现文字叙事模仿图像叙事的情况（尤迪勇：《空间叙事研究》，生活·读书·新知三联书店，2014）。

④ 首先，打破诗的艺术高于画的艺术的传统思维，为绘画影响诗歌打下基础。刘石认为"诗画的关系是平等的"（刘石：《诗画一律内涵》，《文学遗产》2008 年第 6 期），邹广胜则通过比较莱辛与苏轼的诗画观，认为不管是强调差异还是一律，都是对诗、画两门艺术的平等对待，而非黑格尔、康德等人本主义者所谓的诗的艺术高于画的艺术，这种观点是忽视中西方文化背景"而把自己的观念强加于莱辛与苏轼之上，以显示其局限性，其实这不是莱辛与苏轼的局限性，而是我们解读方法与立场的局限性"（邹广胜：《谈文学与图像关系的三个基本问题》，《文艺理论研究》2011 年第 1 期）。在艺术史研究领域也有此类反思，如王新在《诗、画、乐的融通》中就特别强调对技艺层面的研究。（转下页注）

理、论述的问题是，图像究竟如何反哺语言？这种反哺是否存在积极与消极之别？需要如何处理才能扬长避短，从而对图像挤压语言的现实趋势做出较好预判？总之，我们应立足中国的诗画传统，补全语图关系中的缺失之环，实现旧传统和新学术之间的有无互通，激活故纸堆，补全新认知。

一 中国绘画反哺诗歌的历程及其特征

中国画与西洋画差别极大，主要区别在于追求形似还是神似，从而在用笔、上色、构图等方面均有不同。从美术史的角度看，中国画也分画师画与文人画，它们在相辅相成的融合中呈现此消彼长之势。因此，画师画与文人画的发展、成熟与新变，与中国绘画反哺诗歌的历程、特征密切相关。同时，中国诗歌自身也有漫长的演变史。如果从广义诗歌的角度观照，其从诗骚发轫，中经汉赋，流而为汉魏古诗、南北朝宫体诗，自唐代律诗成熟，诗歌一般分古、律二体，至元、明、清则生生不息，其复杂情况需专门诗歌史探究。但就诗歌本身特性而言，"诗分唐宋"则是对其不同特质较为准确的宏观把握。唐音宋调不仅是对唐、宋诗歌的风格概括，更成为后宋（元明清）诗歌的评判标准。如元、明诗歌学唐较多，而清代诗歌学宋更夥，

（接上页注④）其中也不乏用西方的艺术史理论来阐释中国古典诗词的努力，如以诺曼·布列逊凝视（gaze）与瞥视（glance）视角对李煜词风转变进行视觉性研究（王新：《诗、画、乐的融通》，中国社会科学出版社，2012，第128~134页）。其次，通过诗画研究，初步认识到语图关系中图像对语言的影响。如齐皎翰（Jonathan Chaves）就认为"诗歌是由绘画所激发的"（Jonathan Chaves: Some Relationships between Poetry and Painting in China [C]: George Kao: The Translation of Art: Essays on Chinese Painting and Poetry [M], The Chinese University of Hong Kong, 1976: 87.），李成文从"物象设置"、"空白设置"和"远势拓展"三个布局层面在苏词中的体现，论述画在词中通过"取消语言的述义性"而达到视觉效果（李成文：《词境与画境——苏轼的词中有画》，《枣庄学院学报》2015年第6期）。但所论都局限于诗画领域，不够深入。

它们之所以如此选择，在于其树立的诗学标杆不同。绘画对诗歌的反哺历程、特征，也与诗歌本身的这种发展息息相关。

综合以上两个主要因素，绘画反哺诗歌的历程与特征如下表。

时段	分期	特征
先唐	异质期	绘画与诗歌不同，绘画成为诗歌的题材或灵感源头
唐代	准备期	画师画成熟，画师文人化的同时，也用画师的眼光创作诗歌
宋代	成熟期	士人画产生，绘画全方位、多层次渗入诗作
后宋	稳定期	文人画盛行，但诗歌不能跳出唐宋畛域，故新变不大

在唐代以前，绘画一方面在不断发展成熟；另一方面，其作为一门技艺而掌握在少数较为专业的画家手中。无论是诗歌创作，还是理论批评，都显示出绘画对诗歌的反哺，主要是把绘画作为异质性题材书写，以激发灵感。如屈原《天问》，王逸云："屈原放逐，忧心愁悴。彷徨山泽，经历陵陆。嗟号昊旻，仰天叹息。见楚有先王之庙及公卿祠堂，图画天地山川神灵，琦玮僪佹，及古贤圣怪物行事。周流罢倦，休息其下，仰见图画，因书其壁，何而问之，以渫愤懑，舒泻愁思。"①王逸的说法，与考古成果一致②。考《天问》原文，屈原是把图画作为所写对象和灵感来源对待的。这种现象也体现在汉赋创作中。如王延寿《鲁灵光殿赋》中对"图画天地，品类群生"的绘画描写，也是汉赋所写题材之一③。陆机的看法最能代表这种异质性："宣物莫

---

① 洪兴祖：《楚辞补注》，中华书局，1983，第 85 页。
② 参见温肇桐《屈原〈天问〉与楚国壁画》（《江汉论坛》1980 年第 6 期）、邵学海《屈原"呵而问之"之壁画年代考——以新出考古材料之美术作品为主要依据》（《中国楚辞学》2009 年第 16 辑）等论文。
③ 很多学者试图研究汉赋与汉画的关系，如李立《论汉赋与汉画空间方位叙事艺术》（《文艺研究》2008 年第 2 期）、汪小洋《汉赋与汉画的本体关系及比较意义》（《文艺理论研究》2016 年第 2 期），但所论依然胶于外部，这可以从侧面反映出二者之间的异质性事实。

第一章 "诗画本一律,天工与清新"

大于言,存形莫善于画。"① 语言与绘画之间的作用泾渭分明。

唐代绘画一方面继续延续画师传统,如出现登峰造极的画圣吴道子;另一方面则出现文人化的画师,如王维、郑虔等。王维经过苏轼的推举,到明代董其昌将其视作文人画(即画派南宗)的开创者。实际上,画师文人化是当时的时代潮流和诗画关系发展的必然结果,不仅王维如此,与他同时期而易被忽视的郑虔也一样,他的"诗书画"在当时被唐玄宗称为"郑虔三绝"。遗憾的是,他的资料留存不多,故此处仍以王维为例。首先,王维把自己提升至画师的地位,他自称"宿世谬词客,前身应画师"(《偶然作六首》其六),这与初唐的著名画家阎立本对自己身份的看法截然相反。其次,在王维的诗歌中绘画与诗歌初步融合,苏轼《书摩诘蓝田烟雨图》云:"味摩诘之诗,诗中有画;观摩诘之画,画中有诗。诗曰:'蓝溪白石出,玉川红叶稀。山路元无雨,空翠湿人衣。'此摩诘之诗也,或曰非也。好事者以补摩诘之遗。"② 但苏轼更强调诗画兼融。从苏轼所举诗歌例子③来看,绘画对诗歌的反哺作用也主要体现在诗

---

① 俞剑华:《中国古代画论类编》,人民美术出版社,2004,第13页。
② 张志烈、马德富、周裕锴主编《苏轼全集校注》,河北人民出版社,2010,第7904页。
③ 关于这段话中的诗歌归属,历代存在争议。有学者认为是苏轼所作。宋阮阅《诗话总龟》卷八引蔡居厚《诗史》云:"东坡尝与人书言……此东坡诗,非摩诘也。"也有学者认为是王维的诗。宋释惠洪《冷斋夜话》卷四"五言四句诗得于天趣"记载此诗云:"吾弟超然喜论诗。其为人纯至有风味。尝曰:'陈叔宝绝无肺肠,然诗语有警绝者,如曰:午醉醒来晚,无人梦自惊。夕阳如有意,偏傍小窗明。王维摩诘《山中》诗曰:溪清白石出,天寒红叶稀。山路元无雨,空翠湿人衣。"陈铁民先生据此云:"宋释惠洪《冷斋夜话》卷四录此首,谓之'王摩诘《山中》诗',今姑从其说,断此诗为王维所作。"(陈铁民:《王维集校注》第2册,中华书局,1997,第463页。)今人多从之。从史料来源、《书摩诘蓝田烟雨图》语例类型和王维、苏轼诗歌表达方式来看,笔者认为该诗更可能是苏轼所作。但不管怎么说,都可见王维之时诗画融合还处在准备期,故其脉络后人不易弄清。

歌对画面的吸收上。

宋代接续画师文人化传统,在苏轼的大力提倡下蔚为大观,形成所谓的"士人画"。围绕在苏轼身边的大量画师,如文同、李公麟、米芾等,他们不仅是优秀的画家,同时也是多才的文士。士人画的蓬勃兴起,对画师画产生冲击,使文人画家与画师之间的交往也出现矛盾,如苏轼与郭熙、郭思父子之间,就因为理念上有所不同而互有抵制。[①] 文人画家与画师之间的冲突,尽管造成一定的紧张关系,却也促进了彼此之间的暗中学习。总之,这一时期,无论是文人画还是画师画,都处在互相比较、切磋中,促进了反哺作用的成熟,并笼罩后代。

元明清以降,在倪瓒、董其昌、徐渭等人的努力下,文人画成为当之无愧的中国画代表,其重写意而不重形似等特点得到淋漓尽致的发挥。在诗人中,也不乏善画者,如钟惺等。元明清诗歌数量巨大、存世也多、不乏佳作,但处在"宗唐""宗宋"的学习氛围中,诗歌本身没有质变,因而绘画对诗歌的反哺作用也稳定在宋代取得的水平上,如袁桷认为"诗中传画意,画里见诗余"(《辋川图》),尽管"立足于诗画的互助而论"[②],却并没跳出宋人旧棄。

历时来看,中国绘画反哺诗歌的成熟期,是伴随着绘画变化与诗歌发展的双重机遇而来的。任何一方的固步自封都会影响到反哺作用的深化。而在宋代,绘画与诗歌皆在传统的基础上发生巨变,为绘画反哺诗歌的成熟与定型提供了最佳的酝酿条件和接受环境。

---

① 参见拙稿第一章第 20~22 页的论述。
② 王韶华:《元代题画诗研究》,中国传媒大学出版社,2010,第 223 页。

二 "他山之石":绘画多层面反哺诗歌

宋人较普遍地对诗、画两种艺术形式兴趣浓厚,尤其关注诗、画之间的融通,除熟悉的苏轼诗画论外,黄庭坚也指出画是"无声诗"①。苏轼的可贵之处在于,他对绘画反哺诗歌有较自觉的意识。他在《送钱塘僧思聪归孤山叙》中说:"书既工,十五舍书而学诗,诗有奇语。云烟葱胧,珠玑的皪,识者以为画师之流。"② 用"画师之流"的特点来评论思聪的诗歌,可见苏轼及其同时代的"识者"已意识到绘画对诗歌之影响。绘画或图像中的色彩、造型、构图乃至物质形态等要素,都成为考察反哺作用的有效线索。而绘画在历史上扮演的促进诗歌发展的"他山之石"的重要角色,也由此得以揭示。

首先,画家对色彩的敏感与关注(色彩是指"绘事后素"的"绘"),尤其是色彩在整个画面上形成的和谐感,会积极反哺诗歌创作。苏轼《书退之诗》云:"韩退之《游青龙寺》诗,终篇言赤色,莫晓其故。尝见小说,郑虔寓青龙寺,贫无纸,取柿叶学书。九月柿叶赤而实红,退之诗乃寓此也。"③ 韩愈此诗指《游青龙寺赠崔大补阙》。苏轼指出,韩愈之诗是暗用郑虔典故,这里值得注意的是,利用郑虔典故点明诗歌所写季节即可,为何还要点出色彩?《新唐书·郑虔传》云:"虔善图山水,好书,常苦无纸,于是慈恩寺贮柿叶数屋,遂往日取叶肄书,

---

① 参见黄庭坚《次韵子瞻子由题憩寂图二首》"李侯有句不肯吐,淡墨写出无声诗"等。
② 张志烈、马德富、周裕锴主编《苏轼全集校注》,河北人民出版社,2010,第1018页。
③ 张志烈、马德富、周裕锴主编《苏轼全集校注》,河北人民出版社,2010,第7519页。

岁久殆遍。尝自写其诗并画以献，帝大署其尾曰'郑虔三绝'。"① 由此可见，在苏轼看来，郑虔"善图山水"的画家身份使韩愈在暗用典故的时候，自觉不自觉地关注色彩。而苏轼比韩愈更进一步，直接学习郑虔，黄庭坚指出其"也似郑公双鬓丝"②，故其创作中也较注意色彩。如元祐五年（1090）所作《寿星院寒碧轩》云："清风肃肃摇窗扉，窗前修竹一尺围。纷纷苍雪落夏簟，冉冉绿雾沾人衣。日高山蝉抱叶响，人静翠羽穿林飞。道人绝粒对寒碧，为问鹤骨何缘肥。"③ 全诗每句都紧扣"寒碧"二字，故能达到使人身临其境的艺术效果④。

其次，绘画中的物象造型，尤其是突破常规的部分，会带动诗人的感官刺激，并在其作品中有所呼应。闻一多在提倡诗歌建筑美时，已注意到诗篇本身由文字形成的造型会影响其内容、思想和情绪的模拟与表达。闻先生走的路子还比较传统，像美国诗人 E. E. 肯明斯（E. E. Cummings）的《l（a）》等诗

---

① 欧阳修、宋祁：《新唐书》，中华书局，1999，第 4413 页。
② 见黄庭坚《题子瞻寺壁小山枯木二首》其二："海内文章非画师，能回笔力作枯枝。豫章从小有梁栋，也似郑公双鬓丝。""郑公"指郑虔，任渊注云："诗意谓东坡、豫章梁栋之材，亦效郑公樗栎之散木。"（刘尚荣校点《黄庭坚诗集注》，中华书局，2003，第 348 页）其中"豫章"指诗中典故所云，非如后人所指黄庭坚，故前所加顿号当删去。
③ 张志烈、马德富、周裕锴主编《苏轼全集校注》，河北人民出版社，2010，第 3520 页。
④ 周必大、王士禛等已经指出这一"奥秘"。如周必大《二老堂诗话》"东坡寒碧轩诗"云："苏文忠公诗，初若豪迈天成，其实关键甚密。再来杭州，《寿星院寒碧轩》诗句句切题，而未尝拘。其云：'清风肃肃摇窗扉，窗里修竹一尺围。纷纷苍雪落夏簟，冉冉绿雾沾人衣。'寒碧各在其中。第五句'日高山蝉抱叶响'，颇似无意，而杜诗云'抱叶寒蝉静'，并叶言之，寒亦在中矣。'人静翠羽穿林飞'，固不待言。末句却说破：'道人绝粒对寒碧，为问鹤骨何缘肥。'其妙如此。"（吴文治：《宋诗话全编》，江苏古籍出版社，1998，第 5912 页）王士禛《带经堂诗话》卷五也说："予每读之，辄如入笲筤之谷，临潇湘之浦，而吟啸于渭川千亩之滨焉。"（王士禛：《带经堂诗话》，人民文学出版社，1963，第 130 页）

第一章 "诗画本一律，天工与清新"

歌，则把诗的形状与诗歌内容的结合表现得更极端，同时也更鲜明[1]。苏轼诗歌创作中也有此类现象。如熙宁四年（1071）九月《欧阳少师令赋所蓄石屏》：

> 何人遗公石屏风，上有水墨希微踪。不画长林与巨植，独画峨眉山西雪岭上万岁不老之孤松。崖崩涧绝可望不可到，孤烟落日相溟濛。含风偃蹇得真态，刻画始信有天工。我恐毕宏韦偃死葬虢山下，骨可朽烂心难穷。神机巧思无所发，化为烟霏沦石中。古来画师非俗士，摹写物象略于诗人同。愿公作诗慰不遇，无使二子含愤泣幽宫。[2]

诗中明说"古来画师非俗士，摹写物象略于诗人同"，即画师与诗人在"摹写物象"这一点上有相同之处。诗中所描绘的，是"不画长林与巨植，独画峨眉山西雪岭上万岁不老之孤松"，则画中的物象乃孤松，且是生长在悬崖上的孤松。诗句竭力摹写这棵孤松的形状，在与长林、巨植的对比和孤烟落日的衬托中，孤松形象得以具体化。诗人又想落天外，以画松名家毕宏、韦偃的机心巧思从虚处摹写孤松之神。然而使读者最直观感受到孤松的，却是诗中的长句"独画峨眉山西雪岭上万岁不老之孤松"本身。这句长达十六个字的诗句，在新诗当中或许并不算长，但在多以单字为使用单位的古诗中无愧第一长句之称。它屹立在全诗中，跟其他七言、九言句相比（七言九言加在一起才十六），差别巨大，直接展现出孤松在群山崖涧孤标独出的画

---

[1] F. 大卫·马丁、李·A. 雅各布斯：《艺术和人文——艺术导论》，包慧怡、黄少婷译，上海社会科学院出版社，2007，第 14~15 页。
[2] 张志烈、马德富、周裕锴主编《苏轼全集校注》，河北人民出版社，2010，第 566 页。

面，诚如汪师韩所云："长句磊砢，笔力具有虬松屈盘之势。"①据《画继》记载，苏轼画竹也是"作墨竹从地直起至顶"，可见他本人对此画法极其喜爱，并在诗歌创作中践行。

再次，画面构图也会直接影响诗人的艺术构思。学界已有对画框的知觉转换与再现的研究②，这里主要从构思角度展开。元祐二年（1087），苏轼创作《书李世南所画秋景二首》，其一曰："野水参差落涨痕，疏林欹倒出霜根。扁舟一棹归何处？家在江南黄叶村。"③ 其二曰："人间斤斧日创夷，谁见龙蛇百尺姿？不是溪山成独往，何人解作挂猿枝。"④ 就诗本身来看，所写似乎是两幅画，一幅画可称作野水疏林图，另一幅可称作溪山疏林图。尽管都是画疏林，却有地点之别，一在水边，一在山上。一幅勾起诗人归隐之意，一幅使诗人羡慕画家深入溪山采风、绘画生涯恍如隐居一般的生活和由此带来的高超画艺。邓椿《画继》卷四云："予尝见其孙皓云：'此图本寒林障，分作两轴。前三幅尽寒林坡，所以有'龙蛇姿'之句。后三幅尽平远，所以有'黄叶村'之句。其实一景，而坡作两意。又'浩歌'字，雕本皆以为'扁舟'。其实画一舟子，张颐鼓枻，作浩歌之态，今作'扁舟'⑤，甚无谓也。"⑥ 原来此画本是一

---

① 张志烈、马德富、周裕锴主编《苏轼全集校注》，河北人民出版社，2010，第568页。
② 汤克兵：《知觉性画框与绘画的视觉再现》，《内蒙古社会科学》（汉文版）2016年第5期。
③ 张志烈、马德富、周裕锴主编《苏轼全集校注》，河北人民出版社，2010，第3167页。
④ 张志烈、马德富、周裕锴主编《苏轼全集校注》，河北人民出版社，2010，第3169页。
⑤ 对于改字，纪昀云："如不出'扁舟'字，则'浩歌'一曲茫然无着，不见定是鼓枻。此必后来改定，不得持墨迹之。"所论不确。就算不出现"扁舟"一词，诗中"一棹"已经点明"浩歌"的着落。
⑥ 邓椿：《画继》，上海人民美术出版社，1963，第24页。

幅，被分成两轴，而每轴分别引出苏轼的一段诗思。

与苏轼形成鲜明对比的，是黄庭坚《题竹石牧牛》，其引云："子瞻画丛竹怪石，伯时增前坡牧儿骑牛，甚有意态，戏咏。"原诗如下："野次小峥嵘，幽篁相倚绿。阿童三尺棰，御此老觳觫。石吾甚爱之，勿遣牛砺角。牛砺角尚可，牛斗残我竹。"① 由诗引序可知，构图原是两部分，但因为在同一幅画面之中，遂黄庭坚在题诗之时，混而为一，并产生竹叶与牧牛之间的紧张关系，从而使诗人在创作中表达出担忧之情。二者进行比较，便可清晰看出绘画构图的分合，对诗人的艺术构思有直接、显著的反哺影响。

最后，绘画虽然能够达到寓立体于平面中的艺术效果，但就绘画欣赏来看，主要分为挂壁式和卷轴式。这两种欣赏角度，会对诗人写景的观看与构思造成影响。我们先看苏轼诗歌中的一组材料：

> A. 熙宁十年（1077）五月《司马君实独乐园》："青山在屋上，流水在屋下。中有五亩园，花竹秀而野。花香袭杖屦，竹色侵杯斝。樽酒乐余春，棋局消长夏。洛阳古多士，风俗犹尔雅。先生卧不出，冠盖倾洛社。虽云与众乐，中有独乐者。才全德不形，所贵知我寡。先生独何事，四海望陶冶。儿童诵君实，走卒知司马。持此欲安归，造物不我舍。名声逐吾辈，此病天所赭。扪掌笑先生，年来效喑哑。"② 比苏轼略晚而与黄庭坚同时的王直方评论说："只

---

① 刘尚荣校点《黄庭坚诗集注》，中华书局，2003，第352页。
② 张志烈、马德富、周裕锴主编《苏轼全集校注》，河北人民出版社，2010，第1497~1498页。

从头四句便已都说尽,云:'青山在屋上,流水在屋下。中有五亩园,花竹秀而野。'此便可以图画。"①

B. 元丰二年(1079)《城南县尉水亭得长字》:"两尉郁相望,东南百步场。挥旗蒲柳市,伐鼓水云乡。已作观鱼槛,仍开射鸭堂。全家依画舫,极目乱红妆。潋潋波头细,疏疏雨脚长。我来闲濯足,溪涨欲浮床。泽国山围里,孤城水影傍。欲知归路处,苇外记风樯。"②查慎行评末四句"入画"③。

C. 元丰二年(1079)《与客游道场何山,得鸟字》:"清溪到山尽,飞路盘空小。红亭与白塔,隐见乔木杪。中休得小庵,孤绝寄云表。洞庭在北户,云水天渺渺。庵僧俗缘尽,净业洗未了。十年画鹊竹,益以诗自绕。高堂俨像设,禅室各深窈。奔泉何处来,华屋过溪沼。何山隔幽谷,去路清且悄。长松度翠蔓,绝壁挂啼鸟。我友自杭来,尚叹所历少。归途风雨作,一洗红日燎。俄惊万窍号,黑雾卷蓬蓼。舟人纷变色,坐笑轻鸥矫。我独唤酒杯,醉死胜流殍。书生例强很,造物空烦扰。更将掀舞势,把烛画风筱。美人为破颜,正似腰肢袅。明朝更陈迹,清景堕空杳。作诗记余欢,万古一昏晓。"④纪昀:"起四句如画。"⑤

---

① 吴文治:《宋诗话全编》,江苏古籍出版社,1998,第1525页。
② 张志烈、马德富、周裕锴主编《苏轼全集校注》,河北人民出版社,2010,第2068~2069页。
③ 张志烈、马德富、周裕锴主编《苏轼全集校注》,河北人民出版社,2010,第2070页。
④ 张志烈、马德富、周裕锴主编《苏轼全集校注》,河北人民出版社,2010,第2022页。
⑤ 张志烈、马德富、周裕锴主编《苏轼全集校注》,河北人民出版社,2010,第2025页。

第一章 "诗画本一律，天工与清新"

A资料中，可以绘图的诗句呈现出的画面是青山在上，流水在下，园屋在中间，形成一个上下拓展的二维平面。B资料中，可以入画的诗句呈现出的画面是水在山中，水旁有孤城，芦苇外有舟船，形成一个左右拓展的二维平面。前者对应着挂壁式的绘画，后者对应着横轴式的绘画。C资料中，需要注意的是，纪昀是将诗歌中的文脉切断的，因为"清溪到山尽，飞路盘空小。红亭与白塔，隐见乔木杪"之后紧接着"中休得小庵，孤绝寄云表。洞庭在北户，云水天渺渺"。他为什么要切断？因为这八句诗中包含着上下、左右两个方向的平面。前四句由下而上，分别有溪山路树、红亭白塔，这是典型的挂壁式。后四句中的前两句依然可以嵌进挂壁式画面，但由"小庵"引出来的"洞庭在北户"，则窜入横轴式画面。这两种画面是没法统一在一个二维画面中的，因此纪昀只取开头四句入画。这在苏轼之前的诗歌创作中还不太自觉。如岑参《酬崔十三侍御登玉垒山思故园见寄》就说："玉垒天晴望，诸峰尽觉低。故园江树北，斜日岭云西。旷野看人小，长空共鸟齐。山高徒仰止，不得日攀跻。"[①] 尽管"旷野看人小，长空共鸟齐"两句，如丰子恺所分析"仿佛是远近法理论中的说明文句"[②]，但查看全诗，一会儿"北""西"，一会儿"上""下"，在短暂的诗句中，画面感并不强烈。而苏轼已经从四句（四句相当于一首绝句，可以独立成诗）中把握了一个整体的画面，这个画面有一个主要的拓展方向。

通过以上分析可知，宋代绘画的两种样式，即挂壁式和横轴式，这对诗歌创作是有影响的。有时如A、B资料那样，单独地影响到诗人观看景物的视角，有时又如C资料那样，被综合

---

① 岑参：《岑嘉州诗笺注》，廖立笺注，中华书局，2004，第464页。
② 丰子恺：《绘画与文学》，岳麓书社，2012，第5页。

地运用到对景物的观察中去。但无论是哪一种，都是富有画面感的组合，而非随性、破碎、不成一体。

另外，需要补充说明的是，尽管中国画师法造化和心源，本身含有形象性的渴求，但由于工具媒介如线条、颜料、图状等本身的抽象性，对画面进行深入解读和剖析需要比鉴赏诗歌更敏锐的眼力。这就无形中提高了诗人观物的精细度，如苏轼所云"知君论将口，似我识画眼"，[①] 这种"识画眼"对诗人欣赏万物之美从而采集入诗很有帮助。元祐八年（1093）苏轼所作《次韵滕大夫三首·雪浪石》云："画师争摹雪浪势，天工不见雷斧痕。离堆四面绕江水，坐无蜀士谁与论。老翁儿戏作飞雨，把酒坐看珠跳盆。此身自幻孰非梦，故国山水聊心存。"[②]《雪浪斋铭》引云："予于中山后圃得黑石，白脉，如蜀孙位、孙知微所画石间奔流，尽水之变。"[③] 无论是诗还是文，都讲明对雪浪石的欣赏得益于孙位等人的绘画。诗中所写的雪浪石，虽寥寥几笔，而其天生丽质乍现眼前，非常生动。可是雪浪石的尊容究竟如何？杜绾《云林石谱》卷下《雪浪石》记载："中山府土中出石，色灰黑，燥而无声，泯然成质，其纹多白脉，笼络如披麻旋绕委曲之势。"[④] 披麻之喻，已经不美。王士禛《秦蜀驿程后记》卷上说得更明白："予审视，盆四面刻纹作芙蕖……然石实无他奇，徒以见赏坡公，侈美千载，物亦有天幸焉。"[⑤] 无论是比苏轼略早的"岩石矿物学家"杜绾，还是较后的诗人王

---

① 张志烈、马德富、周裕锴主编《苏轼全集校注》，河北人民出版社，2010，第4301页。
② 张志烈、马德富、周裕锴主编《苏轼全集校注》，河北人民出版社，2010，第4242～4243页。
③ 苏轼：《苏轼文集》，孔凡礼点校，中华书局，1986，第574页。
④ 杜绾：《云林石谱》，中华书局，1985，第31页。
⑤ 四川大学中文系唐宋文学研究室：《苏轼资料汇编》，中华书局，1994，第1151页。

第一章 "诗画本一律，天工与清新"

士禛，在他们看来，雪浪石并无奇特，遑论丽质。而苏轼却能从中激发出审美的气质并写入诗中，流传千载，无疑跟他从石头文理上参透"孙位、孙知微所画石间奔流""画师争摹雪浪势"有关，即苏轼本人的画学修养使他易于联想，敏于观察①。

综合以上分析可以看出，在中国传统诗画关系中，绘画从色彩、造型、构图乃至物质形态等角度，对诗歌的起兴、构思、创作乃至修改（详后）有全方位、多层次的渗透。这种反哺作用，虽然是诗画领域中语图关系的揭示，但"以一斑而窥全豹"，在语言和图像关系中，它也确乎存在着，需要我们做更深入的后续研究。

三 绘画形象与诗歌深度的冲突及和解

读图时代最为敏感的话题是，图像的泛滥不仅在一定程度上挤压文学的生存空间，更重要的是，图像的直观性会在更大程度上破坏文学语言的深度。这可称之为语图关系中图像对语

---

① 同样的情况也出现在绍圣元年（1094）壶中九华诗中，诗题为《湖口人李正臣蓄石九峰，玲珑宛转，若窗棂然。予欲以百金买之，与仇池石为偶，方南迁未暇也。名之曰壶中九华，且以诗纪之》，其诗云："清溪电转失云峰，梦里犹惊翠扫空。五岭莫愁千嶂外，九华今在一壶中。天池水落层层见，玉女窗明处处通。念我仇池太孤绝，百金归买碧玲珑。"（王文诰辑注《苏轼诗集》，中华书局，1982，第2048页）诗中描写九华峰上天池落水，缝隙间仙女飘飘，可谓绝品，于是作者不惜以重金购买。但据知情人士透露，此又是苏轼的一次艺术审视，而非实录。方勺《泊宅编》卷中云："湖口李正臣所蓄石，东坡名以壶中九华者，予不及见之，但尝询正臣所刻碑本。虽九峰排列如鹰齿，不甚嶕崪，而石腰有白脉若束以丝带。此石之病，不知坡何酷爱之如此，欲买之百金。岂好事之过乎？予恐诗人笔力有余，多借假象物以发其思，为后人诡异之观尔。"（方勺：《泊宅编》，中华书局，1983，第81页）田晓菲分析说："方勺明白石头的价值与其说在于石头自身，还不如说在于诗人对它的鉴赏。在方勺的叙述中，苏轼被还原为'有力者'，是他的'笔力'赋予了自然之物魅力和价值。"（《尘几录：陶渊明与手抄本文化研究》，中华书局，2007，第42页）而这种"鉴赏"的"笔力"，固然与诗人的诗性思维关系密切，也与诗人本身深厚的艺术鉴赏力密不可分。

言的负面反哺,这种反哺实际上并不是第一次出现。在传统的中国诗画研究领域,它表现为绘画形象与诗歌深度之间的冲突。令人惊讶的是,前人对此矛盾的处理不仅展示出他们对此问题的深刻洞察力,更为较好处理今天的时代难题提供了诸多启迪。

众所周知,文字跟图像虽然同源,却在并存的道路上扬长补短,形成各自不同的特点。法国学者雷吉斯·德布雷说:"自从文字出现,将大部分的功用性沟通承担起来之后,减轻了图像的负担,使之得以发挥表现和抒发的功能,大大展示相似性……图像是符号之母,但书写符号的诞生使图像可以完全发展成熟,独立存在,与话语分开,减去了沟通方面的普通职责。"① 图像符号在"大大展示相似性"的时候,书写符号也日渐变得更加抽象,远离原始图像,从而更直接、准确、简练地描述和表达客观世界,成为人与人之间沟通的主要工具。然而,诗歌是一种语言艺术,尤其是汉字组成的诗歌,跟图像有着天然联系②。汉字原是象形文字,在其抽象化的历程中多少还保有图画意味,何九盈云:"甲骨文时代汉字已是相当成熟的系统,但图画的意味还比较明显,当然跟图画已有性质上的不同。"③ "六书"中的象形、指事、会意等字不必说,就连形声字,其形旁也有浓郁的意象意味。这四类字在汉字中占绝大多数④。因此可以说,汉

---

① 雷吉斯·德布雷:《图像的生与死:西方观图史》,黄讯余、黄建华译,华东师范大学出版社,2014,第193页。
② 西方艺术史家的研究缺乏此类便利,他们只能通过图像的象征性来探讨抽象概念在图画中的再现或寓意画中的抽象概念,如贡布里希所做的那样。参见《艺术与科学:贡布里希谈话录和回忆录》,杨思梁、范景中、严善淳译,浙江摄影出版社,1998,第134~142页。
③ 何九盈:《汉字文化学》,商务印书馆,2016,第152页。
④ 在清代的《康熙字典》中,光形声字已占到总字数的90%。

第一章 "诗画本一律,天工与清新"

字所写的诗歌与图像之间本就血脉相连①。而古典诗歌少用词组多用单字的特点,又能在一定程度上最大限度地发挥汉字的图像意味,只是此时的汉字图像与原初的物象之间已经存在较大距离。而画中物象对缩短此中距离、唤醒汉字原有的物象很有帮助。如苏轼元丰七年(1084)《题雍秀才画草虫八物》,其中《天水牛》云:"两角徒自长,空飞不服箱。为牛竟何事,利吻穴枯桑。"②天水牛,即天牛,据《本草纲目·虫部》说,"有黑角如八字,似水牛角,故名"③。但苏诗中的"两角徒自长"不是此意,而是指天牛头上的触须,这大概是画面展示出来的。服箱即负车箱,指拉车。天牛是昆虫,只会用利嘴在枯树上打洞,不会像牛那样拉车劳作。问题是,苏轼为什么会由画中昆虫联想到牛?因为按照《本草纲目》的解释,天牛与牛的相似度极小,且画面中似乎还没展示出这极小的一点相似来。

作为汉字的"牛"是象形字,原本富有图画意味,因此,在苏轼的诗歌创作中,不乏通过诗性思维将其化为诗歌形象者,如《黄牛庙》云:"江边石壁高无路,上有黄牛不服箱。庙前行客拜且舞,击鼓吹箫屠白羊。山下耕牛苦硗确,两角磨崖四蹄湿。青刍半束长苦饥,仰看黄牛安可及。"④而在这首诗中,作者竭力描写的却是前二句的画中物象,画中物象在得到充分表达之后,才来与"牛"字作对比或比拟,这说明"牛"字的形

---

① 这从埃兹拉·庞德等人发动的意象派诗歌中可以看得更清楚。庞德从汉语文学的描写中看到一种语言与意象的魔力,主张寻找出汉语中的意象,其长诗《诗章》中便多处夹着汉字,使汉字本身的图像意味成为诗歌意象的组成部分。
② 张志烈、马德富、周裕锴主编《苏轼全集校注》,河北人民出版社,2010,第2735页。
③ 刘衡如、刘山水校注《本草纲目》,华夏出版社,2011,第1543页。
④ 张志烈、马德富、周裕锴主编《苏轼全集校注》,河北人民出版社,2010,第94~95页。

象性太强，以至于诗人不得不减省笔墨，从而避免对诗中所写的画像造成喧宾夺主的效果，而使它们安分地成为一种背景性的反衬或衬托。这说明画面容易唤醒诗人脑海中被抑制的汉字图像意味，并不断被其干扰。

同样在《题雍秀才画草虫八物》中的一首《蜗牛》诗中，蜗牛画面与汉字"牛"所唤醒的图像意味的融合已在《天水牛》中使用过，因此需要摆脱画面干扰。胡仔《苕溪渔隐丛话前集》卷八引《王直方诗话》云："东坡作《蜗牛》诗云：'中弱不胜触，外坚聊自郭。升高不知疲，竟作粘壁枯。'后改云：'腥涎不满壳，聊足以自濡。升高不知回，竟作粘壁枯。'余亦以为改者胜。"这两版诗的不同之处主要在前两句。"中弱"两句还是对画中物象的描绘，与《天水牛》相同，但诗人为避免被画面唤醒的"牛"字所指的实体形象（此形象在《天水牛》中使用过），便不得不连对画面的形似描写也抛弃，换作"腥涎"二句，使蜗牛的形象在饱满起来的同时，诗歌也更有深度。

这种情况也出现在黄庭坚的诗中。《题子瞻枯木》末二句为"胸中元自有丘壑，故作老木蟠风霜"，任渊注云："此两句元作'笔端放浪有江海，临深枯木饱风霜'。"[①] 原句围绕画面中的枯木作文，囿于画面，影响诗歌深度，改后之句则虽不脱离"老木"，却摆脱画面，直达心胸。两相对比，改后的诗句之深度，是原句无法望其项背的。

苏轼、黄庭坚等人在诗歌创作中，尤其是在题画诗的创作中，通过远离画面之后的不断修改，来尽量避免画面对其诗歌"深度"的制约，与当时的诗歌创作风气有关。相比唐诗的兴象玲珑，多数人把宋诗的特点概括为"以文为诗"。以文为诗的内

---

① 刘尚荣校点《黄庭坚诗集注》，中华书局，2003，第349页。

第一章 "诗画本一律,天工与清新"

涵,在今天还有争议①。这里不做精微的区别,而取其广义。以文为诗导致的后果,是诗中才学、议论的增多,损害诗歌的形象性。而绘画的融入,却是对以文为诗的有益补充,使诗歌多一些形象画面。

绘画对以文为诗的补充主要体现在两个方面。

一方面是画面描写的直接介入,使全诗形象生动。如元祐三年(1088)《书王定国所藏烟江叠嶂图》云:"江上愁心千叠山,浮空积翠如云烟。山耶云耶远莫知,烟空云散山依然。但见两崖苍苍暗绝谷,中有百道飞来泉。紫林络石隐复见,下赴谷口为奔川。川平山开林麓断,小桥野店依山前。行人稍度乔木外,渔舟一叶江吞天。使君何从得此本,点缀毫末分清妍。"② 汪师韩评此部分诗便说:"竟是为画作记。然摹写之神妙,恐作记反不能如韵语之曲尽而有情也。"③ 同页转录纪昀说法亦云:"奇情幻景,笔足以达之。竟是为画作记。然摹写之妙,恐作记反不如也。"

另一方面则是通过影响风景描写而渲染诗情。胡仔《苕溪渔隐丛话后集》卷二十九已经发现此类现象:"苕溪渔隐曰:李太白《浔阳紫极宫感秋》云:'何处闻秋声,翛翛北窗竹。回薄万古心,揽之不盈掬。'东坡和韵云:'寄卧虚寂堂,月明浸疏竹。泠然洗我心,欲饮不可掬。'予谓东坡此语似优于太白矣。

---

① 程千帆《读宋诗随笔·前言》中说:"严羽指出宋人以文字为诗。文字这个词在宋代有广狭二义:广义指书面语言,狭义则指散文。这里显然是指曾经引起非议的以散文为诗;而以散文为诗,又往往和以议论为诗紧密地联系着的。"(程千帆:《程千帆全集·读宋诗随笔》第 11 卷,莫砺锋编,河北教育出版社,2000,第 383 页)周裕锴则认为"以文字为诗"并非以散文为诗,而是作为禅家"不立文字"的对立面提出来的。(周裕锴:《〈沧浪诗话〉的隐喻系统和诗学旨趣新论》,《文学遗产》2010 年第 2 期)

② 王文诰辑注《苏轼诗集》,孔凡礼点校,中华书局,1982,第 1608 页。

③ 曾枣庄、舒大刚:《三苏全书》,语文出版社,2001,第 444 页。

大率东坡每题咏景物于长篇中，只篇首四句便能写尽，语仍快健。"① 王安石也是如此，如《题燕侍郎山水图》首四句"往时濯足潇湘浦，独上九嶷寻二女。苍梧之野烟漠漠，断陇连冈散平楚"②，也是通过山水图的画面而勾起作者往日游思，并以"景语"作"情语"，富有画面感，情感表达亦寓其中。

总之，图像本身的直观性、形象性确实会对语言的深度表达产生负面作用，但通过宋人诗画关系的处理可以发现，当诗歌达到一定的深度时，绘画的这种负面反哺不仅无害，而且有助于扭转诗歌过分的抽象性和义理性。由此可见，语言是否富有深度，与是否受到这种负面反哺关系不大，其根本原因还是在于使用语言者本身是否有足够的深度。

四　结语

通过以上分析可以看出，在语言影响图像、诗歌影响绘画的主流之下，还暗含着图像对语言、绘画对诗歌的反哺作用，这种反哺虽然不易被察觉和论述，但却是真实存在的。从历时角度来看，反哺现象可划分为先唐异质期、唐代准备期、宋代成熟期、元明清稳定期四个典型阶段。从共时来看，这种反哺

---

① 曾枣庄、舒大刚：《三苏全书》，语文出版社，2001，第212页。按：后面又举出一些例子，如《庐山开元漱玉亭》首四句云："高岩下赤日，深谷来悲风。劈开青玉峡，飞出两白龙。"（王文诰辑注《苏轼诗集》，中华书局，1982，第1216页）《行琼儋间》（原题为《行琼、儋间，肩舆坐睡。梦中得句云：千山动鳞甲，万谷酣笙钟。觉而遇清风急雨，戏作此数句》）首四句云："四州环一岛，百洞蟠其中。我行西北隅，如度月半弓。"（王文诰辑注《苏轼诗集》，中华书局，1982，第2246页）其他还有《谷林堂》《藤州江上夜起对月》等。胡仔能注意到此类现象颇有眼光，但所论过于狭窄，其实何止首四句，如《开先漱玉亭》四句之后的描写也极为精彩："乱沫散霜雪，古潭摇清空。余流滑无声，快写双石㲄。"再比如《行琼儋间》四句之后的"登高望中原，但见积水空"。不一而足。

② 李壁：《王荆文公诗笺注》，高克勤点校，上海古籍出版社，2010，第9页。

作用，不仅体现在绘画从色彩、造型、构图乃至物质形态等角度对诗歌起兴、构思、创作乃至修改的全方位、多层次的积极影响，而且也不可避免地呈现出消极反哺，即绘画形象诉求与诗歌深度表达的冲突。这样语图关系的缺失之环才得到完整补充。

通过结论不难发现，图像与语言、绘画与诗歌二者的互动，与各自本身的变化密不可分，而互动本身又进一步推动各自发展，形成良性循环。值得注意的是，它们的互动不仅建立在不同艺术门类的基础之上（自身的特殊性），更与其各自发展阶段的不同步性关系密切。这种不同步性越大，其互动所具有的张力就越强，所造成的反哺作用就越深。因此，读图时代图像与文学的紧张关系，恰恰是个机遇。同时，反哺作用未必都对诗歌发展产生积极影响，如绘画形象的诉求会影响诗歌深度的表达，这固然需要扬长补短，但治本的方法还是在于提高诗人或语言使用者的自身深度。这些对读图时代处理图像挤压文学等问题均有所助益。

第二章

"琴里若能知贺若,诗中定合爱陶潜"
——诗学与琴学

诗歌与音乐的关系是一个经典命题。从历史来看，这个问题自《诗经》开始，就形成诗乐合一的传统；而从学理来看，诗歌与音乐都是时间艺术，本身存在千丝万缕的联系。但在宋代，对二者关系的探讨主要集中于宋词领域，在宋诗领域则很少。究其原因，跟宋诗议论化的特点不无关系，但主要还是缺乏合适的观察角度。随着政局更迭，华夷互渗，华夏音乐从乐器到乐论都发生了巨大改变。在好古的宋人那里，一方面继续保持古琴君子人格的特色；另一方面则努力通过古琴恢复雅乐。这种努力，不仅在审美层面影响到宋诗的平淡风格，而且随着佛教对琴音的哲学思考，进一步打开了宋人琴诗创作的新维度。这些特点集中在苏轼及其师法对象欧阳修、梅尧臣等人身上不是偶然的，值得深入寻究。

第一节　古琴审美与宋诗平淡风格

张海鸥先生说："在宋代诗学史上，以'平淡'论诗者，最早似见于欧阳修作于明道元年（1032）的《书梅圣俞稿后》。"① 就"平淡"诗风来看，较早论及这一风格者确实是欧阳修，但较早、较全面地在诗歌创作中体现此一风格的却是梅尧臣，也正是梅尧臣的诗歌创作，使古老的"平淡"术语产生了新的内涵。莫砺锋先生指出："梅尧臣心目中的'平淡'已是一个全新的诗学名词，它实际上是指一种炉火纯青的艺术境界，一种超越了雕润绮丽的老成风格。"② 这种"语淡意工"境界的取得，与梅尧臣等人对陶渊明、韦应物、柳宗元等前人诗歌的学习有关，也跟他们超越前人的努力分不开，更与当时普遍存在的复古思潮关系密切。程杰先生指出欧阳修文章复古与诗学平淡的关系："欧之擅长在'古文'，倡导'文与道俱'，'简易自然'，标志着新一代'古文'精神和作风的成立。欧言'平易自然'，这是他从艺术的角度推阐'平淡'之义的原因。"③ 实际上，当时存在的比古文离诗更近的音乐复古，影响着宋诗平淡美学的发展。但宋诗"以文为诗"的特征，导致学界基本忽略了宋诗与音乐的关系。本文以宋诗平淡风格形成期的代表诗人欧阳修、梅尧臣为例，通过探讨古琴美学的发展及其在诗歌领域引起的

---

① 张海鸥：《北宋诗学》，河南大学出版社，2007，第77页。
② 莫砺锋：《唐宋诗歌论集》，凤凰出版社，2007，第228页。
③ 程杰：《宋诗"平淡"美的理论和实践》，《学术研究》1996年第5期。

变化①,具体探讨音乐对宋诗的影响,并从音乐学的角度,对宋诗中影响深远的平淡诗风做出新的阐释。

一 诗歌与音乐的两类研究及其启示

同样作为"时间艺术"分类中的诗歌和音乐,彼此之间存在很多值得论述的关系,中外学者是在不同层面展开的,主要可分为两个。

一个层面是以中国诗乐传统论述为代表的诗歌与音乐的关系。无论是《诗经》中的"弦歌三百"、汉乐府等作品的呈现,还是诸如《毛诗序》《礼记·乐记》等理论表述,都体现出中国诗乐的传统。朱谦之先生在此基础上提出"音乐文学"的概念:"中国从古以来的诗,音乐的含有性是很大的,差不多中国文学的定义,就成了中国音乐的定义,因此中国的文学的特征,就是所谓'音乐文学'。"②朱先生论述了诗、骚、汉乐府、唐诗、宋词和元曲等,但没有涉及宋诗。胡云翼先生从宋词出发,也提出"音乐的文学"观点:"中国文学的发达,变迁,并不是文学自身形成一个独立的关系,而与音乐有密接的关连。换言之,中国文学的变迁,是随着音乐的变迁而变迁……并且可以知道中国文学的活动,以音乐为依归的那种文体的活动,只能活动于所依附产生的那种音乐的时代,在那一个时代内兴盛发达,达于最活动的境界。若是音乐亡了,那么随着那种音乐而活动的文学,也自然停止活动了。凡是与音乐结合关系而产生的文

---

① 这类探讨已有专文出现,如周杨波《南宋格律词派和浙派古琴的渊源——以杨缵吟社为中心的考察》(《文学遗产》2008年第2期)、解婷婷《诗琴合流:苏轼〈听杭僧惟贤琴〉发微》(待刊稿)、韩伟《宋代乐论研究》(南京大学博士学位论文,2011)等文。

② 朱谦之:《中国音乐文学史》,上海人民出版社,2006,第30页。

学，便是音乐的文学，便是有价值的文学。"① 学界对音乐文学的探讨，也多集中在朱先生等人的论述范围中，比如赵敏俐先生探讨音乐对《诗经》、汉乐府诗歌形式的影响②，杜晓勤先生对先秦两汉音乐文学研究方法的思考③，等等。也有部分学者对"音乐文学"的概念有所补充和调整，如公木先生在论述诗歌与音乐的关系中就注意到歌诗与诵诗的区别④，钱志熙先生则将诗歌分为歌谣、乐章与徒诗并进行细致梳理⑤，等等。

与中国传统诗乐论述不同的另一层面，是西方学者的分析。沈亚丹先生说："随着比较艺术学在西方的兴起，对诗歌和音乐的分析才开始理性化、科学化，并引入各种系统科学方法。在比较过程中最常见的是文化人类学方法的运用，从维柯、洪堡特到斯宾塞、卡西尔，都对语言起源中的情感与逻辑关系、语言和音乐的关系作过探讨。"⑥这其中就包括对诗歌与音乐共性的概括与归纳，如黑格尔就认为诗歌和音乐都是"浪漫型艺术"："浪漫型艺术抓住绘画和音乐作为它的独立的绝对的形式，诗的表现也包括在内。"⑦ 美国学者 H. 帕克说得更细致："言语旋律以及韵、半谐音和头韵的呼应的存在就说明，诗歌和音乐是类似

---

① 胡云翼：《宋词研究》，岳麓书社，2010，第 4~5 页。
② 赵敏俐：《音乐对先秦两汉诗歌形式的影响》，《社会科学战线》2002 年第 5 期。
③ 杜晓勤：《诗歌·音乐·音乐文学史——先秦两汉诗歌史的音乐文学研究法》，《东方丛刊》2006 年第 2 期。
④ 公木：《歌诗与诵诗——兼论诗歌与音乐的关系》，《文学评论》1980 年第 6 期。刘靓在《魏晋：诵诗的崛起与歌诗的隐退》[《郑州大学学报》（哲学社会科学版）2014 年第 3 期]中对此则作出历史性的分析。
⑤ 钱志熙：《歌谣、乐章、徒诗——论诗史的三大分野》，《中山大学学报》（社会科学版）2011 年第 1 期。随后钱先生又结合诗歌历史和七言诗体，对此讨论得更为充分，如《论汉魏六朝七言诗歌的源流及其与音乐的关系》，《中华文史论丛》2013 年第 1 期。
⑥ 沈亚丹：《寂静之音——关于诗歌的音乐性言说》，《南京大学学报》（哲学人文社会科学）2000 年第 3 期，第 90 页。
⑦ 黑格尔：《美学》第 1 卷，朱光潜译，商务印书馆，2010，第 114 页。

的。在有些人看来，这种类似是有决定意义的。"[1] 一些中国学者也展开了类似的研究，如李源先生对诗歌与音乐韵律的通同性的关注[2]等。此外，还包括剖析诗歌的音乐性或音乐的诗歌性（文学性），前者如沈亚丹先生对诗歌音乐性的持续探究[3]等，后者如劳伦斯·克拉默对李斯特音乐中的文学性的分析[4]等。

这两种层面的分析各有其侧重点、适用范围和局限。如果纯以中国诗乐传统论述的方法来研究宋诗与音乐的关系，就会束手无策。俞彦《爰园词话》说："五代至宋，诗又不胜方板，而诗余出……诗亡然后词作，故曰余也。非诗亡，所以歌咏诗者亡也。"学者认为俞彦这样说，"实际就是为了指出词以其合乐的特性取代诗是对诗的发展"。[5] 需要词的合乐性推动诗的发展，则宋诗与音乐的关系也就没那么直接，因而被学者有意无意忽略了。但这是不是意味着宋诗与音乐绝缘？并非如此。若在中国诗乐传统论述的基础上，结合西方学者的分析视角，就会发现，音乐对宋诗的影响，从节奏、演唱、配乐等表层，日渐渗透到审美、鉴赏、风格等深层，音乐跟宋诗的关系呈现出越来越隐秘、越本质化的特点。

二　宋人的诗乐观与乐道、诗道的突破

从文学历史来看，诗乐关系呈现出分合变化甚至独立发展

---

[1] H. 帕克：《美学原理》，张今译，广西师范大学出版社，2001，第 167 页。
[2] 李源：《美学视域下的诗歌与音乐韵律之通同性研究》，《音乐创作》2011 年第 5 期。
[3] 沈亚丹：《论汉语诗歌的内在音乐境界》，《南京师范大学学报》（社会科学版）2006 年第 1 期。沈亚丹另有《论汉语诗歌语言的音乐性》（《江汉学刊》2001 年第 5 期）等文。
[4] 劳伦斯·克拉默：《李斯特音乐中的文学性》，柯扬译，《中央音乐学院学报》2013 年第 1 期。
[5] 陈伯海、蒋哲伦：《中国诗学史》，鹭江出版社，2002，第 182 页。

第二章 "琴里若能知贺若，诗中定合爱陶潜"

的复杂性。《诗经》时代的诗乐合一的状态，至迟在刘勰时代已出现转折，其《文心雕龙》所分《明诗》和《乐府》两篇便透露出文学批评者对这一转变也有所认知。孙尚勇先生把中国古代诗乐关系分为三类："中国古代诗乐关系主要有两种模式：'声依永'和'永依声'。以隋唐为界，'声依永'是之前诗乐关系的主要模式，'永依声'是以后诗乐关系的主要模式。二者之外，还有第三种'选词配乐'，它是唐代声诗独有的诗乐关系模式。"① 尽管孙先生后来也注意到"大曲表演程序较相和歌其他类型表演程序的巨大变化，给中古文人诗发展带来了一定的影响"②，但从诗乐类型划分的时间段来看，其着重点乃在唐代及之前，尤以唐声诗为重点，对宋代虽有涉及，而并不全面、深入。通过考察宋代诗人的诗乐观念，可以发现宋代文人诗与音乐的关系。

宋人的诗乐论述基本以"声依永"为主。这跟宋代音乐复古一致。《宋史·乐志》第八十三载国子丞王普言："按《书·舜典》命夔曰：'诗言志，歌永言，声依永，律和声。'盖古者既作诗，从而歌之，然后以声律协和而成曲。自历代至于本朝，雅乐皆先制乐章而后成谱。崇宁以后，乃先制谱，后命词，于是词律不相谐协，且与俗乐无异。乞复用古制。"③ 所言虽是雅乐，主要批评崇宁以后"先制谱后命词"导致的词律失调，但其"复用古制"和对崇宁以前雅乐状况"先制乐章而后成谱"的考察基本符合史实。这种雅乐思想，更普遍地反映在对俗乐的批评上，王安石批评词曲："古之歌者皆先有词，后有声。故

---

① 孙尚勇：《中国古代诗乐关系及其历史变迁》，《中国文学研究》（辑刊）2014年第1期，第26页。
② 孙尚勇：《相和歌表演程式演进考论》，《文学遗产》2014年第6期。
③ 脱脱等：《宋史》第3册，中华书局，2000，第2045页。

曰：诗言志，歌永言，声依永，律和声。如今先撰腔子，后填词，却是永依声也。"①

沈括虽也着眼于词曲，但主要关注乐与词的脱离现象，指出词乐之间哀、乐等情感的不和谐、不对称，其《梦溪笔谈》卷五云："古诗皆咏之，然后以声依咏以成曲，谓之协律。其志安和，则以安和之声咏之；其志怨思，则以怨思之声咏之。故治世之音安以乐，则诗与志，声与曲，莫不安且乐；乱世之音怨以怒，则诗与志，声与曲，莫不怨且怒。此所以审音而知政也。诗之外又有和声，则所谓曲也。古乐府皆有声有词，连属书之。如曰贺贺贺、何何何之类，皆和声也。今管弦之中缠声，亦其遗法也。唐人乃以词填入曲中，不复用和声。此格虽云自王涯始，然正元、元和之间，为之者已多，亦有在涯之前者。又小曲有'咸阳沽酒宝钗空'之句，云是李白所制，然李白集中有《清平乐》词四首，独欠是诗；而《花间集》所载'咸阳沽酒宝钗空'，乃云是张泌所为。莫知孰是也。今声词相从，唯里巷间歌谣及《阳关》、《捣练》之类，稍类旧俗。然唐人填曲，多咏其曲名，所以哀乐与声尚相谐会。今人则不复知有声矣，哀声而歌乐词，乐声而歌怨词，故语虽切而不能感动人情，由声与意不相谐故也。"② 从沈括的批评中可以看出，在"声依永"传统被破坏的情况下，沈括退而求其次，希望词与音乐之间起码保持声意相谐。

朱熹则从诗乐意义入手，其《答陈体仁》云："来教谓《诗》本为乐而作，故今学者必以声求之，则知其不苟作矣。此论善矣。然愚意有不能无疑者。盖以《虞书》考之，则诗之作，

---

① 吴文治：《宋诗话全编》第 2 册，江苏古籍出版社，1998，第 1009 页。
② 沈括：《梦溪笔谈》，金良年校点，齐鲁书社，2007，第 30~31 页。

第二章 "琴里若能知贺若，诗中定合爱陶潜"

本为言志而已。方其诗也，未有歌也。及其歌也，未有乐也。以声依永，以律和声，则乐乃为《诗》而作，非《诗》为乐而作也。三代之时，礼乐用于朝廷，而下达于闾巷，学者讽诵其言，以求其志，咏其声，执其器，舞蹈其节，以涵养其心，则声乐之所助于《诗》者为多，然犹曰：'兴于《诗》，成于乐。'其求之固有序矣。是以凡圣贤之言《诗》主于声者少，而发其义者多。仲尼所谓'思无邪'，孟子所谓'以意逆志'者，诚以《诗》之所以作，本乎其志之所存，然后诗可得而言也。得其志而不得其声者有矣，未有不得其志而能通其声者也。就使得之，止其钟鼓之铿锵而已，岂圣人'乐云乐云'之意哉？况今去孔孟之时千有余年，古乐散亡，无复可考，而欲以声求《诗》，则未知古乐之遗声，今皆以推而得之乎？三百五篇，皆可协之音律而被之弦歌已乎？诚既得之，则所助于《诗》多矣。然恐未得为《诗》之本也。况未必可得。则今之所讲，得无有画饼之讥乎？故愚意窃以为《诗》出乎志者也，乐出乎诗者也。然则志者，《诗》之本，而乐者，其末也。末虽亡，不害本之存。患学者不能平心和气，从容讽咏，以求之情性之中耳。有得乎此，然后可得而言。顾所得之浅深如何耳。"① 朱熹不同意陈体仁的意见，他认为言志乃《诗》之本，《诗》乃乐之本，如果得《诗》之志，不得其声也没关系。虽然所论集中于《诗经》学中，但跟朱熹本人对诗歌的主张也是一致的。

王安石、沈括、朱熹等人论述的对象和结论都有不同程度的差异，但基本出发点，诚如王小盾先生所云"其意图，主要反对以诗就乐"②，都是从诗歌出发，并充分肯定《虞书》"诗

---

① 郭齐、尹波点校《朱熹集》第3册，四川教育出版社，1996，第1673~1674页。
② 王小盾：《章贡随笔》，南京大学出版社，2014，第328页。

言志，歌咏言，声依永，律和声"的传统观点，或以之来批评词曲，或以之来论诗，较为典型地代表着宋人重诗轻词的时代风气。当然，这种传统观点只代表文人士大夫的立场，而在与之相反的词曲流行的民间，则恰恰成为被批评的对象。也有一部分学者试图调和二者，在认可复古的思潮下，对音乐也加以肯定，如朱长文《琴史·声歌》便说："古之弦歌，有鼓弦以合歌者，有作歌以配弦者，其归一揆也。盖古人歌则必弦之，弦则必歌之，情发于中，声发于指，表里均也。"[1] 但所论主要集中于琴歌之中，而琴歌本身就跟音乐关系密切。

值得注意的是，欧阳修虽是文人士大夫代表，却被朱长文列入《琴史》琴家中，这或许与欧阳修独特的诗乐观有关。与"声依永"或"永依声"的观点都不完全相同，欧阳修对诗乐关系的论述更为深刻，这或许与其历史学家、琴学家、《诗经》学家、诗人和诗论家的多重身份有关。欧阳修对诗乐关系的论述，主要见于《书梅圣俞稿后》。章华英先生认为："欧阳修认为，音乐是'达天地之和而与人之气相接'，所以能感动人心。而诗、乐同源，均源自于天、地、人之和气，而诗又源于乐，有乐尔后才有诗。"[2] 这其实还是以简单的诗乐关系来评析欧阳修的观点，仔细推敲，欧阳修更注重的是乐道与诗道的转化，而非简单的诗歌与音乐的关系。

《书梅圣俞稿后》开头云："凡乐，达天地之和，而与人之气相接。故其疾徐奋动，可以感于心。欢欣恻怆，可以察于声。五声单出于金石，不能自和也。而工者和之。然抱其器，知其声，节其廉肉，而调其律吕，如此者，工之善也。今指其器以

---

[1] 朱长文：《琴史》，林晨编著，中华书局，2010，第146~147页。
[2] 章英华：《宋代古琴音乐研究》，中华书局，2013，第90页。

第二章 "琴里若能知贺若，诗中定合爱陶潜"

问于工曰：'彼簨者虡者，堵而编，执而列者，何也？'彼必曰：'鼖鼓钟磬，丝管干戚也。'又语其声以闻之，曰：'彼清者浊者，刚而奋，柔而曼衍者，或在郊，或在庙堂之下而罗者，何也？'彼必曰：'八音五声，六代之曲。上者歌而下者舞也。其声器名物，皆可以数而对也。'然至乎动荡血脉，流通精神，使人可以喜，可以悲，或歌或泣，不知手足鼓舞之所然。问其何以感之者，则虽有善工，犹不知其所以然焉。盖不可得而言也。乐之道深矣，故工之善者，必得于心，应于手，而不可述之言也。听之善，亦必得于心而会以意，不可得而言也。"① 跟王安石等不同，欧阳修首先区分出音乐的律吕与精神之差异，律吕较为低级，且可得而言，而"动荡血脉，流通精神"才是音乐的本质，才是真正的"乐之道"，只可意会，不可言传。对比来看，王安石、沈括乃至朱熹所批评的，正是音乐的律吕度数而已，欧阳修则认为这并非乐道所在，故对此不置可否，而对代表乐道的音乐精神，对其通达天地、感动血脉的作用则大加礼赞。

在这种乐道的基础上，欧阳修继续说："尧舜之时，夔得之，以和人神，舞百兽。三代春秋之际，师襄师旷州鸠之徒得之，为乐官，理国家，知兴亡。周衰，官失，乐器沦亡，散之河海，逾千百岁间，未闻有得之者。其天地人之和气相接者，既不得泄于金石，疑其遂独钟于人，故其人之得者，虽不可和于乐，尚能歌之为诗。"② 乐道自尧舜之时，就流传有绪，及至周衰，则乐道不再表现于音乐之中，而体现在诗歌里面。欧阳修的大胆推论，自然与时事有关，或许也跟《乐经》有一定的

---

① 李之亮笺注《欧阳修集编年笺注》第4册，巴蜀书社，2007，第385页。
② 李之亮笺注《欧阳修集编年笺注》第4册，巴蜀书社，2007，第385页。

联系①，这里不做探讨。但其所做出的推论背后，实际上隐含着与诗乐关系密切的前提，否则乐道怎么就能转移到诗中去呢？果然，其后云："古者登歌清庙，大师掌之，而诸侯之国，亦各有诗，以道其风土性情。至于投壶飨射，必使工歌以达其意，而为宾乐。盖诗者，乐之苗裔与！"②诗歌乃"乐之苗裔"，那么古乐所载之乐道，随着古乐之散亡自然可以转移到表意更为清晰明白的诗中。由此可见，欧阳修所谓乐道，实则也是诗道："汉之苏、李，魏之曹、刘，得其正始。宋齐而下，得其浮淫流佚。唐之时，子昂李杜沈宋王维之徒，或得其淳古淡泊之声，或得其舒和高畅之节。而孟郊贾岛之徒，又得其悲愁郁堙之气。由是而下，得者时有而不纯焉。"③诗道的历程，也在流变中日渐离散驳杂；正如乐道，如果不能重新聚集，便会转入其他载体，但乐道本身是不会消亡的。而诗道如果不能重新统一、纯粹，也会转入其他载体。

欧阳修认为诗道在梅尧臣诗歌中得到完整、雅正的重现："今圣俞亦得之。然其体长于本人情，状风物，英华雅正，变态百出，哆兮其似春，凄兮其似秋，使人读之，可以喜，可以悲。陶畅酣适，不知手足之将鼓舞也。斯固得深者邪，其感人之至，所谓与乐同其苗裔者邪。余尝问诗于圣俞，其声律之高下，文语之疵病，可以指而告余也。至其心之得者，不可以言而告也。余亦将以心得意会而未能至之者也。"④梅尧臣重得诗道的表现，

---

① 六经之一的乐经久佚，部分学者认为《礼记·乐记》对乐经的思想有所传承，欧阳修很重视《乐记》，孙晓辉先生就指出欧阳修此文"甚合《乐记》之'乐'、'音'、'声'三分的音乐理论，反映了欧阳修的雅乐观"。（孙晓辉：《两唐书乐志研究》，上海音乐学院出版社，2005，第89页）
② 李之亮笺注《欧阳修集编年笺注》第4册，巴蜀书社，2007，第385页。
③ 李之亮笺注《欧阳修集编年笺注》第4册，巴蜀书社，2007，第385~386页。
④ 李之亮笺注《欧阳修集编年笺注》第4册，巴蜀书社，2007，第386页。

第二章 "琴里若能知贺若，诗中定合爱陶潜"

从诗道层面来看，与之前体现诗道的各类诗歌风格都有关联，如"淳古淡泊之声"、"舒和高畅之节"和"悲愁郁堙之气"，都是梅尧臣诗歌风格的组成部分，因此欧阳修称赞其诗"英华雅正，变态百出"；而从乐道层面来看，梅尧臣诗歌确实能得乐道感动人心、鼓舞血脉的艺术效果。同时，梅尧臣自己对诗道也有切身的体会，他认为诗歌的声律、文语跟音乐的律吕、度数一样都可言说、探究，而诗道本身只可意会，这又与乐道的表现一致。

欧阳修在该文中已经跳出简单的诗歌与音乐的关系，而在"道"的本质层面，将诗乐看作"道"在不同时期、不同载体的代表。既然如此，乐道与诗道便是一而二、二而一的关系，为音乐美学更隐蔽更本质地影响诗歌创作打下理论基础。同时也需要注意到，此时欧阳修所说的"淳古淡泊之声"还只是诗道的众多表现之一（但也居于首位），直到后来的《送杨寘序》及梅尧臣的诗歌创作实践中，"平淡"风格才完成内涵的重建，成为诗道的代表。而在这一重建过程中，琴学发挥着重要的桥梁作用。欧阳修该文最后也以琴为喻，并非偶然："圣俞久在洛中，其诗亦往往人皆有之。今将告归，余因求其稿而写之。然夫前所谓心之所得者，如伯牙鼓琴，子期听之，不相语而意相知也。余今得圣俞之稿，犹伯牙之琴弦乎？"[①]

三 欧梅琴学审美及其诗学表现

在宋人的观念中，古琴占据着至关重要的地位。《宋史·乐志》第九十五云："赜天地之和者莫如乐，畅乐之趣者莫如琴。八音以丝为君，丝以琴为君。众器之中，琴德最优。《白虎通》

---

① 李之亮笺注《欧阳修集编年笺注》第 4 册，巴蜀书社，2007，第 386 页。

曰：'琴者，禁止于邪，以正人心也。'宜众乐皆为琴之臣妾。然八音之中，金、石、竹、匏、土、木六者，皆有一定之声；革为燥湿所薄，丝有弦柱缓急不齐，故二者其声难定。鼓无当于五声，此不复论。惟丝声备五声，而其变无穷。"[1] 后面分琴为五弦琴、七弦琴、两仪琴、九弦琴、十二弦琴等，不仅历史久远，而且种类繁多。从音色来看，琴备五声，最为灵活；而从道德来看，众多的乐器之中，又属琴德最优。

正是在琴学的论述中，欧阳修将琴道"纯古淡泊"的特点发挥得淋漓尽致，他在《送杨寘序》中说："夫琴之为技小矣，及其至也，大者为宫，细者为羽[2]。操弦骤作，忽然变之。急者凄然以促，缓者舒然以和。如崩崖裂石，高山出泉，而风雨夜至也。如怨夫寡妇之叹息，雌雄雍雍之相鸣也。其忧深思远，则舜与文王，孔子之遗音也。悲愁感愤，则伯奇孤子、屈原忠臣之所叹也。喜怒哀乐，动人心深，而纯古淡泊，与夫尧舜三代之言语，孔子之文章，《易》之忧患，《诗》之怨刺，无以异。其能听之以耳，应之以手，取其和者，道其堙郁，写其忧思，则感人之际，亦有至者焉。"[3] 琴技固然不足谈论，但琴道所至，则与圣贤之道相贯通。而在世俗流变之中，想要古琴保持自身琴道，也只有培养弹琴主体的圣贤品格才行。真德秀对此深有体味，其《赠萧长夫序》云："始余少时，读六一居士序琴之篇……为之喟然抚卷太息，曰：琴之为技，一至此乎。其后官于都城，以琴来谒者甚众。静而听之，大抵厌古调之希微，夸新声之奇

---

[1] 脱脱等：《宋史》第3册，中华书局，2000，第2234页。
[2] 这种话语方式，梅尧臣直接由琴学转为诗学，其《续金针诗格序》云："且诗之道虽小，然用意之深，可与天地参功，鬼神争奥。"（曾枣庄、刘琳：《全宋文》第14册，巴蜀书社，1991，第519页。）可见梅尧臣对欧阳修所论之诗道是赞成的。
[3] 李之亮笺注《欧阳修集编年笺注》第3册，巴蜀书社，2007，第154页。

第二章 "琴里若能知贺若，诗中定合爱陶潜"

变，使人喜欲起舞，悲欲涕零，求其所谓淳古淡泊者，殆不可得。盖时俗之变，声音从之，虽琴亦郑卫矣。屈子有言'览椒兰其若兹兮，又况揭车与江蓠'，琴犹如此，则凡世俗之乐，日沦于胡夷而不可禁者，固其所也。"苗建华先生分析指出："从真德秀等人的言论中可看出宋代文人要求古琴比其前更脱离民间、在音乐上更寥寥少变……其美学思想更加保守。"[1] 对民间音乐及其新变的保守，换个角度来看，则恰恰是对演奏主体、士大夫人格的坚守。

在欧阳修看来，古琴也是与古人神遇的媒介，其《弹琴效贾岛体》云："古人不可见，古人琴可弹。弹为古曲声，如与古人言。琴声虽可听，琴意谁能论。横琴置床头，当午曝背眠。梦见一丈夫，严严古衣冠。登床取之坐，调作南风弦。一奏风雨来，再鼓变云烟。鸟兽尽嘤鸣，草木亦滋蕃。乃知太古时，未远可追还。方彼梦中乐，心知口难传。既觉失其人，起坐涕汍澜。"[2] 古琴不仅成为神契古人的工具，而且可以通过古琴远追太古之时。欧阳修梦中所见之丈夫乃古之圣舜[3]，这与孔子梦见周公、从学《文王操》中看见周文王有异曲同工之妙。欧阳修还有《江上弹琴》云："咏歌文王雅，怨刺离骚经。二典意澹薄，三盘语丁宁。琴声虽可状，琴意谁可听。"[4] 两首诗表达的正是同样的希冀。这种追尚古人的趣味，在当时是一种普遍追求，如苏舜钦《演化琴德素高，昔尝供奉先帝，闻予所藏宝琴，求而挥弄，不忍去，因为作歌以写其意云》也说："双塔老师古

---

[1] 苗建华：《古琴美学思想研究》，上海音乐学院出版社，2006，第172页。
[2] 李之亮笺注《欧阳修集编年笺注》第1册，巴蜀书社，2007，第143页。
[3] 《孔子家语·辨乐解》："昔者舜弹五弦之琴，造《南风》之诗。其诗曰：'南风之薰兮，可以解吾民之愠兮；南风之时兮，可以阜吾民之财兮。'"
[4] 李之亮笺注《欧阳修集编年笺注》第3册，巴蜀书社，2007，第372页。

突兀，索我瑶琴一挥拂。风吹仙籁下虚空，满坐沈沈竦毛骨。按抑不知声在指，指自不知心所起。节奏可尽韵可收，时于疏澹之中寄深意。意深味薄我独知，陶然直到羲皇世。"① 而"疏澹"正与欧阳修所云"淳古淡泊"相类。

这种追求，在梅尧臣琴诗中表现得最为丰富、繁多，几乎每篇琴诗都会涉及慕古之意，显示出梅尧臣琴学审美的纯粹性、稳固性。其《若讷上人弹琴》云："祥衷已逾月，遇子弹鸣琴。安得不成声，子心异吾心。十日成笙歌，尼父非好音。先王礼有节，不可过于今。莫作风入松，怀坟情未任。一闻流水曲，归思在溪阴。此焉吾所乐，目极送归禽。"② 本诗虽写守孝结束逾月听琴的事情，却跟孔子联系起来，表达对孔子礼节的尊奉，是一种间接的追怀古人。而《送廖倚归衡山》则更为直接，其自注云："倚来为其兄求集序于欧阳永叔。"其诗云："雌猿夜啼别湘东，晓寻故人背孤桐。孤桐有声弹不响，弦绝曲在埋蒿蓬。知音万古期必逢，今日已闻天下雄。陟山涉水不辞远，文章大名居禁中。扣门一见颜色喜，抱琴三叹含微宫。九畴不汨微禹力，尧舜岂无明与聪。推根致本贤意合，叙述况值太史公。贸金得玉莫忘宝，却过洞庭乘朔风。猿休啼月月色好，还来旧山伴狙翁。"③ 诗中虽不得不写知音之事，但随后即转入论述"尧舜"之中，夸廖倚之兄廖俛"推根致本贤意合"，乃本有古人之节，并非仅有欧公知遇，因此"贸金得玉莫忘宝"，更需要坚守古人操守。《送建州通判沈太博》也说："昔闻醉翁吟，是沈夫

---

① 苏舜钦：《苏舜钦集》，沈文倬校点，上海古籍出版社，1981，第51页。
② 梅尧臣：《梅尧臣集编年校注》，朱东润编年校注，上海古籍出版社，2006，第555页。
③ 梅尧臣：《梅尧臣集编年校注》，朱东润编年校注，上海古籍出版社，2006，第908~909页。

第二章 "琴里若能知贺若，诗中定合爱陶潜"

子所作。今听醉翁吟，是沈夫子所弹。声如冰澌下石滩，嚼啮碎玉绕齿寒。四坐整衣容色端，醉翁虽醉无慢官。其音正以乐，其俗便且安，何害酩酊颜渥丹。沈夫子，邂逅相遇必已欢。玉琴能写人肺肝，人所为难君不难。平明解船建溪去，轻赍快意不长湍。溪东白茗象月团，来华至尊龙屈盘。余为带銙与窗片，散在六合云漫漫。况君五脏清如水，宜饮沉瀣采木栏。更留瓦砚赠我看，邺宫鸳鸯谁刻剜。"① 诗人不仅赞美沈遵琴音雅正，也歌颂欧阳修政绩安娴，而这一切的获得，都是因为人格操守的持存。

梅尧臣琴诗中有不少直接抒发对琴中"古意"的赞颂，如《赠琴僧知白》："上人南方来，手抱伏牺器。颓然造我门，不顾门下吏。上堂弄金徽，深得太古意。"② 又如《茂芝上人归姑苏》："身衣竺干服，手援牺氏琴。繁声不愿奏，古意一何深。"③ 再如《鸣琴》："虽传古人声，不识古人意。古人今已远，悲哉广陵思。"④ 有些琴诗则通过对古乐和郑卫之乐的区别对待，间接反映出梅尧臣对古乐的追求，如《张圣民席上听张令弹琴》："一听履霜霜满足，再听绿水声缘谷……郑卫古来多喜闻，卒章为我歌《淇奥》。"⑤ 其他如《赠月上人弹琴》、《观王介夫蒙亭记因记题蒙亭》、《松风亭》、《和原甫同邻几过相国寺净土院因观杨惠之塑吴道子画听越僧琴闽僧写宋贾二公真》、《依许待制

---

① 梅尧臣：《梅尧臣集编年校注》，朱东润编年校注，上海古籍出版社，2006，第948页。
② 梅尧臣：《梅尧臣集编年校注》，朱东润编年校注，上海古籍出版社，2006，第150页。
③ 梅尧臣：《梅尧臣集编年校注》，朱东润编年校注，上海古籍出版社，2006，第226页。
④ 梅尧臣：《梅尧臣集编年校注》，朱东润编年校注，上海古籍出版社，2006，第418页。
⑤ 梅尧臣：《梅尧臣集编年校注》，朱东润编年校注，上海古籍出版社，2006，第831页。

送行诗韵咏燕以寄》、《依韵和邵不疑以雨止烹茶观画听琴之会》、《送良玉上人还崑山》和《依韵和宋中道见寄》等诗所涉及之琴,也都是雅器简古。

苏璟《春草堂琴谱》卷首《鼓琴八则》分琴派为三:"高人逸士,自有性情,则其琴古淡而近于拙,疏妥不拘,不随时好,此山林派也。江湖游客,以音动人,则其琴纤靡而合于俗,以至鬻奇谬古,转以自喜,此江湖派也。若夫文人学士,适志弦歌,用律严而取音正,则其琴和平肆好,得风雅之遗,虽一室鼓歌,可以备庙廊之用,此儒派也。辨别既明,不可不从其善者。"① 通过以上的分析可以发现,欧阳修、梅尧臣等所推崇的古琴是山林派和儒派,且山林派和儒派常常集中在同一个人身上。以欧阳修为例,虽以儒派为主,追求"和平肆好",却常有山林之思,有山林派的"古淡"之风。

作为乐感文化的代表,中国传统审美的音乐属性很是浓郁,但真正将古琴审美自觉转化为诗学追求的,还是梅尧臣。

首先,梅尧臣对"平淡"的认识,最早来自"古乐"②。作于景祐五年(1038)的《和绮翁游齐山寺次其韵》云:"……在昔探赏犹可数,深景秀句今得传。辞韵险绝兹所骇,何特杜牧专当年。重以平淡若古乐,听之疏越如朱弦。秘藏褚中为不朽,咨诹坐上皆曰然。谁意粗官获此贶,洗去鄙吝空池边。"③ 梅尧臣以"古乐"之平淡来夸赞绮翁之诗,从"疏越如朱弦"来看,

---

① 蔡仲德:《中国音乐美学史资料注译》(增订版),人民音乐出版社,2004,第787页。
② 王顺娣女史认为"当梅尧臣真正提出他的平淡观时,是在庆历六年,此时他已经45岁了"(《宋代诗学平淡理论研究》,巴蜀书社,2009,第164页)。她没有注意到45岁之前梅尧臣对此已有广泛关注。
③ 梅尧臣:《梅尧臣集编年校注》,朱东润编年校注,上海古籍出版社,2006,第115~116页。

第二章 "琴里若能知贺若，诗中定合爱陶潜"

此"古乐"自然指古琴，这在梅尧臣诗中并不少见，如《次韵和长吉上人淮甸相遇》亦云："横琴乃玄悟，岂必弄鸣丝。古乐众少听，谁知彼吹篪。师旷没世后，伯牙众身悲。愿同黄鹄举，远归沧海涯。"①

其次，梅尧臣对"平淡"风格的认识，也与对陶渊明的认识同步。如庆历五年（1045）所作《答中道小疾见寄》云："诗本道情性，不须大厥声。方闻理平淡，昏晓在渊明。寝欲来于梦，食欲来于羹。渊明傥有灵，为子气不平。其人实傲佚，不喜子缠萦。吾今敢告子，幸愿少适情。时能与子饮，莫惜倒瓶罍。"② 又《寄宋次道中道》云："再来魏阙下，旧友无一人……与我数还往，以义为比邻。屡假箧中书，校证多获真。次述盈百卷，补亡如继秦。中作渊明诗，平淡可拟伦……"③ 而陶渊明参道之器，以五弦琴为代表，梅尧臣自己对此有所认识，其《题吏隐堂》云："新堂生虚明，未悟追隐吏。无乃隐非时，唯应喧可避。移花莫伤根，种竹不改翠。床中置素琴，亦见陶潜意。"④ 又《次韵和永叔夜坐鼓琴有感二首》其一云："夜坐弹玉琴，琴韵与指随。不辞再三弹，但恨世少知。知公爱陶潜，全身衰弊时。有琴不安弦，与俗异所为。寂然得真趣，乃至无言期。"⑤ 从时间上来看，梅尧臣先对古琴平淡风格有所认识，

---

① 梅尧臣：《梅尧臣集编年校注》，朱东润编年校注，上海古籍出版社，2006，第193页。
② 梅尧臣：《梅尧臣集编年校注》，朱东润编年校注，上海古籍出版社，2006，第293页。
③ 梅尧臣：《梅尧臣集编年校注》，朱东润编年校注，上海古籍出版社，2006，第304～305页。
④ 梅尧臣：《梅尧臣集编年校注》，朱东润编年校注，上海古籍出版社，2006，第518页。
⑤ 梅尧臣：《梅尧臣集编年校注》，朱东润编年校注，上海古籍出版社，2006，第1130页。

而后转到与古琴关系密切的陶渊明诗风上来。

最后，梅尧臣在创作中践行平淡风格，并逐渐知道"平淡"之难。庆历六年（1046）梅尧臣在《和江邻几见寄》中云："江子方谪官，复有拟古才。远寄平淡辞，曷报琼与瑰。"① 此时，诗人还延续以"平淡"风格评论他人之诗。《依韵和晏相公》则说："微生守贱贫，文字出肝胆。一为清颖行，物象颇所览。泊舟寒潭阴，野兴入秋菼。因吟适情性，稍欲到平淡。苦辞未圆熟，刺口剧菱芡。"② 诗人初步认识到"平淡"诗风之难。而在之后的嘉祐元年（1056），梅尧臣更多了一些夫子自道，他在《读邵不疑学士诗卷杜挺之忽来因示之且伏高致辄书一时之语以奉呈》中说："作诗无古今，唯造平淡难。譬身有两目，了然瞻视端。"③ 邵不疑即邵必。朱东润先生转引刘廷世《高邮孙君孚谈圃》云："公昔与杜挺之、梅尧臣同舟溯汴，见圣俞吟诗，日成一篇，众莫能和。因密伺圣俞如何作诗，盖寝食游观，未尝不吟讽思索也。时时于席上忽引去，奋笔书一小纸，投算袋中。同舟窃取而观，皆诗句也，或半联，或一字，他日作诗有可用者，入之。有云'作诗无古今，唯造平淡难'，乃算袋所书也。"④ "作诗无古今，唯造平淡难"一句究竟是否写于嘉祐元年，诚不可知，但当写于本诗之前则无疑。此时梅尧臣对平淡诗风的认识已经超越古今的局限，并赋予其新的内涵。

---

① 梅尧臣：《梅尧臣集编年校注》，朱东润编年校注，上海古籍出版社，2006，第344页。

② 梅尧臣：《梅尧臣集编年校注》，朱东润编年校注，上海古籍出版社，2006，第368页。

③ 梅尧臣：《梅尧臣集编年校注》，朱东润编年校注，上海古籍出版社，2006，第845页。

④ 梅尧臣：《梅尧臣集编年校注》，朱东润编年校注，上海古籍出版社，2006，第845页。

第二章 "琴里若能知贺若，诗中定合爱陶潜"

综上所述，在宋代音乐复古潮流之下，欧阳修穿透音乐与诗歌的表层关系，深入揭示乐道与诗道的关联，发现乐道在诗歌中可以得到一定程度的保存和展露，诗道在某种程度上与乐道不可分割。与此同时，流传至今的古乐器代表古琴，除去琴技，更存在宝贵的琴意，这琴意在梅尧臣看来，就是"古意"，即古琴可以连通古今，达到宋人复古的目的。出于这样的心理预期，琴学审美中的一些风格，如平淡等，自然地渗透到他们的诗学追求中。尽管宋诗平淡风格的具体内涵与琴学审美中的平淡不完全相同，但在美学思想上的贯通则是清晰可辨的。因此，以琴学审美为代表的士大夫音乐美学倾向，不仅没与宋诗分离，反而透过表层的影响，对宋诗风格产生了本质化的作用。

第二节 琴诗与哲思：苏轼音乐存在的困惑与解答

音乐、诗歌与哲学关系密切，于是产生了哲理诗和音乐哲学[1]。其中哲理诗在古典诗歌研究中得到广泛运用，而音乐哲

---

[1] 顾名思义，音乐哲学所要处理的是音乐中涉及哲学的部分："音乐哲学是从哲学的高度对音乐艺术总体的音乐本质、音乐内容与形式、音乐表现力与表现方法、音乐内在结构即构成诸因素的内在特性及其内在规律，进行哲学思考和研究的基础理论学科。"（王耀华、乔建中：《音乐学概论》，高等教育出版社，2005，第23页）音乐哲学有其特殊性，跟音乐美学不完全一样，因此，有些问题需要通过音乐哲学的视角才能更好地解答。于润洋先生说："音乐美学这个名称的外延较容易引起一种误解，以为其对象主要是探讨'音乐美'的问题；而音乐哲学这个名称的外延较宽，它既包含音乐美的问题，更涵盖一系列更为广泛的涉及音乐艺术本质的问题。"（于润洋：《现代西方音乐哲学导论》，湖南教育出版社，2000，第510页）

则罕有论及,这就使诗歌与音乐研究难以推进①。在深受释、道影响的苏轼身上,诗歌、音乐与哲学都有丰富、深刻的体现。他对音乐尤其是古琴有许多哲学思考,富含闪光片段。比如《东坡志林》卷四云:"英曰:'茶新旧交,则香味复。'予尝见知琴者,言琴不百年,则桐之生意不尽,缓急清浊,常与雨旸寒暑相应。此理与茶相近,故并记之。"②虽是由论茶触发,但如果不是经常思考此类问题,苏轼也不会得到启示。纵观苏轼的音乐哲思,主要集中在对古琴的探索上,尤其是音乐的存在方式,其中又包含着音乐存在的空间性和时间性等问题。学界的探究多以"乐道""琴道"为主③,重心往往落在"道"上。本文从音乐哲学角度论述,通过探究苏轼的琴诗与哲思,具体展现其音乐方面的困惑与解答,从而探索诗歌与音乐的研究新路。

一 《琴诗》对音乐存在的质疑

元丰四年(1081)六月,苏轼作《琴诗》:"若言琴上有琴声,放在匣中何不鸣?若言声在指头上,何不于君指上听?"此诗与佛偈的关系密切,其《与彦正判官》明确说到是"然某素不解弹,适纪老柱道见过,令其侍者快作数曲,拂历铿然,正如若人之语也。试以一偈问之"④,而诗又与佛经关系密切,《楞

---

① 这与中国古代音乐哲学研究的匮乏有关,学界尽管认为并没有建立起中国古代音乐哲学学科来,却也不否认它的存在,参见于润洋《音乐史论新稿》(人民音乐出版社,2003,第114~119页),陇菲先生也从不同角度提出类似看法,参见韩锺恩《音乐美学》(上海音乐学院出版社,2008,第59页)。
② 李之亮笺注《苏轼文集编年笺注》第10册(诗词附),巴蜀书社,2011,第69页。
③ 如陇菲先生对"乐道"的探索[《乐道》,中华书局(香港)有限公司,2012]、荷兰学者高罗佩对"琴道"的探索(R. H. VAN Gulik, The Lore of The Chinese Lute: An Essay in The Ideology of The Ch'in, Tokyo. Sophia University, 1968.)等。
④ 李之亮笺注《苏轼文集编年笺注》第7册(诗词附),巴蜀书社,2011,第509~510页。

第二章 "琴里若能知贺若,诗中定合爱陶潜"

严经》卷四云:"譬如琴瑟、箜篌、琵琶,虽有妙音,若无妙指,终不能发。"① 因此,一些学者认为此诗不是诗②,更多的学者则从此诗与佛禅关系的角度考量③,也有学者认为尽管这是佛禅戏作,然并不减损其作为诗歌的魅力④。将佛禅因缘和合思想引入诗歌中并非苏轼独有,韦应物《听嘉陵江水声寄深上人》云:"水性自云静,石中本无声。如何两相激,雷转空山惊。"⑤又《赠李儋》云:"丝桐本异质,音响合自然。吾观造化意,二物相因缘。"⑥ 宋长白评价云:"皆于楞严三昧有会心处;韦语显,苏语密。"⑦ 问题在于,苏诗在韦应物诗歌的基础上有什么新创造?同时,这种思想并非佛家独有,儒家易学思想也有此类观点,如苏洵《仲兄字文甫说》对"风行水上,涣"之解释⑧,通过风与水相遇产生涟漪的自然现象,来表达对文章形成的看法,这对苏轼也有影响。但更让人关心的是,苏轼在此影

---

① 房融等:《楞严经》,刘鹿鸣译注,中华书局,2012,第172页。
② 刘尚荣:《苏轼〈琴诗〉不是诗》,《文史知识》2008年第8期。
③ 如许外芳、廖向东《苏轼禅诗代表作误读的个案研究》,《新疆大学学报》(哲学社会科学版)2004年第3期。另有张君梅《苏轼〈琴诗〉与佛经譬喻》,《惠州学院学报》(社会科学版)2006年第4期。后文与前文多处雷同,不知原因何在。
④ 水汶:《即使戏作亦大作——谈苏轼〈琴诗〉》,《兰台世界》2011年第16期。
⑤ 韦应物:《韦应物诗集系年校笺》,孙望编著,中华书局,2002,第495页。
⑥ 韦应物:《韦应物诗集系年校笺》,孙望编著,中华书局,2002,第15页。
⑦ 曾枣庄:《苏诗汇评》,四川文艺出版社,2000,第2卷,第952页。
⑧ 原文为:"今夫风水之相遭乎大泽之陂也,纡馀委蛇,蜿蜒沦涟,安而相推,怒而相凌,舒而如云,蹙而如鳞,疾而如驰,徐而如徊,揖让旋辟,相顾而不前,其繁如縠,其乱如雾,纷纭郁扰,百里若一,汩乎顺流,至乎沧海之滨,滂薄汹涌,号怒相轧,交横绸缪,放乎空虚,掉乎无垠,横流逆折,溃旋倾侧,宛转胶戾,回者如轮,萦者如带,直者如燧,奔者如焰,跳者如鹭,跃者如鲤,殊状异态,而风水之极观备矣!故曰:'风行水上,涣。'此亦天下之至文也。然而此二物者岂有求乎文哉?无意乎相求,不期而相遭,而文生焉。是其为文也,非水之文也,非风之文也,二物者非能为文,而不能不为文也。物之相使而文出于其间也,故曰:此天下之至文也。"(苏洵:《嘉祐集笺注》,曾枣庄笺注,上海古籍出版社,1993,第412~413页)

响下，又在诗歌中给出了什么新哲思？

目前学界多从新哲思角度思考，如刘承华先生认为苏轼诗歌体现出他对演奏之道的独特领会："当心与谱、手与弦的关系还需要你去处理时，即意味着你仍然在将演奏当作演奏，因而也就意味着你的心、谱、手、弦之间尚未达到高度的默契与统一。只有当你演奏时而又忘记你在演奏，才算达到真正的演奏境界，进入演奏之'道'。"[1] 池泽滋子女史则认为苏轼更关心精神的解脱之道："虽然这首诗说的只是琴的声音不但不在琴的乐器本身，也不在演奏者的指法，但是苏轼在这首诗里，表现了要从乐器和指法中解脱出来的自由自在的精神，只有这样，才能达到琴的真趣。"[2] 这些意见都在一定程度上揭示出苏轼的哲思，但没有揭示出苏轼的"音乐"哲思，而要探讨这一点，就不得不跟诗歌联系起来。

事实上，只要把苏诗跟韦应物诗歌一比较，就能看出苏轼的关注点不在因缘和合上，他的诗歌涉及音乐的空间存在问题。为更好地理解这个问题，我们不妨引用波兰美学家罗曼·茵格尔顿（Roman Ingarden，1893—1970）的音乐存在概念"纯意向性对象"。于润洋先生介绍说，茵格尔顿是通过现象学研究音乐的[3]："存在着两种对象，一个是不依人的意识为转移的客观实在对象，另一个则是依附于人的意识的意向性对象。这两者之间的界限是严格的、清晰的，二者不是同一的，不应相互混同。艺术作品属于后一个范畴，即意向性对象，而音乐作品就其本质、存在方式

---

[1] 刘承华：《中国音乐的人文阐释》，上海音乐出版社，2002，第277页。
[2] 池泽滋子：《苏东坡与陶渊明的无弦琴——苏轼与琴之一》，《中国典籍与文化》1998年第1期，第38页。
[3] 茵格尔顿：《音乐作品及其本体问题》，杨洸译，中央音乐学院油印本，1985，第1页。

第二章 "琴里若能知贺若，诗中定合爱陶潜"

而言，则是一种更加纯粹的意向性对象。"① 这一观点为于先生一再引用："在他看来，音乐作品像文学作品一样，是一种非实在的'意向性客体'，或者说是意识性对象，它自身存在着一系列有待填充的未定点，而读者通过自身的主观体验和理解填充了这些未定点，从而使音乐作品原来所提供的有限的想象世界具体化。在这个过程中听者通过自己的一系列意向活动构造了一个完整的、被填充了的客体，从而揭示了音乐作为一种纯粹的意向性客体，与其他艺术相比，它在人类的情感世界中所占据的独特位置。"② 但同时，音乐作品又跟文学作品不同："在音乐作品中并不存在构成文学作品所特有的那些语言因素（概念、词汇、句子等），因而也就不存在由这些因素构成的那些具体对象，诸如实物、事件、情节、人物等等，也就是说音乐作品中并不存在文学作品中那种'意义层'。"③ 文中还指出，茵格尔顿发现文学作品有四个层次，即语音层、意义层、被表现的对象层和概要化方面层，而后两层是需要读者填充和具体化的。"音乐作品（指没有歌词、剧情等因素参与的纯器乐）的本体结构同诸如文学、绘画、建筑等作品不同，它并不是多层的，而是单层性的。在音乐作品中并不存在文学作品中所具有的那些涉及意义、客体的层次"，而"音乐作品本体的性质就已决定了它自身并不存在于某一特定空间中，它本身就不是一件可以存放于空间中的实物"④，

---

① 于润洋：《罗曼·茵格尔顿的现象学音乐哲学述评》，《中央音乐学院学报》1988年第1期，第5页。
② 于润洋：《关于音乐学研究的若干问题思考》，《人民音乐》2009年第1期，第9页。
③ 于润洋：《罗曼·茵格尔顿的现象学音乐哲学述评》，《中央音乐学院学报》1988年第1期，第7页。
④ 于润洋：《罗曼·茵格尔顿的现象学音乐哲学述评》，《中央音乐学院学报》1988年第1期，第8页。

同时它又具有"超时间性"(内在时间结构),因而并不存在于实在的时空之中,而"以非实在的意向性对象的方式存在着",它比文学作品更纯粹,是"纯意向性对象",因此欣赏者在感受过程中要"以更大量更强烈的意向活动去填充它,赋予它以更多的主观意识以参与构成音乐作品这个意向性对象"①。

尽管茵格尔顿认为音乐是"纯意向性对象"的观点颇受学者质疑,如李晓图女史就将音乐也分为四层②,这种观点对音乐的存在方式得出的结论本身却很有启发性,尤其对我们理解苏轼的《琴诗》之哲理内涵极有助益。苏轼自然不会知道"意向性对象"之类的概念,但从其诗中可以发现,他否定琴声在主客体上的存在,目的并不仅仅在于阐发丛林禅僧人人皆知的因缘和合思想,更在于从根本上质疑琴声的时空存在,从而才是真"问"纪老:"你们都以琴声比喻佛法,如果琴声本身就是不存在的,佛法如何存在?"苏轼此问的真实意图在此,若非出于对琴声时空存在的质疑,是无法如此深入地譬喻、发问的③。

二 "琴非雅声":音乐消逝的极端例证

苏轼的"琴非雅声"观,历来受到学界的关注,其《杂书琴事十首·琴非雅声》说:"世以琴为雅声,过矣。琴正古之郑、卫耳。今世所谓郑、卫者,乃皆胡部,非复中华之声。自天宝中坐立部与胡部合,自尔莫能辨者。或云:今琵琶中有独

---

① 于润洋:《罗曼·茵格尔顿的现象学音乐哲学述评》,《中央音乐学院学报》1988年第1期,第11页。
② 李晓图:《音乐作品本体结构的"层次性"研究——对罗曼·茵加尔登〈音乐作品及其本体问题〉的重新解读》,《音乐艺术》2012年第4期。
③ 通过音乐开悟,在佛禅世界并不少见,如和山无殷禅师就以"解打鼓"启发他人。(圆悟克勤:《碧岩录解析》,子愚居士译,宗教文化出版社,2014,第89页)

第二章 "琴里若能知贺若，诗中定合爱陶潜"

弹，往往有中华郑、卫之声，然亦莫能辨也。"[①] 对这段话，众说纷纭，即便是音乐史学者的解读，分歧也很大。蔡仲德先生说："后者更认为古之琴声才是雅声，今之琴声则已沦为郑卫，今之筝笛更等而下之。"[②] 蔡先生是把文中的"琴"看作"今琴"，即当时的人认为他们弹的琴声正是雅声，而苏轼认为古琴声才是雅声，时人所弹之琴音跟古代的郑卫之音类似。但这样增字为训并不可取。章华英先生则说："这段话指出了琴曲与民间音乐的关系，是很有见地的。"[③] 这又把"琴"理解为"古琴"，从而看出以古琴为载体的雅俗之变，其中便包含着"琴曲与民间音乐"的转化。无论是哪一类理解，都包含着一个预设，即古琴之声和今琴之声、雅声和俗声是可比的，这跟苏轼文中之意不符。"琴正古之郑、卫耳"很容易误导读者从音声比较的角度来理解，联系上下文，会发现苏轼这一论述实际上针对的并非音乐，而是乐器（类似于《琴诗》中的"弦"，即乐器的材质、形制等）和音乐机构（类似于《琴诗》中的"指"，指演奏技法等），回顾乐器、音乐机构的变迁、交融的历史，苏轼感叹雅俗、华夷之声"莫能辨"。因此，在苏轼的观念中，可以比较的是乐器和音乐机构，在它们的基础上才能进行音乐比较，当它们本身融合、变化、无法区分之后，音乐本身也就随之不可分辨了。

元丰二年（1079），苏轼作《戴道士得四字代作》诗："赖此三尺桐，中有山水意。自从夷夏乱，七丝久已弃。心知鹿鸣三，不及胡琴四。使君独慕古，嗜好与众异。共吊桓魋宫，一

[①] 张志烈、马德富、周裕锴主编《苏轼全集校注》第19册，河北人民出版社，2010，第8029页。
[②] 蔡仲德：《中国音乐美学史》（修订版），人民音乐出版社，2003，第665页。
[③] 章华英：《宋代古琴音乐研究》，中华书局，2013，第109页。

洒孟尝泪。归来锁尘匣，独对断弦喟。"① 此诗虽是代作，但诚如纪昀"仍是自写胸臆"② 之说，主要还是表达苏轼自己的看法。王十朋集注引赵次公云："唐法曲虽失雅音，然本诸夏之声，故历朝行焉。天宝十三载，始诏道调、法曲与胡部新声合作。自尔夷夏之声相乱，无复辨者。前辈尝言，今世所谓琴者，乃古之郑卫耳；今世所谓郑卫，则皆胡风矣。而雅音替坏，不复存焉。"③ 这对苏轼"琴非雅声"观的解释基本正确。只是由于古人所关注和想要恢复的是雅声、雅音，所以他们只说"雅音替坏，不复存"。仔细推想，那个随着乐器、演奏等不断变化而变化的俗声、俗音，又何曾还继续存在、可以恢复呢？

音乐和诗歌虽然都是时间艺术，但在时间的流变之中，演奏出来的音乐不断消失，诗歌却可以借助语言和文字保存下来。即便唐宋时期发明了记录琴音的减字谱，如今也无法完全重现当时的音乐。因此，同时演奏的音乐之间的比较，只能是在"意向性对象"中存在，也就是在人们的回忆、联想中进行主观化的比较。如元祐三年（1088）苏轼在《范景仁和赐酒烛诗，复次韵谢之》中云："朱弦初识孤桐韵。"自注："时公方进新乐……旧乐，金石声高而丝声微，今乐，金石与丝声皆着。"④ 一旦时间跨度超过个体的经验认知，那就只能用富含文化传统的概念，如雅俗、华夷之类甄别。苏轼在元祐七年（1092）末至元祐八

---

① 张志烈、马德富、周裕锴主编《苏轼全集校注》第3册，河北人民出版社，2010，第1916页。
② 张志烈、马德富、周裕锴主编《苏轼全集校注》第3册，河北人民出版社，2010，第1919页。
③ 张志烈、马德富、周裕锴主编《苏轼全集校注》第3册，河北人民出版社，2010，第1917~1918页。
④ 张志烈、马德富、周裕锴主编《苏轼全集校注》第5册，河北人民出版社，2010，第3393页。

第二章 "琴里若能知贺若，诗中定合爱陶潜"

年（1093）春所作的《见和西湖月下听琴》中便云："谡谡松下风，霭霭陇上云。聊将窃比我，不堪持寄君。半生寓轩冕，一笑当琴樽。良辰饮文字，晤语无由醺。我有凤鸣枝，背作蛇蚹纹。月明委静照，心清得奇闻。当呼玉涧手，一洗羯鼓昏。请歌《南风》曲，犹作虞书浑。"自注："家有雷琴甚奇古。玉涧道人崔闲妙于雅声，当呼使弹。"①首四句化自陶弘景《诏问山中何所有，赋诗以答》②诗句，但在陶诗基础上，又增加"风声"。"风声"流动不已，变化无穷，"自其变者而观之"，跟音乐一样无法维持存在，无法持寄。这种消逝感更明确地体现在《十二琴铭·松风》中："忽乎青苹之末而生有，极于万窍号怒而实无。其荡枝蟠叶，霎而脱其枯。风鸣松耶，松鸣风耶？"③在似有实无的风的作用下，声音显得更为飘渺，难以捕捉，那么，又怎么能够分清松、风二者是谁在发声？连声音来源尚且存疑，又如何拿来比较？因此，在《见和西湖月下听琴》接下的几句中，尽管苏轼讲到自己的古琴乐器和善作雅声的演奏者，认为二者相遇，雅音可现，可以"一洗羯鼓昏"，但这更多的是种文化寄托，因为雅声究竟是什么，已不可知，无法比拟。

这种极端的对音乐存在的体会，并非苏轼独有。北宋几次作雅乐，最后都不能令人满意，就是很好的史实证明④。在这种

---

① 张志烈、马德富、周裕锴主编《苏轼全集校注》第6册，河北人民出版社，2010，第4105页。
② 原诗为："山中何所有，岭上多白云。只可自怡悦，不堪持赠君。"
③ 李之亮笺注《苏轼文集编年笺注》第3册（诗词附），巴蜀书社，2011，第50页。
④ 刘复生先生云："其实从音乐技术来讲，正雅乐主要就是恢复'古音'和'古器'的问题，统一音高标准和所用乐器，使之符合古圣之乐——这当然几乎是近于猜想。"（见其《从"求古乐太深"到"求古乐之意"——宋代"正雅乐"的思想演变》，载姜锡东主编《宋史研究论丛》第十五辑，河北大学出版社，2014，第327页）另，可参看杨倩丽、陈乐保《用乐以合〈周礼〉：试论北宋宫廷雅乐改革》，《四川师范大学学报》（社会科学版）2016年第2期。

083

思辨风气下，宋人也想出一些解决办法。如《宋史·乐志》第九十五引蜀人房庶之说，其解决的办法是"由今之器，寄古之声"，他说："上古世质，器与声朴，后世稍变焉。金石，钟磬也，后世易之为方响；丝竹，琴箫也，后世变之为筝笛；匏，笙也，攒之以斗；埙，土也，变而为瓯；革，麻料也，击而为鼓；木，柷敔也，贯之为板。此八音者，于世甚便，而不达者指庙乐镈钟、镈磬、宫轩为正声，而概谓夷部、卤部为淫声。殊不知大辂起于椎轮，龙艘生于落叶，其变则然也。古者食以俎豆，后世易以杯盂；簟席以为安，后世更以榻桉。使圣人复生，不能舍杯盂、榻桉，而复俎豆、簟席之质也。八音之器，岂异此哉！孔子曰郑声淫者，岂以其器不若古哉！亦疾其声之变尔。试使知乐者，由今之器，寄古之声，去溘瀁靡曼而归之中和雅正，则感人心，导和气，不曰治世之音乎！然则世所谓雅乐者，未必如古，而教坊所奏，岂尽为淫声哉！"[①] 但最后还是没有办法区分雅乐和淫声，只能以古代流传下来的审美倾向和辨别标准来加以衡量。

相比之下，苏轼的解决办法则更加本质化，富有灵活性。

三 "无弦琴"翻案诗：正视无法维持存在的音乐

对于陶渊明无弦琴的理解，蔡仲德先生总结出对立的两种观点：一是"有人甚至把它理解为弦声与意趣对立，弦声妨碍意趣，毁琴去弦才能得到意趣"（如杨发《大音希声赋》、宋祁《无弦琴赋》等），二是以崔豹《古今注》、苏轼《渊明无弦琴》为代表，"认为陶潜……意在强调超越音声，追求弦外之意，把握音乐美之所在，而不在取消弦声，否定弦声"。第二种理解是

---

① 脱脱等：《宋史》第3册，中华书局，2000，第2245页。

第二章 "琴里若能知贺若,诗中定合爱陶潜"

蔡先生所赞同的。① 为预防苏轼遭到陶渊明般"不解音律"的责难,从而影响本论题的探究,故在展开之前,先就此问题略作说明。

苏轼确实不会弹琴,其《答濠州陈章朝请二首》其二云:"……示谕学琴,足以自娱,私亦欲耳,但老懒不能复劳心耳。有庐山崔闲者,极能此,远来见客,且留之,时令作一弄也。"②由于乌台诗案,苏轼"自窜逐以来,不复作诗与文字。所谕四望起废,固宿志所愿,但多难畏人,遂不敢尔。其中虽无所云,而好事者巧以酝酿,便生出无穷事也",朋友劝他学琴,苏轼不愿劳心,可见他对音乐的看法极为通透,同时也说明他不会弹琴。

但不会弹琴(或者说不善于弹琴),并不意味着苏轼不懂琴③。其《东坡志林》卷五中便用琴学知识驳斥五臣注的荒谬:"五臣注《文选》,盖荒陋愚儒也。今日偶读嵇中散《琴赋》云:'间辽故音庳,弦长故微鸣。'所谓庳者,犹今俗云敠声也。两弦之间远则有敠,故曰间辽。弦鸣云者,今之所谓泛声也。弦虚而不按乃可按,故云弦长而微鸣也。五臣皆不晓,妄注。"④可见苏轼对古琴指法极其熟谙。不仅如此,他对古琴的妙处也有切身体会,如他在《杂书琴事·家藏雷琴》中云:"余家有琴,其面皆作蛇蚹纹,其上池铭云:'开元十年造,雅州灵关村。'其下池铭云:'雷家记八日合。'不晓其'八日合'为何

---

① 韩锺恩:《音乐存在方式》,上海音乐学院出版社,2008,第26~27页。
② 李之亮笺注《苏轼文集编年笺注》第7册(诗词附),巴蜀书社,2011,第448页。
③ 王小盾先生说:"研究者往往认为:苏轼懂音乐,喜欢唱诗……但他们没有想到:'懂音乐'是一回事,能撰曲则是另一回事。"(《章贡随笔》,南京大学出版社,2014,第337页)所言甚是。
④ 李之亮笺注《苏轼文集编年笺注》第9册(诗词附),巴蜀书社,2011,第187页。

等语也^①? 其岳不容指，而弦不收，此最琴之妙，而雷琴独然。求其法不可得，乃破其所藏雷琴求之。琴声出于两池间，其背微隆，若薤叶然，声欲出而隘，徘徊不去，乃有余韵，此最不传之妙。"^② 苏轼所指即"纳音"，刘承华先生云："在龙池、凤沼的对面即面板的内壁还各有一个隆起的'岛'，称为'纳音'。'纳音'的形状往往做成圆形盆状（视池、沼的形状而定），即周围较宽较高，中间凹陷。这种形状的纳音功能，是为了避免声音从龙池、凤沼直接向外传出，而迫使它在纳音的周围略作停留，绕路而出。这种绕路而出的出音方式，也使得古琴的声音具有封闭、旋绕、内含、深蓄的效果。古琴出音的这一特点，苏轼曾经在其《家藏雷琴》一文中指出过。"^③

正因为苏轼对古琴极为熟悉，所以能对陶渊明无弦琴感同身受。在苏轼之前，人们对陶渊明无弦琴以接受、传承为主，如白居易、欧阳修等。欧阳修《夜坐弹琴有感二首呈圣俞》其一云："吾爱陶靖节，有琴常自随。无弦人莫听，此乐有谁知。君子笃自信，众人喜随时。其中苟有得，外物竟何为。寄谢伯牙子，何须钟子期。"^④ 可见欧阳修对陶渊明无弦琴背后体现出来的人格特加赞美。苏轼的一部分诗作也是如此。如《和陶贫士七首》其三云："谁谓渊明贫，尚有一素琴。心闲手自适，寄此无穷音。"^⑤ 苏轼也偶尔通过陶渊明的无弦琴来委婉地劝诫弹

---

① 何薳《春渚纪闻》卷八"雷琴四田八日"云："……先生非不解者，表出之，以令后人思之耳。盖古雷字从四田，四田折之，是为八日也。"
② 张志烈、马德富、周裕锴主编《苏轼全集校注》第 19 册，河北人民出版社，2010，第 8025~8026 页。
③ 刘承华：《中国音乐的人文阐释》，上海音乐出版社，2002，第 250 页。
④ 李之亮笺注《欧阳修集编年笺注》第 1 册，巴蜀书社，2007，第 323 页。
⑤ 李之亮笺注《苏轼文集编年笺注》第 11 册（诗词附），巴蜀书社，2011，第 603 页。

第二章 "琴里若能知贺若，诗中定合爱陶潜"

者，如《九月十五日，观月听琴西湖示坐客》云："白露下众草，碧空卷微云。孤光为谁来，似为我与君。水天浮四座，河汉落酒樽。使我冰雪肠，不受曲糵醺。尚恨琴有弦，出鱼乱湖纹。哀弹奏旧曲，妙耳非昔闻。良时失俯仰，此见宁朝昏。悬知一生中，道眼无由浑。"[1]

除此之外，苏轼还对陶渊明的无弦琴作有翻案诗。他在《张安道乐全堂》诗中说："步兵饮酒中散琴，于此得全非至乐……平生痛饮今不饮，无琴不独琴无弦。"[2]《苏轼全集校注》云："张安道不仅无弦，更连琴也不具，似乎比陶更超然，臻于不凭借外物而至乐之境。"[3] 如果说这还只是出于对长辈的尊敬，那么下面这首诗则说得更为直接，其《和顿教授见寄用除夜韵》云："我笑陶渊明，种秫二顷半。妇言既不用，还有责子叹。无弦则无琴，何必劳抚玩。"[4] 又《渊明非达》云："陶渊明作无弦琴，诗云'但得琴中趣，何须弦上声。'苏子曰：'渊明非达者也，五音六律，不害为达，苟为不然，无琴可也，何独弦乎？'"[5] 孔凡礼先生引葛胜仲《丹阳集》卷八《书渊明集后三首》其三"子瞻为徐州，诮渊明无弦不如无琴，后悔其言之失"之说，并云："《文集》卷六十五《渊明无弦琴》以徐州之时说为妄。"[6] 考《渊明无弦琴》其文，乃辩护陶渊明

---

[1] 张志烈、马德富、周裕锴主编《苏轼全集校注》第6册，河北人民出版社，2010，第3740页。

[2] 张志烈、马德富、周裕锴主编《苏轼全集校注》第2册，河北人民出版社，2010，第1295页。

[3] 张志烈、马德富、周裕锴主编《苏轼全集校注》第2册，河北人民出版社，2010，第1297页。

[4] 李之亮笺注《苏轼文集编年笺注》第11册（诗词附），巴蜀书社，2011，第113页。

[5] 李之亮笺注《苏轼文集编年笺注》第8册（诗词附），巴蜀书社，2011，第715页。

[6] 孔凡礼：《苏轼年谱》上册，中华书局，1998，第429页。

"知音",并非对徐州"渊明非达"之说的反悔。葛胜仲之说无据。池泽滋子女史分析说:"苏轼为何一方面称美陶渊明是知音者,一方面又说'渊明非达者'呢?这是因为苏轼在渊明故意不修复断弦的行为中,看出了渊明拘泥乐器形状的心理。苏轼认为,既然达到真的悟达,就是琴有弦也不会紊乱自己心中的平静。所以没有像陶渊明那样,不修复断弦,故意让它处在不能演奏状态。超脱于古琴的形状,超脱演奏技艺,以平淡自然之心体味琴乐真趣,就是苏轼所理想的至高悟达。"① 此言得之。

值得注意的是"无弦则无琴"一句。跟一般的翻案诗不同,苏轼并没有对同一对象,从不同的思路出发,得出不同的结论,而是依然顺着陶渊明的无弦琴思路,只不过因为思考得更为深刻,所以得出不太一致的观点。在苏轼看来,没有弦的琴不是琴,又何必称作"无弦琴",使其名实不符、混淆视听?这就显示出陶渊明跟苏轼思想上的根本差异。如果说"陶渊明的'无弦琴'深寓着老子'有生于无'、'大音希声'和'有无相生'的哲学本体论理念",而"老子肯定'无',却并不否定'有'",俗人却并不能"洞见无弦琴背后的'有'"的话②,那么苏轼则把无弦琴背后的"有"摧毁,而代之以倾向于佛禅的空无思想了。这当然不是苏轼思想的全部或主流,但通过其对音乐(尤其是雅乐)的存在方式的质疑和对无法持存的音乐的正视可以看出,他在《琴诗》中问纪老的难题,其实也是他在心中一遍一遍思考、一遍一遍追问自己的难题。

---

① 池泽滋子:《苏东坡与陶渊明的无弦琴——苏轼与琴之一》,《中国典籍与文化》1998年第1期,第39页。
② 范子烨:《艺术的灵境与哲理的沉思——对陶渊明"无弦琴"的还原阐释》,《北京大学学报》(哲学社会科学版)2010年第2期,第75~76页。

四 《破琴诗》：音乐的审美留存

音乐在产生的同时也在消逝，无法长久地持存，这一问题所象征的人生难题，在佛禅世界其实已经解决。《圆觉经》云："受用世界及与身心，相在尘域，如器中锽，声出于外。"① 这种"禅那"境界，超越动静、止观二障，如乐器虽在时空之中，乐声却已超越于时空之外，抵达彼岸，而并非消失。但这种解决的基础是建立在宗教信仰上的，对以儒家思想为主的苏轼来说，成效并不大。不过，只要换个角度，以审美目光来欣赏佛禅信仰，把僧徒奉行的宗教体验当作审美境界，这种办法就很有启发意义了。纵观苏轼的艺术人生，他对释道的思想吸收，确实带有审美实践的性质。正如汉斯立克所说："音乐艺术唯一的、永不磨灭的东西是音乐的美，亦即我们伟大的大师们所体现的，以及未来一切时代的真正的音乐创造者们将要培育的东西。"② 在汉斯立克看来，音乐的美在于乐音运动，但在苏轼眼里，音乐的美却不仅仅如此，它更体现在人们的审美态度和对"琴意"的理解上，而对"琴意"的理解反映出来的其实是审美人格。

元祐六年（1091），苏轼作有《破琴诗》，其叙云："旧说，房琯开元中尝宰卢氏，与道士邢和璞出游，过夏口村，入废佛寺，坐古松下。和璞使人凿地，得瓮中所藏娄师德与永禅师书，笑谓琯曰：'颇忆此耶？'琯因怅然，悟前生之为永师也。故人柳子玉宝此画，云是唐本，宋复古所临者。元祐六年三月十九日，予自杭州还朝，宿吴淞江，梦长老仲殊挟琴过余，弹之有

---

① 广超法师：《大方广圆觉修多罗了义经讲记》，复旦大学出版社，2009，第247页。
② 爱德华·汉斯立克：《论音乐的美——音乐美学的修改刍议》，杨业治译，人民音乐出版社，1980，第14页。

异声。就视,琴颇损,而有十三弦。予方叹惜不已,殊曰:'虽损,尚可修。'曰:'奈十三弦何?'殊不答,诵诗云:'度数形名本偶然,破琴今有十三弦。此生若遇邢和璞,方信秦筝是响泉。'予梦中了然,识其所谓,既觉而忘之。明日昼寝,复梦殊来理前语,再诵其诗。方惊觉而殊适至,意其非梦也。问之殊,盖不知。是岁六月,见子玉之子子文京师,求得其画,乃作诗并书所梦其上。子玉名瑾,善作诗及行草书。复古名迪,画山水草木,盖妙绝一时。仲殊本书生,弃家学佛,通脱无所着。皆奇士也。"其诗云:"破琴虽未修,中有琴意足。谁云十三弦,音节如佩玉。新琴空高张,弦声不附木。宛然七弦筝,动与世好逐。陋矣房次律,因循堕流俗。悬知董庭兰,不识无弦曲。"①

王文诰以为此诗别有深意,乃暗指刘挚,但我们的关注点主要放在苏轼的音乐审美上。按照苏轼追本溯源式的思考,"无弦"的不是琴,那么"十三弦"的也不是琴,而是筝。果然,仲殊长老一弹,深通琴律的苏轼就听出"异声"来。琴破可修,本来不是琴的筝,也能弹出"琴意"来吗?在"通脱无所着"的仲殊长老看来,"秦筝是响泉",不必执迷于"度数刑名"。受此梦启发,苏轼也注目于"琴意",发现秦筝有时候也能弹出"音节如佩玉"的琴音,而没有琴意的新琴弹奏出来的声音,却如筝声②。房琯不辨于此,因而轻信没有人格的董庭兰,苏轼说他"陋矣"。苏辙《次韵子瞻感旧一首》则表示"梦中惊和璞,

---

① 张志烈、马德富、周裕锴主编《苏轼全集校注》第 6 册,河北人民出版社,2010,第 3706~3707 页。
② 这在宋代也并不少见,如《张子野戏琴妓》:"尚书郎张先子野,杭州人。善戏谑,有风味。见杭妓有弹琴者,忽抚掌曰:'异哉,此筝不见许时,乃尔黑瘦耶?'"(张志烈、马德富、周裕锴主编《苏轼全集校注》第 19 册,河北人民出版社,2010,第 8028 页)

第二章 "琴里若能知贺若,诗中定合爱陶潜"

起坐怜老房"①。琴学审美人格经历了唐宋之变,虽在唐代并不被强调,但在欧梅等北宋人眼里却异常重要,在苏轼这里甚至成为抵抗音乐流逝的根本方式。

唯有在音乐审美中注入这样的主体人格,才能在音乐的消失中保持住不变的内核,再用文字记录下来("乃作诗并书所梦其上"),传之久远。在思索音乐的存在方式中,与其说诗歌与音乐相遇,不如说是在哲学的思辨中共振。美国学者古斯塔夫·缪勒说:"文学的哲学应该表明:支配和区分着种族、时代和文化,并使它们可以为人理解的价值观,是如何也指向它们的想象,并在文字艺术里得到体现。"② 这种类似于"价值观"的对音乐中审美人格的坚守与提倡,不仅能够"指向它们的想象",而且也能够长久地在未来得到回响。

---

① 高秀芳、陈宏天整理《苏辙集》第 4 册,中华书局,1990,第 873 页。
② 古斯塔夫·缪勒:《文学的哲学》,孙宜学、郭洪涛译,广西师范大学出版社,2001,第 1 页。

第三章
"诗法不相妨,此语当更请"
——诗学与佛学

佛教对中国艺术的影响之巨，有目共睹，学术界对此也进行了很多的探讨，成果颇丰，如梁银林的博士学位论文《苏轼与佛学》。苏轼早年受家庭影响，与佛教结下不解之缘。中年与僧侣交游唱和，留下大量的诗歌和偈语。这都影响到其诗观的形成和诗歌的创作。尤其是晚年远谪，使他对佛教南宗的体味更深。佛学对苏轼的某些创作风格，如空静观等，是有作用的，但是不是起着决定作用呢？换句话说，在承认佛学丰富苏诗的基础上，如果缺乏佛学因素的介入，苏诗的这些风格是不是就不会产生？对这些问题的叩问和解答，有助于刷新我们对诗学与佛学的认知。

第一节　苏轼的空静诗观及其诗学实践

学界对苏轼诗歌与佛禅关系的探究成果丰硕,但主要停留在佛禅对苏轼诗歌的影响及其理论阐释层面,而没有从诗、禅互动的视角,对其"诗法不相妨"的结晶"空静诗观"探源溯流,对于苏轼充分实践这一诗观的诗歌作品,更是缺乏相关的论述。本文把空静诗观放在唐宋诗观演进的大背景下观察,通过对苏轼空静诗观内涵、特点及其诗学实践的分析,指出空静诗观在唐宋诗观演进历程中的重要价值。

一　诗观演进:从儒家诗观到空静诗观

历史上韩愈以辟佛闻名,但同时也有学者指出韩愈对佛传文学的吸收,如《南山》诗中对《佛所行赞》的借鉴[1]等。但正如孙昌武先生所认为的,"偈颂体译文远不能达到中土古典诗歌那样雅驯畅达",它能够影响的,只是"开创唐宋诗歌排比技巧的先河"[2]而已。韩愈与大颠和尚的交往,尤其是其《与大颠书》,在宋代已经引发真伪之论。查金萍博士总结说:"虽然宋人对韩愈与佛教的关系有这样那样的讨论,但并不妨碍他们对韩愈儒家思想的继承和对韩愈坚决抵制佛教思想的肯定。"[3]反过来说,也正是因为韩愈的人生观价值观是儒家,所以才会引发宋人对其佛学思想的争论。他在《与孟尚书书》中说:"有人

---

[1] 饶宗颐:《梵学集·马鸣佛所行赞与韩愈南山诗》,上海古籍出版社,1993,第316页。
[2] 孙昌武:《中国佛教文化史》第2册,中华书局,2010,第498页。
[3] 查金萍:《宋代韩愈文学接受研究》,安徽大学出版社,2010,第39页。

传愈近少信奉释氏者。此传者之妄也……乃人之情，非崇信其法，求福田利益也。"① 韩愈与僧人交往，多着眼其人之修养、才能，如大颠和尚的"颇聪明，识道理"。作为诗人，韩愈对富有诗歌才华的僧人尤其夸赞，如《送澄观诗》云："人言澄观乃诗人，一座竞吟诗句新。向风长叹不可见，我欲收敛加冠巾。"②不仅对澄观的诗才表示向慕，且突发了招揽贤才之心，想要把澄观变为儒士，为国所用。而在《送浮屠文畅师序》中，韩愈在表扬完文畅"喜文章""笃好"诗歌之后，干脆大写特写"圣人之道"。苏轼《记欧阳论退之文》认为韩愈与僧人们交往"了非信佛法也"③，是完全正确的。

  本来文学可以成为思想融合的媒介和舞台，但韩愈强调文与道之间的关系，使文章成为明道的工具，这就对创作主体的思想观念有所要求。韩愈著名的"不平则鸣"和"穷苦之言易好"，都是在这个基础上延伸出来的文艺观点。其《送孟东野序》云："大凡物不得其平则鸣……其于人也亦然……从吾游者，李翱、张籍其尤也。三子者之鸣，信善鸣矣。抑不知天将和其声，而使鸣国家之盛邪？抑将穷饿其身，思愁其心肠，而使自鸣其不幸邪？"④对韩愈"不平"的内涵，历来有争议。钱锺书先生总结说："韩愈的'不平'和'牢骚不平'并不相等，它不但指愤郁，也包括欢乐在内。"⑤查金萍博士在此基础上，

---

① 韩愈：《韩愈文集汇校笺注》第 2 册，刘真伦、岳珍校注，中华书局，2010，第 886 页。
② 方世举：《韩昌黎诗集编年笺注》上册，郝润华、丁俊丽整理，中华书局，2012 年，第 68 页。
③ 李之亮笺注《苏轼文集编年笺注》第 9 册（诗词附），巴蜀书社，2011，第 39 页。
④ 韩愈：《韩愈文集汇校笺注》第 3 册，刘真伦、岳珍校注，中华书局，2010，第 982~983 页。
⑤ 钱锺书：《七缀集·诗可以怨》，上海古籍出版社，1985，第 125 页。

认为其内涵是："不平且善鸣才能产生好作品，所鸣内容可以是个人穷愁和国家兴亡。"① 唐晓敏先生则认为："韩愈讲'不平则鸣'自然也抒发情感，但这种情感已经带有时代性，社会性，正因如此，这种感情与'道'很难截然分开。"② 不管对其具体内涵如何争议，研究者都认为韩愈的文章创作论是从内心情感和主体精神出发的。吴相洲先生就认为，"韩孟诗派强调'思'和'意'的作用，是导致其诗歌风貌与强调'兴会'的盛唐诗迥然不同的主要原因"③，并分析："韩孟等人想做圣贤，矫情抗俗，内心处于愤激状态，奇崛险怪正好契合他们的审美趣味。他们没有盛唐人那种通达和潇洒，内心充满障碍，也不可能写出圆融空灵的诗境。"④

不平之鸣外，韩愈又发现"穷苦之言易好"，他在《荆潭酬唱诗序》中说："夫和平之音淡薄，而愁思之声要妙；欢愉之辞难工，而穷苦之言易好也。是故文章之作，恒发于羁旅草野。至若王公贵人，气满志得，非性能好之，则不暇以为。"⑤ 既然"气满志得"，心中便没有不平之气，因此"欢愉之辞难工"；而有不平之气者，自然是"气不满不得志"，"而穷苦之言易好"。二者的紧密联系，很容易让学者混为一谈。吴振华先生说："韩愈的'不平则鸣'是一个比司马迁'发愤著书'广阔得多、深邃得多的复杂的文、道统一观念体系，更不是欧阳修'穷而后工'说能望其项背的。"⑥ 实际上，欧阳修的"穷而后工"说是

---

① 查金萍：《宋代韩愈文学接受研究》，安徽大学出版社，2010，第55页。
② 唐晓敏：《中唐文学思想研究》，北京师范大学出版社，2000，第109页。
③ 吴相洲：《中唐诗文新变》，学苑出版社，2007，第2页。
④ 吴相洲：《中唐诗文新变》，学苑出版社，2007，第203页。
⑤ 韩愈：《韩愈文集汇校笺注》第3册，刘真伦、岳珍校注，中华书局，2010，第1121~1122页。
⑥ 吴振华：《韩愈诗歌艺术研究》，安徽师范大学出版社，2012，第268页。

对"穷苦之言易好"说的深化，跟"不平则鸣"没有可比性。欧阳修在文学思想上多承袭韩愈并加以发展，如其"道胜文至"说与韩愈的"气盛言宜"说。欧阳修在《梅圣俞诗集序》中云："凡士之蕴其所有而不得施于世者，多喜自放于山巅水涯。外见虫鱼草木风云鸟兽之状类，往往探其奇怪。内有忧思感愤之郁积，其兴于怨刺，以道羁臣、寡妇之所叹，而写人情之难言，盖愈穷则愈工。然则非诗之能穷人，殆穷者而后工也。"① 这是对韩愈说的一个因果修正："从强调诗歌必然反映作者生平遭际、强调诗歌必须反映真情实感的角度，比之韩愈作了更为透辟的发挥，把过去颠倒了的因果关系纠正过来。"② 而在强调创作主体的内心情感和主体精神上，两人则较为一致："故郁积的忧愤不但能够有助于诗人与外界建立较为纯粹的审美关系，发现自然的美和生活的奇；同时，也有助于敏感的诗人容易'兴于怨刺'，写出独特的内心感受，抒写出曲折入微而又带普遍性的物理人情。"③

韩愈、欧阳修对创作主体的这种要求，来自中国古典诗歌的经典传统，即"诗言志"。朱自清先生说："现代有人用'言志'和'载道'标明中国文学的主流，说这两个主流的起伏造成了中国文学史。'言志'的本义原跟'载道'差不多，两者并不冲突，现时却变得和'载道'对立起来。"④ 由于"志"与"道"在创作主体上相结合，所以二者的关系确实如朱先生所言。因此，在韩愈、欧阳修看来，诗歌既然是"言志"的，则诗歌自然来自诗人的内部，这也是古典诗歌传统中最有影响力的回答。

---

① 欧阳修：《欧阳修全集》第2册，李逸安点校，中华书局，2001，第612页。
② 王水照、崔铭：《欧阳修传》，天津人民出版社，2013，第179~180页。
③ 杨子怡：《中国古典诗歌的文化解读》，人民出版社，2013，第215页。
④ 朱自清：《诗言志辨》，凤凰出版社，2008，第5页。

第三章 "诗法不相妨,此语当更请"

但需要注意的是,这种传统出于儒家文艺思想,当研究视野扩展到其他思想体系,如佛禅的时候,结果便有所不同。比如苏轼,他既继承韩、欧的儒家文艺思想,同时也吸收佛禅艺术观念。这一方面表现在他把儒家文艺思想扩展到僧徒上。如熙宁七年(1074)所作《僧惠勤初罢僧职》云:"轩轩青田鹤,郁郁在樊笼。既为物所縻,遂与吾辈同。今来始谢去,万事一笑空。新诗如洗出,不受外垢蒙。清风入齿牙,出语如风松。霜髭茁病骨,饥坐听午钟。非诗能穷人,穷者诗乃工。此语信不妄,吾闻诸醉翁。"[1] 由于宋代僧人世俗化,僧人与士大夫的差距缩小,因此苏轼便用"穷而后工"的观点来解释惠勤的诗歌创作。当然,惠勤是欧阳修推荐给苏轼的,其《六一泉铭一首并叙》云:"予昔通守钱塘,见公于汝阴而南。公曰:'西湖僧惠勤甚文,而长于诗,吾昔为《山中乐》三章以赠之。子间于民事,求人于湖山间而不可得,则盍往从勤乎?'"[2] 故苏轼于此处联想到欧阳修,既是对惠勤诗歌的赞美,也是对欧阳修的怀念。另一方面,佛禅对苏轼的影响,则间接地体现在对儒家文艺思想的丰富和补充上。

伴随着禅僧数量的扩大和禅学体系的完善,宋代士大夫参禅学佛和禅僧世俗化并行不悖,产生了"文字禅"现象[3],禅学与诗学进入深度交融的状态。苏轼是其中较有代表性的一位诗人,而他对诗、禅关系的思考起点,则是韩愈对佛禅艺术的批评。元丰元年(1078)十二月苏轼作《送参寥师》并云:"上人学苦空,百念已灰冷。剑头唯一映,焦谷无新颖。胡为逐吾辈,

---

[1] 张志烈、马德富、周裕锴主编《苏轼全集校注》第2册,河北人民出版社,2010,第1156页。
[2] 苏轼:《苏轼文集》,孔凡礼点校,中华书局,1986,第565页。
[3] 参见周裕锴《文字禅与宋代诗学》,高等教育出版社,1998。

文字争蔚炳？新诗如玉屑，出语便清警。退之论草书，万事未尝屏。忧愁不平气，一寓笔所骋。颇怪浮屠人，视身如丘井。颓然寄淡泊，谁与发豪猛。细思乃不然，真巧非幻影。欲令诗语妙，无厌空且静。静故了群动，空故纳万境。阅世走人间，观身卧云岭。咸酸杂众好，中有至味永。诗法不相妨，此语当更请。"① 在苏轼看来，艺术的各个分类是相通的，所以韩愈论书法（详后）与他论诗并不相妨，都属于艺术范畴。然其关注点在于：心境淡泊的僧人，怎么能创作出精彩的艺术作品（包括诗歌和书法等）？

对于这个问题，韩愈从自己的文道观出发，持怀疑态度。他在《送高闲上人序》中表达了艺术出于内心的观点："苟可以寓其巧智，使机应于心，不挫于气。则神完而守固，虽外物至，不胶于心。"② 他认为只要内心"神完""有道"，即便外物相侵，适足以触发其心，通过艺术方式更好地表达内心喜怒。文中以张旭为例说："往时张旭喜草书，不治他技。窘穷忧悲、愉佚怨恨、思慕酣醉、无聊喜怒，不平有动于心，必于草书焉发。观于物，见山水、崖谷、鸟兽、虫鱼、草木之花实，日月、列星、风雨、水火、雷霆、霹雳、歌舞、战斗，天地事物之变，可喜可愕，一寓于书。故旭之书，变动犹鬼神，不可端倪，以此终其身而名后世……为旭有道：利害必明，无遗锱铢。情炎于中，利欲斗进，有得有丧，勃然不释，然后一决于书，而后旭可几也。"③ 正因如此，后人模仿前人不能模仿

---

① 张志烈、马德富、周裕锴主编《苏轼全集校注》第 3 册，河北人民出版社，2010，第 1892~1893 页。
② 韩愈：《韩愈文集汇校笺注》第 3 册，刘真伦、岳珍校注，中华书局，2010，第 1154 页。
③ 韩愈：《韩愈文集汇校笺注》第 3 册，刘真伦、岳珍校注，中华书局，2010，第 1154~1155 页。

第三章 "诗法不相妨，此语当更请"

其迹而须得其心。在韩愈看来，高闲上人只是"逐其迹"："今闲之于草书，有旭之心哉！不得其心而逐其迹，未见其能旭也。"韩愈不仅讥讽高闲上人徒学张旭之表而不得其要，而且更深层次揭示出他无法学张旭之心的内在原因："今闲师浮屠氏。一死生，解外胶。是其为心，必泊然无所起；其于世，必淡然无所嗜。泊与淡相遭，颓堕委靡，溃败不可收拾，则其于书得无象之然乎？"① 既学佛禅之淡泊，又怎能在书法中表现张旭般充沛的感染力？罗联添先生分析说："高闲上人以草书名当世。唐宣宗尝召对，赐紫衣（详赞宁《高僧传》卷三十）。但在韩愈看来，高闲草书绝不能达到张旭草书'变动犹鬼神'的境界。因高闲为一僧徒，淡泊名利，心如止水，对外物了无牵挂，外物刺激对他毫无作用。没有穷愁、不平，缺少创作动力，自不能有佳作。这一段虽然论艺，但艺理与文道相通，故此用以说明韩愈文学见解。"② 罗先生的分析大体得之，但"外物刺激"之类，与韩愈的强调重心略有差别。韩愈虽然指出外物激发张旭内心情感的作用，但主要强调内心情感对创作的意义，因此最后说："然吾闻浮屠人善幻，多技能。闲师如通其术，则吾不能知矣。"③ 文章最后指出佛禅善幻、以惑人心的技能，可见其出发点和落脚点都是内心，只不过用"幻"与"不能知"表达了对佛禅此一技能的不屑，间接地暗示了儒家之道对艺术创造的积极推动作用远胜于佛学。

在文章发挥政治作用的时候，苏轼自然也是主张"吾所谓

---

① 韩愈：《韩愈文集汇校笺注》第 3 册，刘真伦、岳珍校注，中华书局，2010，第 1155 页。
② 罗联添：《韩愈研究》，天津教育出版社，2012，第 216 页。
③ 韩愈：《韩愈文集汇校笺注》第 3 册，刘真伦、岳珍校注，中华书局，2010，第 1155 页。

文，必与道俱"，展现出儒家主体人格的魅力，如元丰三年（1080）七月所作《观张师正所蓄辰砂》，借由辰砂婉转地表达出对时局的看法。延君寿《老生常谈》云："此种诗是心中先有感触，适有此题到手，遂如万斛珠泉，一齐涌出，与寻常小题大作不同。"① 苏轼自然也有抒发不得志的作品，如元丰七年（1084）四月离黄州时所作《过江夜行武昌山上，闻黄州鼓角》云："谁言万方声一概，鼍愤龙愁为余变。"② 此句源自杜甫《秦州杂诗》其四："万方同一概，吾道竟何之。"《苏轼全集校注》云："苏轼意有不平，闻鼓角遂有鼍愤龙愁之感。"③ 通观苏轼的全部诗歌，这类作品是很多的，因此张佩纶《涧于日记》辛卯下说："开合动荡，节短韵长，所谓'鼍愤龙愁为余变'，先生自道其诗境也。"④ 作为苏轼的主要诗境之一，此类作品充分代表其继承和发展了儒家文艺思想的诗歌，无疑跟韩、欧一脉相承。

然而，如果仅就文艺创作本身来看，苏轼并不排斥佛禅。在《送参寥师》中，苏轼明确反对韩愈对佛禅"善幻"之技的批评，认为"细思乃不然，真巧非幻影"⑤，并且进一步发现佛禅的空静之学对"诗语"甚有助益，因为"静故了群动，空故纳万境"，所以能够达到"咸酸杂众好，中有至味永"的诗境。这种诗境，与苏轼在陶渊明、柳宗元、韦应物等人身上发现的

---

① 张志烈、马德富、周裕锴主编《苏轼全集校注》第 4 册，河北人民出版社，2010，第 2226 页。
② 张志烈、马德富、周裕锴主编《苏轼全集校注》第 4 册，河北人民出版社，2010，第 2519 页。
③ 张志烈、马德富、周裕锴主编《苏轼全集校注》第 4 册，河北人民出版社，2010，第 2520 页。
④ 张志烈、马德富、周裕锴主编《苏轼全集校注》第 4 册，河北人民出版社，2010，第 2521 页。
⑤ 苏轼在《六一泉铭》序中也说："（惠）勤语虽幻怪，而理有实然者。"（《苏轼全集校注》第 12 册，第 2142 页）

第三章 "诗法不相妨，此语当更请"

平淡风格极有关系①，而陶、柳、韦都与佛禅关系密切②。苏轼又有《朝辞赴定州论事状》："处静而观动，则万物之情毕陈于前。"③《次韵僧潜见赠》云："道人胸中水镜清，万象起灭无逃形。"《苏轼全集校注》云："人若虚怀应物，则万物各就其性自由呈现。"④ 可见苏轼所谓的"空静"，实际上是指对主体怀抱的虚化，即"无心"。早在至和二年（1055），苏轼在《书义·终始惟一时乃日新》中便说："水、鉴惟无心，故应万物之变。"⑤ 这跟韩愈对主体的强调形成鲜明对比。其于元丰七年（1084）八

---

① 张毅先生认为："随着王安石熙宁变法的又一次失败，士大夫阶层中那种希望通过政治改革而富国强兵的美梦彻底破灭了。于是以超越尘世、淡泊精神为基调的佛老思想成为士大夫文人的精神寄托，并由此导出了对平淡诗境的追求。"（《宋代文学思想史》，中华书局，2016，第89页）其中指出佛老跟平淡诗风的关系无疑是正确的，但是否跟熙宁变法关系密切则有待商榷，其后云："梅尧臣在《依韵和邵不疑以雨止烹茶观画听琴之会》中就曾说过：'作诗无古今，唯造平淡难。淡泊全精神，老氏吾将师。'（《宛陵集》卷四十六）将诗境的平淡与淡泊精神的关系讲得十分清楚。"此处资料与论证有误。第一，"作诗无古今，唯造平淡难"语出《读邵不疑学士诗卷杜挺之忽来因出示之且伏高致辄书一时之语以奉呈》；"淡泊全精神，老氏吾将师"语出《依韵和邵不疑以雨止烹茶观画听琴之会》，二诗皆作于嘉祐元年（1056）（见朱东润《梅尧臣集编年校注》下册，上海古籍出版社，2006，第845、847页），皆在熙宁变法失败之前，张先生以此作为证据，不妥当。第二，《依韵和邵不疑以雨止烹茶观画听琴之会》一诗出自《宛陵集》卷四十七，非"卷四十六"。
② 学者一般认为陶渊明跟玄学关系密切，而禅学实际上对玄学有所吸收，故后文也会把一些道家的理念放入禅学中来分析。当然，之所以以禅学为主，根本原因在于道家理念与禅学有所不同。老庄尽管也讲"故常无欲，以观其妙"，跟佛禅的空静观较为一致，但同时也说"常有欲，以观其徼"（王弼：《老子道德经注校释》，楼宇烈校释，中华书局，2008，第1页），所强调的并非无，也关注有，这就跟禅学大不同。另外，苏轼主张三教合一，常以庄禅解释儒家典籍，如把儒家的"无私""思无邪"等说法与庄禅进行比较，故而其空静诗观已经不是被动接受禅学的产物，而是在主动吸收的基础上产生的。
③ 李之亮笺注《苏轼文集编年笺注》第4册（诗词附），巴蜀书社，2011，第455页。
④ 张志烈、马德富、周裕锴主编《苏轼全集校注》第3册，河北人民出版社，2010，第1894页。
⑤ 张志烈、马德富、周裕锴主编《苏轼全集校注》第11册，河北人民出版社，2010，第557页。

月所作《赠袁陟》亦云:"是身如虚空,万物皆我储。胡为强分别,百金买田庐。"①《苏轼全集校注》云"万物"即《送参寥师》"空故纳万境"之意,可参。② 由此可见,苏轼此思想已不再仅仅局限于同僧人言说,而更推广到儒士。又元祐三年(1088)作《夜直玉堂,携李之仪端叔诗百余首,读至夜半,书其后》云:"暂借好诗消永夜,每逢佳处辄参禅。愁侵砚滴初含冻,喜入灯花欲斗妍。"③ 方回《瀛奎律髓》卷三云:"李之仪诗得意趣,颇深晦,非东坡不之察。"④ 可见苏轼对诗僧、诗人的一视同仁。

二 苏轼空静观的内涵与特点

空静观背后所展示出来的"心",出于慧能《坛经》:"心量广大,犹如虚空……世界虚空能含万物色像,日月星宿、山河大地、泉源溪涧、草木丛林,恶人善人、恶法善法、天堂地狱,一切大海、须弥诸山,总在空中。世人性空亦复如是。"⑤ 但慧能所说的"心",与"在心为志"的"心"不同,齐云鹿先生云:"不是指心量的范围、边际多么的广大无边,而是指它的体性,浑然如空,含藏着万法的种子,而又空寂湛然,实有而空,空而非无。"⑥ 方立天先生则指出"这种心是圆满具足宇宙一切的心,也就是又一层意义的宇宙心"⑦。这种"宇宙心"

---

① 张志烈、马德富、周裕锴主编《苏轼全集校注》第4册,河北人民出版社,2010,第2646页。
② 张志烈、马德富、周裕锴主编《苏轼全集校注》第4册,河北人民出版社,2010,第2647页。
③ 张志烈、马德富、周裕锴主编《苏轼全集校注》第5册,河北人民出版社,2010,第3389~3390页。
④ 方回:《瀛奎律髓》,纪昀刊误,诸伟奇、胡益民点校,黄山书社,1994,第36页。
⑤ 王孺童:《坛经诸本集成》,宗教文化出版社,2014,第303页。
⑥ 齐云鹿:《坛经大义》,宗教文化出版社,2014,第59页。
⑦ 方立天:《中国佛教哲学要义》上卷,宗教文化出版社,2014,第344~345页。

第三章 "诗法不相妨，此语当更请"

是指"自性"或"佛性"。"如何是祖师西来意"需要靠证悟而不是理解，因此不好用语言回答，但"佛性"不是什么，却是佛经一直试图廓清的。苏轼对此心领神会，如其元丰七年（1084）所作《次韵道潜留别》云："已喜禅心无别语，尚嫌剃发有诗斑。异同更莫疑三语，物我终当付八还。"①"三语"典出《世说新语·文学》："阮宣子有令闻，太尉王夷甫见而问曰：'老庄与圣教同异？'对曰：'将无同？'"②"八还"典出《楞严经》卷二："汝应谛听，今当示汝无所还地。阿难，此大讲堂洞开东方。日轮升天，则有明耀；中夜黑月，云雾晦暝，则复昏暗；户牖之隙，则复见通；墙宇之间，则复观壅；分别之处，则复见缘；顽虚之中，遍是空性；郁𠁥之象，则纡昏尘；澄霁敛氛，又观清净。阿难，汝咸看此诸变化相，吾今各还本所因处。云何本因？阿难，此诸变化，明还日轮。何以故？无日不明，明因属日，是故还日。暗还黑月，通还户牖，壅还墙宇，缘还分别，顽虚还空，郁𠁥还尘，清明还霁，则诸世间一切所有不出斯类。汝见八种见精明性，当欲谁还？何以故？若还于明，则不明时，无复见暗。虽明、暗等种种差别，见无差别。诸可还者，自然非汝。不汝还者，非汝而谁？则知汝心本妙明净，汝自迷闷，丧本受轮，于生死中，常被漂溺。"③佛祖通过属性的归还与否，来判断何为外物，何为本有，最后推断出心本明净而迷闷于外的观点。这种"本妙明净"心，即是排除各种外物污染之后的清净佛性、真如自性，它属于信仰领域，超脱边见、物我、主宾、生死，同时也成为重要的艺术视角，这在苏轼诗中多有运用。

---

① 张志烈、马德富、周裕锴主编《苏轼全集校注》第4册，河北人民出版社，2010，第2590页。
② 刘义庆：《世说新语》，钱振民点校，岳麓书社，2015，第38页。
③ 《楞严经》，杨维中译注，中华书局，2010，第47页。

当然，在苏轼之前，诗人们已经有意无意地将真如自性引入诗歌创作中，但都不如苏轼这般灵活、通透、多变、自然。因此换个角度看，它也体现出苏轼学习与超越的痕迹，值得我们分析。

首先，诗僧由于本身的信仰，在诗歌创作过程中难免涉及真如自性，苏轼在与诗僧唱和中加以吸收。元丰七年（1084），苏轼作《子由在筠作〈东轩记〉，或戏之为东轩长老。其婿曹焕往筠，余作一绝句送曹以戏子由。曹过庐山，以示圆通慎长老。慎欣然亦作一绝，送客出门，归入室，趺坐化去。子由闻之，仍作二绝，一以答余，一以答慎。明年余过圆通，始得其详，乃追次慎韵》云："大士何曾有生死，小儒底处觅穷通。偶留一映千山上，散作人间万窍风。"① 慎长老原诗为："东轩长老未相逢，已见黄州一信通。何必扬眉资目击，须知千里事同风。"② 慎长老从千里同风的角度来说，是"一切即一"，即佛性无处不在。苏轼先从慎长老参破生死的角度来看自身的穷通，则穷通委实不必计较；再从"一映"散作"万窍"来说，是"一即一切"，即慎长老所参悟的佛性，弥漫于大千世界。苏轼通过长老的点拨，也唤醒了身上的佛性，并加以护持。

其次，诗人中不乏喜好禅悦之风者，其诗歌作品也在一定程度上含摄真如佛性，或反映出佛禅的思维角度，苏轼对他们则有所超越。如熙宁六年（1073）十月作《吊天竺海月辩师三首》，其二云："乐天不是蓬莱客，凭仗西方作主人。"③《苏轼

---

① 张志烈、马德富、周裕锴主编《苏轼全集校注》第 4 册，河北人民出版社，2010，第 2548 页。
② 张志烈、马德富、周裕锴主编《苏轼全集校注》第 4 册，河北人民出版社，2010，第 2549 页。
③ 张志烈、马德富、周裕锴主编《苏轼全集校注》第 2 册，河北人民出版社，2010，第 1042 页。

全集校注》云:"二句以白乐天自比,谓己非道教徒,而是佛门弟子。今海月辩师已超生西方净土,烦请先作主人,他年当亦接引我前往。"[1] 主宾对答,乃禅宗惯用手法,苏轼此处引白居易之事,一方面指出白居易执着于西方(即佛教);另一方面表达出自己跟白居易一样未能忘情,对禅师往生心有所哀(即前句"情钟我辈一酸辛")。而通过他们二人的衬托,苏轼对海月辩师破除"法执"的境界表示赞扬。但"凭仗西方作主人"终究不是自主,而是一种"法执",苏轼对此颇有微词,因此其三云:"安心好住王文度,此理何须更问人。"这对不能安住自心、仰仗他人的王文度提出异议。又如熙宁六年(1073)十二月作《钱道人有诗云"直须认取主人翁",作两绝戏之》,其一云:"首断故应无断者,冰销那复有冰知。主人苦苦令侬认,认主人人竟是谁。"[2] 其二:"有主还须更有宾,不如无境自无尘。只从半夜安心后,失却当前觉痛人。"[3] 两诗都是对执着于"空"的批评,而赞成自心所安的无所执状态。

韦应物是苏轼较为欣赏的一位诗人,苏轼对他诗中体现出来的佛禅思维也有发展。如其元祐元年(1086)所作《西山诗合者三十余人,再用前韵为谢》:"遥知二月春江阔,雪浪倒卷云峰摧。石中无声水亦静,云何解转空山雷。欲就诸公评此语,要识忧喜从何来。愿求南宗一勺水,往与屈贾湔余哀。"[4] "石

---

[1] 张志烈、马德富、周裕锴主编《苏轼全集校注》第2册,河北人民出版社,2010,第1043页。
[2] 张志烈、马德富、周裕锴主编《苏轼全集校注》第2册,河北人民出版社,2010,第1060页。
[3] 张志烈、马德富、周裕锴主编《苏轼全集校注》第2册,河北人民出版社,2010,第1061页。
[4] 张志烈、马德富、周裕锴主编《苏轼全集校注》第5册,河北人民出版社,2010,第3054~3055页。

中"二句，苏轼自注云："韦应物诗：水性本云静，石中固无声。如何两相激，雷转空山惊。"韦诗名为《嘉陵江水声寄深上人》。南宗由慧能创立。韦诗原来表达的是自然界中的佛法缘起论，最后"了此物我情"，禅偈气很浓。苏轼则进一步指出人的"忧喜"也是如此，不过是六根与境相接而成，本来"性空"，又何必像屈原、贾谊那样执着于这类并不真实的情绪呢？纪昀《纪评苏诗》卷二七评价说："忽入议论，发出今昔大感，波澜壮阔之至。妙于本地风光，不是横生枝节。"可见苏轼在韦应物的诗歌基础上，对其佛禅思维有所发展。

最后，在相同或类似的题材面前，由于苏轼自觉体悟到真如佛性，对前人有所推进。如其元丰七年（1084）五月所作《和李太白》诗云："寄卧虚寂堂，月明浸疏竹。泠然洗我心，欲饮不可掬。"[①] 李白原诗为《寻阳紫极宫感秋作》："何处闻秋声，翛翛北窗竹。回薄万古心，揽之不盈掬。"[②] 宋胡仔《苕溪渔隐丛话后集》卷二十九云："予谓东坡此语似优于太白矣。"李白写秋声，是一种感物传统的延续，使人能够感受到秋风吹竹生出来的秋声"回薄万古心"，但秋声却"揽之不盈掬"，不可捕捉，故其后云："静坐观众妙，浩然媚幽独。"苏轼则以月光对秋声，它虽然也是"欲饮不可掬"，却能够"泠然洗我心"，苏轼体验出心性之别，把感物和咏怀结合在一起，故其后云："流光发永叹，自昔非余独。"相比之下，由于源于共同的道家追求，苏轼对李白"静坐观众妙"确有所继承；然李白的诗歌虽有唐诗"兴会"之妙，苏轼却更能融汇佛禅"洗心"之论，

[①] 张志烈、马德富、周裕锴主编《苏轼全集校注》第4册，河北人民出版社，2010，第2587页。

[②] 李白：《李白集校注》第3册，瞿蜕园、朱金城校注，上海古籍出版社，1980，第1400页。

第三章 "诗法不相妨,此语当更请"

直逼自性,确实更为深刻一些。

除了以上原因,苏轼"空静"观的形成,也跟客观现实中的诗歌交流密不可分。纪昀《纪评苏诗》卷十七评价《送参寥师》就是很好的例子:"余谓潜本僧而公之诗友,若专言诗则不见僧,专言禅则不见诗,故禅与诗并而为一,演成妙谛。"① 这种"诗法不相妨"的观点,对后人影响极大。汪师韩《苏诗选评笺释》卷二云:"其后严羽遂专以禅喻诗,至为分别宗乘,此篇早已为之点出光明。王士禛尝谓李杜如来禅,苏黄祖师禅,不妄也。"② 然而严羽却在《沧浪诗话》中大批苏诗,其原因笔者另有专文论之,此处不赘。

三 空静观念在苏诗中的实践

通过吸收佛禅艺术而形成的"空静"观,使苏轼在继承韩愈、欧阳修的儒家文艺思想的基础上开辟出新的道路,这一道路在整个宋诗中占据着非常重要的位置。由于苏轼是诗人,所以他的诗歌理念主要并不是通过诗文评而是诗歌形式体现出来,且其诗歌中对佛禅艺术的实践在宋诗中富有代表性,因此分析此类诗歌,对理解其"空静"观的具体含义有所帮助。这些诗歌主要分为三类。

(一) 突出物的自性

韩愈诗歌不仅奇险雄鸷,也有平易质朴的倾向。莫砺锋先生指出,"韩愈本人认为诗歌艺术应由险怪归于平淡,他的创作实际也大致体现出这种变化轨迹,但是尚未达到平淡的极境",并进一步指出苏轼、黄庭坚对韩愈的超越,"苏、黄在这方面具

---

① 张志烈、马德富、周裕锴主编《苏轼全集校注》第 3 册,河北人民出版社,2010,第 1896 页。
② 张志烈、马德富、周裕锴主编《苏轼全集校注》第 3 册,河北人民出版社,2010,第 1895 页。

有更自觉的意识，达到的境界也比韩诗更加浑成自然"①。究其原因，一方面，"这是诗史进程的必然结果"；另一方面，也跟苏黄对佛禅艺术的吸收有很大关系。韩愈诗歌强调儒家文艺思想的传统与正统，强调创作主体性，苏轼则在诗歌中突出物的自性。如元丰三年（1080）《定惠院颙师为余竹下开啸轩》云："啼㭴催天明，喧喧相觝谯。暗蛩泣夜永，唧唧自相吊。饮风蝉至洁，长吟不改调。食土蚓无肠，亦自终夕叫。鸢贪声最鄙，鹊喜意可料。皆缘不平鸣，恸哭等嬉笑。阮生已粗率，孙子亦未妙。道人开此轩，清坐默自照。冲风振河海，不能号无窍。累尽吾何言，风来竹自啸。"② 此诗先写各种动物之"皆缘不平鸣"，与韩愈同一取径，但后面却以"清坐默自照"的道人为例，赞其"无窍"而风不能鸣。惟其自身不鸣，方能听见万物自然之声，如"风来竹自啸"。该诗固然表现出黄州之贬后苏轼心境的变化，但仔细推敲，这变化里却有意无意地展现着苏轼对佛禅空静艺术的深刻体认。

　　在苏轼诗歌中，展现物的自性有三种方式。一是以"万象"为代表的自然整体，如元祐六年（1091）《十月十四日以病在告，独酌》云："……一杯赏月露，万象纷酬酢……泠然心境空，仿佛来笙鹤……"③ 二是通过具体的物象来表现，如元丰七年（1084）四月《自兴国往筠，宿石田驿南二十五里野人舍》云："横道清泉知我渴……惟见孤萤自开阖。"④ 三是将"自我"

---

① 莫砺锋：《唐宋诗歌论集·论韩愈诗的平易倾向》，凤凰出版社，2007，第160页。
② 张志烈、马德富、周裕锴主编《苏轼全集校注》第4册，河北人民出版社，2010，第2216页。
③ 张志烈、马德富、周裕锴主编《苏轼全集校注》第6册，河北人民出版社，2010，第3788页。
④ 张志烈、马德富、周裕锴主编《苏轼全集校注》第4册，河北人民出版社，2010，第2538页。

物化,达到静境,体现出自性,这跟老庄哲学也有一定的关系。如元符三年(即1100年,此诗编年存在疑问,此从《苏轼全集校注》之说)《和陶归去来兮辞》云:"廓圆镜以外照,纳万象而中观。治废井以晨汲,瀹百泉之夜还。守静极以自作,时爵跃而鲵桓。"① "圆镜"典出《楞严经》卷五:"又于自心现大圆镜,内放十种微妙宝光,流灌十方尽虚空际。"② "守静"典出《老子》第十六章:"致虚极,守静笃。万物并作,吾以观复。"③ "鲵桓"出自《庄子·应帝王》:"鲵桓之审为渊。"④ 可见苏轼把佛禅与老庄思想融会贯通起来,在其诗歌中就表现出物我交融、各尽其性的奇观。如绍圣二年(1095)《残腊独出二首》其一云:"幽寻本无事,独往意自长。钓鱼丰乐桥,采杞逍遥堂。罗浮春欲动,云日有清光。处处野梅开,家家腊酒香。路逢眇道士,疑是左元放。我欲从之语,恐复化为羊。"⑤ 又其二云:"江边有微行,诘曲背城市。平湖春草合,步到栖禅寺。堂空不见人,老稚掩关睡。所营在一食,食已宁复事。客来岂无得,施子净扫地。风松独不静,送我作鼓吹。"⑥ 洪迈《容斋三笔》卷十一"东坡三诗"云:"东坡初赴惠州,过峡山寺,不值主人,故其诗云:'山僧本幽独,乞食况未还。云碓水自春,松门风为关。石泉解娱客,琴筑鸣空山。'既至惠州,残腊独出,至栖禅寺,亦不逢一僧,故其诗云:'……'后在儋耳,作

---

① 张志烈、马德富、周裕锴主编《苏轼全集校注》第7册,河北人民出版社,2010,第5092页。
② 杨维中译注《楞严经》,中华书局,2010,第239~240页。
③ 陈仙月:《道德经译注》,宗教文化出版社,2013,第34页。
④ 陆永品:《庄子通解》,中央编译出版社,2015,第74页。
⑤ 张志烈、马德富、周裕锴主编《苏轼全集校注》第7册,河北人民出版社,2010,第4699页。
⑥ 张志烈、马德富、周裕锴主编《苏轼全集校注》第7册,河北人民出版社,2010,第4701页。

《观棋》诗,记游庐山白鹤观,观中人皆阖户昼寝,独闻棋声云:'五老峰前,白鹤遗址。长松荫庭,风日清美。我时独游,不逢一士。谁欤棋者,户外屦二。不闻人声,时闻落子。'其寂寞冷落之味,可以想见。句语之妙,一至于此。"① 这些诗歌或写禅寺,或写道观,苏轼或"堂空不见人",或"不逢一士",就常情来说,确实"寂寞冷落",而从诗情来看,没有他人打扰,正便于苏轼观察万物自性,遂与之交融无碍。

值得注意的是,苏轼在摹写自性的时候,对其中的"寒俭有僧态"则予以剔除。苏轼《书司空图诗》云:"司空表圣自论其诗,以为得味外味。'绿树连村暗,黄花入麦稀',此句最善。又云:'棋声花院闭,幡影石坛高。'吾尝独游五老峰,入白鹤观,松阴满地,不见一人,惟闻棋声,然后知此句之工也。但恨其寒俭有僧态。若杜子美云:'暗飞萤自照,水宿鸟相呼。四更山吐月,残夜水明楼。'则材力富健,去表圣之流远矣。"② 苏轼不仅以杜甫的诗歌为例加以纠正,也用自己的作品说话,如绍圣五年(1098)《观棋》,其引云:"予素不解棋。尝独游庐山白鹤观。观中人皆阖户昼寝,独闻棋声于古松流水之间,意欣然喜之。自尔欲学,然终不解也。儿子过乃粗能者,儋守张中日从之戏,予亦隅坐,竟日不以为厌也。"③ 其诗云:"五老峰前,白鹤遗址。长松荫庭,风日清美。我时独游,不逢一士。谁欤棋者,户外屦二。不闻人声,时闻落子。纹枰坐对,谁究此味。空钩意钓,岂在鲂鲤。小儿近道,剥啄信指。胜固欣然,

---

① 洪迈:《容斋随笔》,夏祖尧、周洪武校点,岳麓书社,2006,第426页。
② 李之亮笺注《苏轼文集编年笺注》第9册(诗词附),巴蜀书社,2011,第266页。
③ 张志烈、马德富、周裕锴主编《苏轼全集校注》第7册,河北人民出版社,2010,第4984~4985页。

败亦可喜。优哉游哉，聊复尔耳。"① 胡仔《苕溪渔隐丛话后集》卷十二"刘梦得"条间接批评此诗云："梦得观棋歌云：'初疑磊落曙天星，次见搏击三秋兵。雁行布阵众未晓，虎穴得子人皆惊。'予尝爱此数语，能模写弈棋之趣。梦得必高于手谈也。至东坡《观棋》则云：'胜固欣然，败亦可喜。优哉游哉，聊复尔耳。'盖东坡不解棋，不究此味也。"② 汪师韩《苏诗选评笺释》卷六则云："轼尝论司空图'棋声花院闭，幡影石幢高'之句，以为'吾尝入白鹤观，松阴满地，不见一人，惟闻棋声，然后知此句之工。但恨其寒俭有僧态'。数语可谓定评矣。此四言一章，则甚似规橅二十四品之文者。清幽静妙，真得味外之味，然何尝带一毫寒俭气耶？胡仔强作解事，乃谓不如梦得之歌。梦得直是棋赋耳，岂能于迹象之表别具神解乎？"③ 所驳甚是。

这种现象极为普遍，如元丰二年（1079）《舟中夜起》云："微风萧萧吹菰蒲，开门看雨月满湖。"纪昀《纪评苏诗》卷一八云："初听风声，疑是雨；开门视之，月乃满湖。此从'听雨寒更尽，开门落叶深'化出。"④ 此句出自释无可《秋寄从兄贾岛》："暝虫喧暮色，默思坐西林。听雨寒更彻，开门落叶深。昔因京邑病，并起洞庭心。亦是吾兄事，迟回共至今。"⑤ 这是从诗句立意方面来看。而从全诗的静态描写来看，则苏诗比释无可更为从容、大气。诗接下来云："舟人水鸟两同梦，大鱼惊窜如奔狐。夜深人物不相管，我独形影相嬉娱。暗潮生渚吊寒

---

① 张志烈、马德富、周裕锴主编《苏轼全集校注》第7册，河北人民出版社，2010，第4985页。
② 吴文治：《宋诗话全编》第4册，江苏古籍出版社，1998，第4039~4040页。
③ 曾枣庄、舒大刚：《三苏全书》第9册，语文出版社，2001，第308~309页。
④ 张志烈、马德富、周裕锴主编《苏轼全集校注》第3册，河北人民出版社，2010，第1969页。
⑤ 陈贻焮：《增订注释全唐诗》第5册，文化艺术出版社，2001，第441页。

蚓，落月挂柳看悬蛛。此生忽忽忧患里，清境过眼能须臾。鸡鸣钟动百鸟散，船头击鼓还相呼。"从静景中生动，并不执着于静态，故查慎行《初白庵诗评》卷中评价说："极奇幻极远极近境界，俱从静中写出。"①

（二）泯灭我执、法执

佛禅追求自性，但又强调破除"我执""法执"，如洞山良价禅师《过水颂》云："切忌从他觅，迢迢与我疏，我今独自往，处处得逢渠。渠今正是我，我今不是渠。应须恁么会，方得契如如。"意谓："千万不要从他处寻觅，寻觅得越远离真我越远；若能灵光独照，处处都能见到他此时的他正是真我，真我却又不是他。应该这样去领悟，才能够契合本来的境界。"②苏轼对此也有自己的体会，如元丰二年（1079）五月《王巩清虚堂》云："清虚堂里王居士，闭眼观心如止水。水中照见万象空，敢问堂中谁隐几？"③破除"我执"是对创作主体的泯灭，物的自性也因此得以更自由地呈现，如元祐三年（1088）《书王定国所藏王晋卿画着色山二首》其一云："我心空无物，斯文何足关？君看古井水，万象自往还。"④周裕锴先生分析此句云："在心灵平静的水面上，一切喧嚣和激动化为乌有。""喧嚣和激动"缘于心生，当其化为乌有的时候，也是"我执"破除之际⑤。因为破除"我执"，所以"我"既不在，又处处都在。这种奇特的现

---

① 张志烈、马德富、周裕锴主编《苏轼全集校注》第3册，河北人民出版社，2010，第1970页。
② 天童正觉、万松行秀：《从容录》，尚之煜点评，宗教文化出版社，2013，第180页。
③ 张志烈、马德富、周裕锴主编《苏轼全集校注》第3册，河北人民出版社，2010，第2011页。
④ 张志烈、马德富、周裕锴主编《苏轼全集校注》第5册，河北人民出版社，2010，第3418页。
⑤ 周裕锴：《宋代诗学通论》，上海古籍出版社，2007，第62页。

象，用逻辑语言很难描述，反而在文学语言中更易把握，如元符三年（1100）《和黄秀才鉴空阁》云："明月本自明，无心孰为境？挂空如水鉴，写此山河影。我观大瀛海，巨浸与天永。九州居其间，无异蛇盘镜。空水两无质，相照但耿耿。妄云桂兔蟆，俗说皆可屏。"①前四句写无我之境，后句接以"我观"，此"我"自然可以指代诗外的作者，也能与创造万物（佛禅认为是幻化万物）的清净自性交融无碍，因为诗歌写作本来也是一种创造，所以可在虚实、文本的交替组合中，实现非我非非我的表达意图。

（三）宾主交融，达其真实

佛禅常以宾主对答的方式参禅证悟，如《碧言录》中的"镜清雨滴"条记载云："镜清禅师问僧：'门外是什么声？'僧云：'雨滴声。'清云：'众生颠倒，迷己逐物。'"②雨声是自己的心声所动，如果不悟，生出分别，在禅僧看来就是颠倒。苏轼在《次周焘韵》诗中对此也有涉及，其序云："周焘游天竺，观激水，作诗云：'拳石耆婆色两青，竹龙驱水转山鸣。夜深不见跳珠碎，疑是檐间滴雨声。'东坡和之。"其诗云："道眼转丹青，常于寂处鸣。早知雨是水，不作两般声。"③山公注云："傅大士《金刚颂》：'天眼通非阂，肉眼阂非通。法眼惟观俗，慧眼真缘空。佛眼如千日，照异体还同。'按此诗宗旨暗用傅颂，而以'道眼'包摄五眼。"④又："《楞严》偈云：'声无既无灭，

---

① 张志烈、马德富、周裕锴主编《苏轼全集校注》第 8 册，河北人民出版社，2010，第 5196 页。
② 圆悟克勤：《碧岩录解析》，子愚居士译，宗教文化出版社，2014，第 94 页。
③ 张志烈、马德富、周裕锴主编《苏轼全集校注》第 5 册，河北人民出版社，2010，第 3487 页。
④ 冯应榴：《苏轼诗集合注》第 4 册，黄任轲、朱怀春校点，上海古籍出版社，2001，第 1581 页。

声有亦非生。生灭二缘离,是则常真实。'乃此诗'常于寂处鸣'五字脚注。"① 在道眼面前,万物一体,皆有佛性,又何必强分宾主;无生无灭,乃达真实。尽管苏轼是通过说理(即雨跟水原是一物)而非体悟的方式表达,但结果都一样,都是通过泯灭差别、宾主交融,从而达其真实。

宾主交融与文学中惯用的情景交融手法颇为类似,但在目的上有所差别。前者是为抵达更高一层的真实,而后者是为取得浑然一体的艺术效果。这在元丰五年(1082)《红梅三首》中表现较为明显,全诗三首,最成功的是第一首,纪昀《纪评苏诗》卷二一云:"后二首蛇足。"组诗其一云:"怕愁贪睡独开迟,自恐冰容不入时。故作小红桃杏色,尚余孤瘦雪霜姿。寒心未肯随春态,酒晕无端上玉肌。诗老不知梅格在,更看绿叶与青枝。"自注:"石曼卿《红梅》诗云:'认桃无绿叶,辨杏有青枝。'"② 自注与苏轼《评诗人写物》同意。汪师韩《苏诗选评笺释》卷三云:"不着意红字则泛衍,然一落色相,又如途途附矣。石延年句岂不贴切?而诗谓其不知梅格。知此可与言诗。"纪昀说得更清楚:"中有寓托,不同刻画形似故也。"石延年的诗,虽刻画精细,但仅如水映万物之形而已。苏轼此诗在映其形的同时,赋予其品格。此品格不仅与儒家创作主体相关,也与佛禅艺术关联甚深,因为这种品格与其说是红梅或苏轼所有,不如说是二者融汇后共同体现出来的真实境界。

既然宾主交融是为抵达真实境界,而真实也即佛性真如,那么它体现在万物之中,自然也体现于自我身上,只是此时若

---

① 冯应榴:《苏轼诗集合注》第4册,黄任轲、朱怀春校点,上海古籍出版社,2001,第1582页。
② 张志烈、马德富、周裕锴主编《苏轼全集校注》第4册,河北人民出版社,2010,第2326页。

能不把自我看作自我，明白其为真如本性，则为不迷。苏轼元祐六年（1091）所作《赠月长老》便是如此："天形倚一笠，地水转两轮。五霸之所运，毫端栖一尘。功名半幅纸，儿女浪苦辛。子有折足铛，中容五合陈。十年此中过，却是英特人。延我地炉坐，语软意甚真。白灰如积雪，中有红麒麟。勿触红麒麟，作灰维那瞋。拱手但默坐，墙壁方谆谆。今宵恨客多，污子白氎巾。后夜当独来，不烦主与宾。蒲团坐纸帐，自要观我身。"① 纪昀《纪评苏诗》卷三四云："纯作禅语，却无偈颂之气。"原因就在于苏轼对此有深入的体会，所以他能够入禅精深而出以容易。

通过以上的论述可以看到，以苏轼为代表的宋代诗人，他们认为诗并非仅仅来自诗人内部，也不仅仅来自诗人外部，而是在兼有二者的基础上，认为诗有来自诗人内部的部分，也有来自诗人外部的成分，也就是说，诗在一定程度上因脱离诗人的掌控而有一定的独立性；这种观点，是在继承中唐时期由韩愈等人保存、发扬下来的儒家文艺思想的传统上，吸收佛禅思想资源，从而得以形成并变得更为通透、灵活、自然。佛禅艺术一方面破除我执、抵达真实，对心性追求的深化确实有所影响；但另一方面，破除我执对展现万物自性也有积极作用，表现在宋人对外物的关注与体悟的书写之中。学界惯常认为中唐至北宋之间只展现出继承的连贯，而对此不同和发展有所忽略。

四 余论

唐宋转型论在古典诗歌研究领域得到积极回应，相关著作

---

① 张志烈、马德富、周裕锴主编《苏轼全集校注》第 6 册，河北人民出版社，2010，第 3772~3773 页。

层出不穷[1]。近年学界主要从两个角度展开论述：一是围绕某个对象在唐宋时间段中的变化展开，如刘宁女史以"元和体"为中心[2]、杨晓山先生从"私人领域"（private distinction）切入[3]；二是通过更新理论方法，使研究结论更贴近历史事实，如谢琰先生的"中观写作"[4]。此外，李贵先生将目光聚焦于唐宋转型期的中间段，即"文学史上的'中唐－北宋'连贯说"[5]。尽管诸位学者都注意到其论述对象在时间变化中的异同，但比较而言，学术范式的选择在一定程度上决定着论述重心和研究倾向，如"转型"和"连贯"之差别，即具体体现在谢先生和李先生对韩愈诗歌的观照取舍上[6]。本文则通过分析具体问题，在总结上述成果的同时，试图对这类唐宋"转型"或"连贯"说有所突破，从而展现出唐宋诗歌发展的复杂性。

日本学者浅见洋二先生提出一个有趣的问题："诗是生于何处、来自何处的呢？"[7] 即诗是来自诗人内部还是外部？这个问题源于苏轼"春江有佳句，我醉堕渺茫"。笔者在阅读苏轼诗歌的过程中也注意到此一问题，遗憾的是，拜读完浅见洋二先生的论述后，发现他把这个问题转化为诗歌技巧和诗歌现象（如"梦中得句"），而没有从诗歌观念方面进行深入探究。从前文的

---

[1] 可参见谢琰《北宋前期诗歌转型研究》中的"唐宋诗歌转型研究综述"（北京大学出版社，2013，第2~23页）等。
[2] 刘宁：《唐宋之际诗歌演变研究：以元白之"元和体"的创作影响为中心》，北京师范大学出版社，2002。
[3] 杨晓山：《私人领域的变形：唐宋诗歌中的园林与玩好》，文韬译，江苏人民出版社，2008。
[4] 谢琰：《北宋前期诗歌转型研究》，北京大学出版社，2013。
[5] 李贵：《中唐至北宋的典范选择与诗歌因革》，复旦大学出版社，2012。
[6] 谢先生主要探讨"韩体的尊与变"，而李先生则主要关注"韩愈与'宋调运动'"的联系。
[7] 浅见洋二：《距离与想象：中国诗学的唐宋转型》，金程宇、冈田千穗译，上海古籍出版社，2013，第391页。

分析中可以看出,苏轼对"诗从何出"的老问题给出新答案,即诗不是从心所出,也不是从物所出,而来自佛性真如的"真巧",并非幻影。

第二节 兼性共生:苏轼诗、佛关系新论

诗学与佛学的关系(尤其是诗禅关系),历来受到诗人、诗僧、诗论家和学者的广泛关注,并在具体问题与理论阐释等方面取得了较大成果。但其研究过程中,存在着一种不健康的倾向,即把诗、佛的先天关系与其在历史发展中形成的后天关系混为一谈,从而造成诗、佛关系研究的失序。诗学与佛学本身拥有很多共同之处,也正是在这个基础上,诗佛关系获得了历史发展的起点。然而,随着时代变迁,传播环境、接受身份、使用语境发生巨变,诗佛关系变得更为复杂。忽略这种复杂性而对其笼统地加以研究,得出的结论难免偏颇。实际上,诗佛关系呈现出由"兼性共生"向"专性共生"[1]发展的趋势,即诗佛(主要表现为诗禅)的紧密度不断加强。由于诗佛分属艺术与宗教的不同门类,所以"专性共生"始终没有成为普遍的历史事实,而"兼性共生"则成为诗佛关系中的主流。这一方面揭示出诗、佛的独立性;另一方面也为重新反思佛学影响诗

---

[1] 所谓"兼性共生"(facutative symbiosis)与"专性共生"(obligate symbiosis),是借用生态学概念,二者同属于共生关系(mutualism),即两种生物生活在一起,相互依赖,长期共存。有的共生关系只是提高共生生物的生存概率,但并不是必需的,叫作兼性共生;有的共生生物需要借助共生关系来维系生命,这属于专性共生。诗佛关系,从皎然、齐己、王维、苏轼、参寥等诗人、诗僧身上来看,主要呈现出兼性共生的互惠关系,到严羽等开始以禅喻诗,诗佛关系渐渐呈现出严重的依赖现象,有专性共生的倾向。笔者将另撰专文讨论。

学提供了新的角度。本文即从"兼性共生"视角,廓清苏轼诗佛关系研究中的相关问题,从而推动苏轼研究乃至整个诗佛关系研究的深入发展。

一 重回兼性:查慎行、王文诰之争的实质

问题源于清代学者对苏轼一首诗的争论。嘉祐六年(1061),苏轼二十六岁,出任签署凤翔府判官。苏辙虽然被任为商州推官,但因苏洵在京编修《太常因革礼》,无人照料,故留京侍奉。苏辙送苏轼赴职,在郑州分开后,折返汴京,并创作《怀渑池寄子瞻兄》。苏轼路上经过渑池(今河南渑池县西),写有一首回答苏辙的和诗,即《和子由渑池怀旧》。诗中创造出"雪泥鸿爪"的著名比喻:"人生到处知何似?应似飞鸿踏雪泥。泥上偶然留指爪,鸿飞那复计东西。"① 这个比喻的独创性原无可怀疑,然而清代学者本着寻典注诗的意图,指出苏轼引用了天衣义怀禅语,直到这时这一问题才变得复杂起来。

查慎行在《补注东坡编年诗》卷三中解释"飞鸿留爪"时云:"《传灯录》:天衣义怀禅师云:'雁过长空,影沉寒水。雁无遗迹之意,水无留影之心。若能如是方解向异类中行。'先生此诗前四句暗用此话。"对于查慎行的看法,后人或赞同,或反驳。赞同者,如冯应榴虽然指出天衣义怀禅语出自《五灯会元》而非《传灯录》,但在《苏轼诗集合注》中加以引用,且云:"陈溧云:'雪泥鸿爪当出佛经。'马含中《雪》诗:'不注飞鸿注蹇驴。'盖讥坡诗注之陋也。俟再考。"② 冯应榴比较倾向于认

---

① 张志烈、马德富、周裕锴主编《苏轼全集校注》第 1 册,河北人民出版社,2010,第 186 页。
② 冯应榴:《苏轼诗集合注》,黄任轲、朱怀春校点,上海古籍出版社,2001,第 91 页。

第三章 "诗法不相妨,此语当更请"

可查慎行的观点。反驳者,主要以王文诰为代表。王文诰在《苏文忠公诗编注集成》卷三中说:"公后与王彭遇,始闻释氏之说,本案已立专条,非比往时注家指东画西皆可附会也。查注引《传灯录》义怀语,谓此四句本诸义怀,诬枉已极。凡此类诗,皆性灵所发,实以禅语,则诗为糟粕,句非语录,况公是时并未闻语录乎?《敬业堂集》清通幽秀之句不乏,今概以禅语实之,如初白有知,能不奋然怒骂以头抢地下乎?合注不知删驳,反谓义怀语出《五灯会元》,不出《传灯录》,可谓以五十步笑百步矣。"① 对于前人争论,后世学者在论述佛学影响苏轼时依然多赞同查慎行的观点。比较而言,王水照之说较为通脱:"苏辙原诗开头两句云:'相携话别郑原上,共道长途怕雪泥。'苏轼从'雪泥'引发,变实写为虚拟,创造出'雪泥鸿爪'的有名比喻,喻指往事所留痕迹,以表示人生的偶然、无定之慨,不必拘泥佛典。"②

综合以上说法,争论的核心在于苏轼"雪泥鸿爪"的灵感来源究竟是禅语还是诗语。就该问题本身来看,答案是难以确定的,因为存在诸多情况。王文诰反驳的最重要的证据,是苏轼在写这首诗之后才接触佛书(尤其是语录),其荐引人为王彭(大年)。苏轼《王大年哀词》云:"君博学精练,书无所不通。尤喜予文,每为出一篇,辄拊掌欢然终日。予始未知佛法,君为言大略,皆推见至隐以自证耳,使人不疑。予之喜佛书,盖自君发之。"③ 既然苏轼自己承认接触佛法、佛书是"盖自君发之",那在遇见王彭之前不知道天衣义怀禅语也极为正常。但问

---

① 王文诰辑注《苏轼诗集》,孔凡礼点校,中华书局,1982,第97页。
② 王水照辑注《苏轼选集》(修订本),中华书局,2015,第5页。
③ 苏轼:《苏轼文集》,孔凡礼点校,中华书局,1986,第1965页。

题在于，苏轼母亲信奉佛法，且诗中已说"老僧已死成新塔"，说明苏轼在遇见王彭之前也跟僧人有交往，而王彭对苏轼的影响，在于告诉他佛法"大略"，并佐以自身体验，从而使他"喜"佛书，并不意味着苏轼之前就肯定没有接触过。再者，苏轼写作此文的目的，在于回忆王彭事迹，从而体现出对逝者的赞美和哀悼，因此行文之中，难免不夹杂夸张。从这种种因素考虑，要断定苏轼诗中灵感一定跟天衣义怀禅语无关，王文诰给出的证据还很难成立。

且王文诰对查慎行的反驳也颇为武断。查慎行是清初著名诗人，其《敬业堂集》中有很多好诗，王文诰想让查慎行自相矛盾，故拿其诗作中近于禅意者调侃。但是仔细分析查慎行的注解，其原意在于指出苏轼诗句有来源，而并没有否定苏轼此诗的"性灵所发"。因为宋诗尤其是苏诗的很大特点，在于诗有所本而又为其所用，所以指出苏诗的语料来源，并不一定就意味着否定其成就。查慎行如有此目的，何必浪费大量时间、精力为苏诗作注？而王文诰仅仅因为查慎行指出语典，便说"实以禅语，则诗为糟粕"，实在反应过激。王文诰拿查慎行创作的"清通幽秀"之诗与禅语相比，但苏轼"雪泥鸿爪"之喻，"清通"之处或有，"幽秀"之意实无，二者不可相提并论。因此，王文诰之语当别有用意。

王文诰的关键看法在"凡此类诗，皆性灵所发，实以禅语，则诗为糟粕"一句。与查慎行从诗歌用典创作角度出发不同，王文诰从诗歌鉴赏的角度出发，认为此类性灵所发之诗，如果用禅语坐实，则有损诗艺，使诗歌成为糟粕。王文诰的担忧自有历史依据，其讨论的核心问题并非苏轼是否运用禅语入诗，而在于是否要用禅语才能解释诗中妙处。为证明诗中妙处实为性灵所发而非禅意，最好的办法当然就是截断诗句与禅语的联系,一旦诗句与禅语无关,从禅意角度鉴赏诗歌的途径也就不复存在。

以严羽以禅喻诗为标志,诗与禅的关系倾向于专性共生,即诗日渐离不开禅。这种过度忽略诗歌本身特点而与禅捆绑的做法,不仅使诗歌受到损害,更对诗佛关系造成负面影响。王文诰的做法,是对这种专性共生倾向的反对,虽然矫枉过正,但其重回兼性的客观价值却不容否定。他提醒人们拨开禅之迷雾,直接欣赏诗之妙处,这无疑扩大了诗之境界,丰富了诗之内涵,而这正与苏诗的特点一致。虽然苏轼主张"诗法不相妨",即佛学与诗学不是互相妨碍,而是彼此助益,但以苏轼海纳百川的气概,他是把佛学作为诗歌资源之一和阐释资源之一而加以吸收的。那些看似继承苏轼诗佛观点的诗论家[①],实际上却是背离;王文诰看似矛盾,却真正契合。下文从诗歌资源和阐释资源两方面论述苏轼诗、佛关系的兼性共生特点。

二 从诗观到诗风:诗学思想来源层面的兼性共生

在苏轼诗佛关系研究中,学者喜欢把苏轼的某些诗学特点归结于佛学修养。如前文所述,这是颇为片面的观点。为更好地加以证明,我们不妨对苏诗从诗观到诗风的各方面分别加以论述。从某种意义上来讲,佛学作为思想资源,其根本影响所在表现在诗学上,是针对诗学思想产生效果的,即佛学扮演着思想来源的作用,这在诗人的诗歌观念和作品体现出来的诗歌风格中都有不同程度的体现。需要强调的是,佛学尽管在文本层面也对苏轼作品存在一定影响,但这些都不是常识意义上的诗歌,因此并不纳入诗佛关系的考察之中。如贬谪黄州后创作

[①] 如严羽,这就难怪严羽吸收苏轼观点却反而批评苏轼,详见《沧浪诗话》。

的一些类似佛语的作品，《与腾达道五首》其二云："自得罪以来，不敢作诗文字。近有成都僧惟简者，本一族兄，甚有道行，坚来要作《经藏碑》，却之不可。遂与变格都作迦语，贵无可笺注。"① 又如苏轼创作的大量偈语作品。

苏轼的诗观极为复杂，其中与佛学关系最密切的是空静诗观。空静诗观出自元丰元年（1078）十二月所作《送参寥师》："欲令诗语妙，无厌空且静。静故了群动，空故纳万境。阅世走人间，观身卧云岭。咸酸杂众好，中有至味永。诗法不相妨，此语当更请。"② 从这首诗的诗题及其诗意来看，空静观来自佛学是毫无疑问的。这里存在的问题是，如果没有佛学思想，苏轼是否就缺失这一诗观？这就需要先揭示这首诗的写作目的，再对涉及的观念追本溯源。

该诗是送给参寥的，诗中说"诗法不相妨，此语当更请"，联系到全诗对韩愈《送高闲上人序》中表达的"僧人达不到艺术高境"观点的否定，则该诗是对作为僧人的参寥写诗的鼓励。无独有偶，两年之后，苏轼又在书信中更加明确地表达对参寥写诗的支持，元丰三年（1080）《与参寥子》其二云："笔力愈老健清熟，过于向之所见，此于至道，殊不相妨，何为废之耶？"③ 既然全诗的目的，是鼓励写诗的僧人朋友，那么在诗中阐发僧人易懂的佛理，并针对朋友的困惑而有的放矢地表达诗观，就再正常不过了（第三节将重点涉及，故此处点到为止）。所以不能因为该诗涉及佛理而认为苏轼的空静观完全源于佛学。

---

① 张志烈、马德富、周裕锴主编《苏轼全集校注》第20册，河北人民出版社，2010，第8586页。
② 张志烈、马德富、周裕锴主编《苏轼全集校注》第3册，河北人民出版社，2010，第1892~1893页。
③ 张志烈、马德富、周裕锴主编《苏轼全集校注》第18册，河北人民出版社，2010，第6706页。

第三章 "诗法不相妨，此语当更请"

其实，苏轼不止一次表达过类似的观点。早在"喜"佛书之前就表达过，嘉祐六年（1061）《上曾丞相书》云："轼不佞，自为学至今，十有五年。以为凡学之难者，难于无私。无私之难者，难于通万物之理。故不通乎万物之理，虽欲无私不可得也。己好则好之，己恶则恶之，以是自信则惑也。是故幽居默处而观万物之变，尽其自然之理，而断之于中。"① 这里是以天地"无私"的儒家易理推演"幽居默处而观万物之变"的道理。约熙宁二年（1069）《祭刘原父文》也说："惟其至明，以有众无。譬如鉴然，物至而受。罔有不照，斯以为富。"② 这都与空静诗观的重要论点一致。

当然，此类观点与道家思想的关系更为密切。老庄也讲"故常无欲，以观其妙"③。在苏轼自己的作品中，以绍圣五年（1098）《众妙堂记》较有代表性。该文说："……其徒有诵《老子》者曰：'玄之又玄，众妙之门。'予曰：'妙一而已，容有众乎？'道士笑曰：'一已陋矣，何妙之有？若审妙也，虽众可也。'因指洒水薙草者曰：'是各一妙也。'予复视之，则二人者手若风雨，而步中规矩，盖焕然雾除，霍然云散。予惊叹曰：'妙盖至此乎！庖丁之理解，郢人之鼻斫，信矣。'二人者释技而上，曰：'子未睹真妙，庖、郢非其人也。是技与道相半，习与空相会，非无挟而径造者也。子亦见夫蜩与鸡乎？夫蜩登木而号，不知止也。夫鸡俯首而啄，不知仰也。其固也如此。然至蜕与伏也，则无视无听，无饥无渴，默化于荒忽之中，候伺

---

① 张志烈、马德富、周裕锴主编《苏轼全集校注》第16册，河北人民出版社，2010，第5199页。
② 张志烈、马德富、周裕锴主编《苏轼全集校注》第18册，河北人民出版社，2010，第6998页。
③ 王弼：《老子道德经注校释》，楼宇烈校释，中华书局，2008，第1页。

于毫发之间，虽圣智不及也……'"①先看"妙一而已"，"一"与"众"相对，可以看作我与万物相对，则这一阶段是有我之境；第二阶段是以我放之万物，皆为可观，即"若审妙也，虽众可也"，这是对其他思想进行吸收，表现在艺术上，是"技与道相半，习与空相会"；第三阶段是无我而万物莫非我者的境界，表现在艺术上，就是"无挟而径造"。其《广州何道士众妙堂》诗表达的意思也是如此②。

由此可见，空静诗观乃是苏轼吸收儒、释、道思想观念③，并在自身的诗歌创作中学习、体会、探索、总结出来的，而不能说没有佛学就一定不会产生。与此类似的情况也体现在苏轼诗风上面。作为苏诗艺术风格特色之一的博喻，也并非仅仅来自佛学，它与儒家礼学颇有渊源。

元丰元年（1078）十月，苏轼作有《百步洪二首》，其一云："长洪斗落生跳波，轻舟南下如投梭。水师绝叫凫雁起，乱石一线争磋磨。有如兔走鹰隼落，骏马下注千丈坡。断弦离柱箭脱手，飞电过隙珠翻荷。"④此诗历来受到激赏，如赵翼《宋金元三家诗选》批语："六七层譬喻，一气喷出，而不觉其拉杂，岂非奇作？"查慎行《初白庵诗评》卷中："联用比拟，局阵开拓，古未有此法，自先生创之。"纪昀《纪评苏诗》卷十

---

① 张志烈、马德富、周裕锴主编《苏轼全集校注》第11册，河北人民出版社，2010，第1142~1143页。
② 尤其是末句"欲收月魄餐日魂，我自日月谁使吞"，把"我"与"日月"合为一体。
③ 事实上，苏轼在吸收各家思想的基础上，已经形成自己的思想，如张志烈就认为苏轼"在学习中将三家精神根本性的主张'打通'，以他特有的熔铸才能，构造成了一个周密的思想结构"。参见张志烈《诗性智慧的和弦——儒释道与苏轼的艺术人生》，《西南师范大学学报》（哲学社会科学版）2000年第3期。
④ 张志烈、马德富、周裕锴主编《苏轼全集校注》第3册，河北人民出版社，2010，第1859页。

第三章 "诗法不相妨，此语当更请"

七："只用一'有如'贯下，便脱去连比之调，一句两比，尤为创格。"钱锺书则将之定义为"博喻"，其《宋诗选注》解题云："他在风格上的大特色是比喻的丰富、新鲜和贴切，而且在他的诗里还看得到宋代讲究散文的人所谓'博喻'或者西洋人所称道的莎士比亚式的比喻，一连串把五花八门的形象来表达一件事物的一个方面或一种状态。"① 那么，苏轼的博喻风格究竟来源于何处呢？

从历史上看，人们对这一问题至少给出三种答案。第一种认为来自《庄子》。方东树《昭昧詹言》卷一二云："惜抱先生曰：'此诗之妙，诗人无及之者也，惟有《庄子》耳。'余谓此全从《华严》来。"而方东树的看法则是第二种答案，即从佛典而来，同样看法的还有陈衍，其《宋诗精华录》卷二云："'兔走'四句，从六如来，从韩文'烛照'、'龟卜'来。"六如指《金刚经》。尽管钱锺书也指出博喻从《庄子·天运》篇中来，但早从方东树开始，来自《庄子》的说法便受到佛学的挑战，而佛学观点也得到后世研究者的普遍留意与赞同。至于钱先生指出《诗经》中已有此类写法和陈衍所说的韩愈之文，则属于第三种答案，但由于仅仅是诗文内部的承继，而与老释相去甚远，故没有得到应有的重视。钱锺书还说："上古理论家早已着重诗歌语言的形象化，很注意比喻；在这一点上，苏轼充分满足了他们的要求。"② "上古理论家"的资料是指《礼记》第十八《学记》"不学博依，不能安诗"，但钱氏对其重要性的关注不够。通过分析、补充这一点，我们起码可以把第三种答案的重要性提到跟老、释同样的地位上。

① 钱锺书：《宋诗选注》，人民文学出版社，2005，第62页。
② 钱锺书：《宋诗选注》，人民文学出版社，2005，第63页。

首先,"博喻"一词较早地出现在《礼记》之中,跟儒家思想关系密切。《礼记正义·学记》第十八云:"不学博依,不能安诗。"郑玄注:"博依,广譬喻也。"① 孔颖达疏云:"不学博依不能安诗者,此教诗法者。诗是乐歌,故次乐也。博,广也。依谓依倚也,谓依附。譬,喻也。若欲学诗,先依倚广博譬喻。若不学广博譬喻,则不能安善其诗。以诗譬喻故也。"② 《学记》又云:"君子知至学之难易,而知其美恶,然后能博喻。能博喻,然后能为师。能为师,然后能为长。能为长,然后能为君。"孔颖达疏:"然后能博喻者,博喻,广晓也。若知四事为主,触类长之,后乃得为广有晓解也。"③ 博依与博喻之解释,郑、孔看似不同,实则一致。譬喻者,以其易晓也。故《礼记》之文多譬喻,尤其是博喻。而博喻的关键就在于类比,其云:"古之学者,比物丑类。"孔颖达疏:"比物丑类者,既明学者仍见旧事,又须以时事相比方也。物,事也。言古之学者,比方其事以丑类,谓以同类之事相比方,则事学乃易成。既云古学如斯,则今学岂不然?"《学记》于"比物丑类"后,即加以实践:"鼓,无当于五声,五声弗得不和;水,无当于五色,五色弗得不章;学,无当于五官,五官弗得不治;师,无当于五服,五服弗得不亲。"孔颖达疏:"此经论师道之要,以余事譬之。此以下四章,皆上比物丑类也。"④ 所云甚是。

而苏轼继承苏洵礼学,对《礼记》极为熟悉,自然受之影响,在诗中也有精妙运用。从礼仪方面来看,如元丰七年(1084)八月《秦少游梦发殡而葬之者,云是刘发之柩。是岁发

---

① 阮元:《十三经注疏·礼记》,中华书局,2009,第 3299 页上。
② 阮元:《十三经注疏·礼记》,中华书局,2009,第 3299 页下。
③ 阮元:《十三经注疏·礼记》,中华书局,2009,第 3302 页上。
④ 阮元:《十三经注疏·礼记》,中华书局,2009,第 3304 页上。

第三章 "诗法不相妨,此语当更请"

首荐,秦以诗贺之,刘泾亦作。因次其韵》云:"仕而未禄犹宾客,待以纯臣盖非古。馈焉曰献称寡君,岂比公卿相尔汝。"① 语出《礼记·檀弓下》:"仕而未有禄者……"查慎行《初白庵诗评》卷中:"人皆读《礼》,孰能阐发精义如此?"从礼情方面来看,则更明显。绍圣二年(1095)《游博罗香积寺》,其叙云:"寺去县七里,三山犬牙,夹道皆美田,麦禾甚茂。寺下溪水,可作碓磨。若筑塘百步闸而落之,可转两轮举四杵也。以属县令林抃,使督成之。"② 叶矫然《龙性堂诗话续集》云:"《礼运》云:'货恶其弃于地也,不必藏于己;力恶其不出于身也,不必为己。'此四语浑穆广大,未易形容。因忆杜诗'四邻出未耜,何必吾家操',即此意义。又东坡《游博罗香积寺》诗引云:……坡公远谪潮、惠,见溪水可作碓利民,便殷勤督邑令兴事。此亦'恶其弃于地','不必为己'念头。乃知贤者用心恺恻,两公皆然。岂如今之诗人率尔咏歌哉?"叶矫然所言不错。绍圣二年(1095)《次韵定慧钦长老见寄八首》其六即云:"力恶不己出,时哉非汝争。"③ 礼学对苏轼的诗歌构思也有影响。嘉祐五年(1060)《食雉》前面写雄雉好斗,而后却不能免于与鸡鸭一同被烹食的命运。结句却引《礼记·月令》:"孟冬,雉入大水为蜃。"提醒读者,一旦雉化为蜃,就能吸食海上飞鸟:"谁知化为蜃,海上落飞鸦。"④ 言下之意,为雉勇于小斗殒

---

① 张志烈、马德富、周裕锴主编《苏轼全集校注》第4册,河北人民出版社,2010,第2665页。
② 张志烈、马德富、周裕锴主编《苏轼全集校注》第7册,河北人民出版社,2010,第4536~4537页。
③ 张志烈、马德富、周裕锴主编《苏轼全集校注》第7册,河北人民出版社,2010,第4556页。
④ 张志烈、马德富、周裕锴主编《苏轼全集校注》第1册,河北人民出版社,2010,第159页。

命而不得成其大观感到遗憾，立意高远，难怪谭元春评曰："甚古。"①

其次，学界虽然没有对"博喻"作统一定义，但经过分析可以发现，苏诗中的博喻，跟佛典中的博喻存在一些不同，而这些不同却跟《礼记》中的博喻较为一致。刘正平说："譬喻是在进行解释，而理解又必须通过原譬喻语言进行再解释。在此一过程中，理解和解释的关系即如藏识与转识的关系，是处于因果关系的循环链之中的。分喻为解释语言和文本语言提供了某种开放平台，我们已有的知识转化为意相而参与到文本之中而产生新的理解。虽然对于每个喻依的理解，每个人根据各自知识背景的不同会产生差异，但这种差异经过喻依各支之间的相互作用而减弱了，之后叠加融合出来的意义更具有理解的共同性。"② 这种"共同性"使佛学中的博喻（佛学中称为分喻，如著名的幻法六喻）虽然也起到说理的作用，但更多地带有笼统性，即统一在一个意思之中，笼统不分。因此，尽管刘先生在文章中多次强调分喻的不同喻依"代表不同的意义层面"，但这个意义层面却是根本无法一一分析的，如《如来藏经》中的九喻，刘先生总体分析为"经中以九种譬喻说明如来法身自性清净，虽为无明烦恼所覆，然法身终不为烦恼所染的道理"，而细分则只能分到喻体和喻依的层级，"每一个譬喻都有两部分组成，萎花、岩树、不净处等代表世俗的无明烦恼，而佛、蜂蜜、金等代表清净法身"。③ 而在苏轼的博喻中，我们经常可以看到分类明确、递进的特点，这与礼学有关。

---

① 张志烈、马德富、周裕锴主编《苏轼全集校注》第1册，河北人民出版社，2010，第160页。
② 刘正平：《佛教譬喻理论研究》，《宗教学研究》2010年第1期，第92页。
③ 刘正平：《佛教譬喻理论研究》，《宗教学研究》2010年第1期，第90页。

第三章 "诗法不相妨,此语当更请"

依然以"雪泥鸿爪"为例。前两句是把人生所到之处比作飞鸿所踏之雪泥,在雪泥之间,鸿飞不定,人于所处之地,不也是漂泊不定吗?这是第一层。紧接着两句,把视野进一步局限到一个地点,即诗题中的"渑池"。诗句中把"渑池"比喻成偶然留下指爪的雪泥,而把自己和苏辙比作东西飞之鸿[1],这是第二层。联系最后两句"往日崎岖还记否,路长人困蹇驴嘶",实际上诗人把"往日"之事比作雪泥上的指爪,而把那些未来的时间在空间上展开的不确定性比作不计东西的飞鸿。在同一时间层面,鸿雁确实不计东西,而在季节的变换中,它们才春日北飞,秋季南迁[2]。这是第三层。综合这三层的比喻,诗人传达出来的,是对时间中展开的不确定空间的超脱,和在此基础上对可确定往日记忆的珍视(主要通过文学的方式记忆、记录)。如果于此不理解,则不能体味此诗之妙,而出现像吴汝纶"起超隽,后半率"[3] 这样的误解。由此再去体味绍圣三年(1096)《迁居》所云"东西两无择,缘尽我辄逝"[4],我们会有更深一层的

---

[1] 时苏轼在凤翔,为西,苏辙在开封,为东。把兄弟比作齐飞或纷飞的鸿雁,苏诗中不乏其例,如嘉祐七年(1062)《病中闻子由得告不赴商州三首》其一:"病中闻汝免来商,旅雁何时更着行?"(张志烈、马德富、周裕锴主编《苏轼全集校注》第1册,河北人民出版社,2010,第252页)师注引七岁女子致其兄《送别》诗:"所嗟人异雁,不作一行飞。"(冯应榴:《苏轼诗集合注》,黄任轲、朱怀春校点,上海古籍出版社,2001,第123页)则更为明白。

[2] 这在苏诗中很多。熙宁七年(1074)《常润道中,有怀钱塘,寄述古五首》其三:"何人织得相思字,寄与江边北向鸿。"(张志烈、马德富、周裕锴主编《苏轼全集校注》第2册,河北人民出版社,2010,第1115页)又《江城子·别徐州》:"北归鸿,去吴中。"元丰三年(1080)《与子由同游寒溪西山》:"我今漂泊等鸿雁,江南江北无常栖。"(张志烈、马德富、周裕锴主编《苏轼全集校注》第4册,河北人民出版社,2010,第2208页)

[3] 张志烈、马德富、周裕锴主编《苏轼全集校注》第1册,河北人民出版社,2010,第188页。

[4] 张志烈、马德富、周裕锴主编《苏轼全集校注》第7册,河北人民出版社,2010,第4746页。

感触。

以上的分析并非要力图证明苏轼之博喻来源于礼学,而在于说明其来源之复杂。其实,很多地方有可能并非仅仅来自礼学,如其文分类思想,司马迁《史记·鲁仲连邹阳列传》评曰:"邹阳辞虽不逊,然其比物连类,有足悲者,亦可谓抗直不挠矣。""邹阳辞"指其狱中所上书,多比类旧事,如:"昔者荆轲慕燕丹之义,白虹贯日,太子畏之;卫先生为秦画长平之事,太白蚀昴,而昭王疑之。"《韩非子·难言》也说:"多言繁称,连类比物,则见以为虚而无用。"枚乘《七发》云:"于是使博辩之士,原本山川,极命草木,比物属事,离辞连类。"《宋书·王微传》云:"文辞不怨思抑扬,则流澹无味;文好古贵能连类可悲,一往视之,如似多意。"《四库提要》卷一八九"四六法海"条亦云:"自李斯《谏逐客书》始点缀华词,自邹阳《狱中上梁王书》始叠陈故事,是骈体文之渐萌也。"①可见仅此而言,其来源就极为丰富,而对于博喻,研究者也是各有所见。如陈骙《文则》就指出其来源于《尚书》《荀子》:"六曰博喻,取以为喻,不一而足。《书》曰:'若金用汝作砺,若济巨川用汝作舟楫,若岁大旱用汝作霖雨。'《荀子》曰:'犹以指测河也,犹以戈舂黍也,犹以锥飡壶也。'此类是也。"

通过以上分析可以看到,苏轼诗中的博喻风格,来源极其复杂,并非用佛学完全解释得通,还需注意其道家、儒家乃至法家、纵横家等源头,尤其需要充分考虑到他的独创性。从其来源与其发展历程来看,如果没有佛学的启示,苏轼未必就发展不出精彩的博喻风格。因此,佛学在博喻的形成中所起到的作用,是辅助的催发,而非必不可缺的元素。空静诗观也不例

---

① 钱锺书:《管锥编》第2册,生活·读书·新知三联书店,2007,第774~775页。

外。佛学对诗观与诗风的这种兼性共生关系，其作用可以表述为没有佛学不一定没有此类诗观、诗风，但有了佛学可以使此类诗观、诗风得到更好、更快、更准确的呈现与阐释。

三 诗论与佛理：后天阐释层面的兼性共生

诗佛兼性共生关系不仅包括佛学对诗学的一面，也包括诗学对佛学的一面，而这一面比诗佛的兼性共生更容易被人忽略。在文学研究的文化转型日渐成为潮流的今天，这种忽略容易形成一种盲区。只要认真通读作品集，这样客观存在的事实便难以磨灭。诗学对佛学的兼性共生关系主要体现在阐释表达层面，尤其是在诗论与佛理之间，即在作者本人明白某个佛理的基础上，需要用自己擅长的诗论方式阐释出来；或在作者本人明白某个诗论的基础上，需要用他人易懂的佛理来表达或佐证。下面分别论述。

一方面是用作者熟悉的诗论阐发佛理，使之更明白。绍圣二年（1095）《虔州崇庆禅院新经藏记》云："如来得阿耨多罗三藐三菩提，曰'以无所得故而得'。舍利弗得阿罗汉道，亦曰'以无所得故而得'。如来与舍利弗若是同乎？曰：何独舍利弗，至于百工贱技，承蜩意钩，履狶画墁，未有不同者也。夫道之大小，虽至于大菩萨，其视如来，犹若天渊然，及其以无所得故而得，则承蜩意钩，履狶画墁，未有不与如来同者也。以吾之所知，推至其所不知，婴儿生而导之言，稍长而教之书，口必至于忘声而后能言，手必至于忘笔而后能书，此吾之所知也。口不能忘声，则语言难于属文，手不能忘笔，则字画难于刻雕。及其相忘之至也，则形容心术，酬酢万物之变，忽然而不自知也。自不能者而观之，其神智妙达，不既超然与如来同乎！故《金刚经》曰：一切圣贤，皆以无为法，而有差别。以是为技，则技疑神，以是为道，则道疑圣。古之人与人皆学，而独至于是，其必有道矣。"① 文中所举"吾之所知"，实际上就是苏轼的为文（也包括诗等其他技艺）之法，其中"相忘之至也，则形容心术，酬酢万物之变，忽然而不自知"便是苏轼的空静诗观。苏轼用自己更擅长的诗论来阐释佛理，自然可以让阐释的过程变得更为简单流畅，从而较好地展现出佛理内涵，使读者更易读懂②。

另一方面，是用佛理更好地阐释诗论。《书黄子思诗集后》云："予尝论书，以谓钟、王之迹萧散简远，妙在笔画之外。至唐颜、柳始集古今笔法而尽发之，极书之变，天下翕然以为宗师，而钟、王之法益微。至于诗亦然。苏、李之天成，曹、刘之自得，陶、谢之超然，盖亦至矣。而李太白、杜子美以英玮绝世之姿，凌跨百代，古今诗人尽废，然魏、晋以来高风绝尘，亦少衰矣。李、杜之后，诗人继作，虽间有远韵，而才不逮意，独韦应物、柳宗元发纤秾于简古，寄至味于淡泊，非余子所及也。唐末司空图，崎岖兵乱之间，而诗文高雅，犹有承平之遗风。其论诗曰：'梅止于酸，盐止于咸，饮食不可无盐梅，而其美常在咸酸之外。'盖自列其诗之得于文字之表者二十四韵，恨当时不识其妙。予三复其言而悲之……予尝闻前辈诵其诗，每得佳句妙语，反复数四，乃识其所谓，信乎表圣之言，美在咸酸之外，可以一唱而三叹也。"③ 苏轼先用书法阐释他的诗论，

---

① 张志烈、马德富、周裕锴主编《苏轼全集校注》第11册，河北人民出版社，2010，第1231~1232页。
② 这类例子还很多，如熙宁八年（1085）《成都大悲阁记》："……及吾燕坐寂然，心念凝默，湛然如大明镜。人鬼鸟兽，杂陈乎吾前，色声香味，交通乎吾体。心虽不起，而物无不接，必有道。即千手之出，千目之运，虽未可得见，而理则具矣。彼佛菩萨亦然。"（张志烈、马德富、周裕锴主编《苏轼全集校注》第11册，河北人民出版社，2010，第1249~1250页）只不过将诗论换成日常经验而已。
③ 张志烈、马德富、周裕锴主编《苏轼全集校注》第19册，河北人民出版社，2010，第7598页。

第三章 "诗法不相妨,此语当更请"

最后又用司空图的诗论加以印证,想要把自己的诗论阐释清楚。为达到这一目的,他甚至对司空图的诗论有所更改①。但我们读后会发现,他强调的重心是,文字乃诗之材料,如梅盐乃饮食之材料,饮食之美不在梅盐上,而诗之美也不在文字上。然而,饮食离不开梅盐,而诗也离不开文字。前半部分与司空图之说还较为接近,末尾则与司空图"不着一字,尽得风流"完全相反。可见苏轼在这段话中,想要阐释的诗论其实自己非常明白,但没有合适的表达方式,传统的诗论(如司空图诗论)就算经过改造,也很难完全契合。

苏轼诗论表达的难点在于范畴的确立,他用"梅盐"与"咸酸之外"来比喻文字(或文中所云"佳句妙语")与诗味(即其文中所说"文字之表",或"其所谓"),这样容易混淆的称谓,不利于意思的准确传达。但在佛理中,他找到一对很好的范畴来表达,即"中边"(或中外),其《评韩柳诗》云:"所贵乎枯澹者,谓其外枯而中膏,似澹而实美,渊明、子厚之流是也。若中边皆枯澹,亦何足道?佛云:'如人食蜜,中边皆甜。'人食五味,知其甘苦者皆是,能分别其中边者,百无一二也。"② 所谓中边之分,就比原来使用的概念清晰得多。而苏轼在"咸酸杂众好,中有至味永"里,也用"中"来区分。

需要说明的是,无论是用作者擅长的诗论来更好地阐释佛理,还是用读者易懂的佛理来更好地阐释诗论,毫无疑问,在

---

① 《司空表圣诗文集笺校·与李生论诗书》:"文之难,而诗之难又难。古今之喻多矣,而愚以为辨于味而后可以言诗也。江岭之南,凡足资于适口者,若醯,非不酸也,止于酸而已;若鹾,非不咸也,止于咸而已。华之人以充饥而遽辍者,知其咸酸之外,醇美者有所乏耳。彼江岭之人,习之而不辨也,宜哉。"所强调的是韵外之致,但苏轼在引用的时候,不仅把咸酸之物改了,连意思也有不同。
② 张志烈、马德富、周裕锴主编《苏轼全集校注》第 19 册,河北人民出版社,2010,第 7549~7550 页。

作者身上，诗论和佛理都是"了然于心"的。也就是说，在苏轼那里，二者本来不产生关系，然而，在经过这样的关联阐释之后，苏轼创造性地在二者之间建立起了新的兼性共生关系。这种关系是后天性的，是在历史语境中发展出来的，而非诗佛关系本身所具有。

四　结语

诗佛兼性共生关系极其复杂，需要结合具体的历史语境加以探究。一方面，这种共生关系体现在佛学作为思想资源之一对诗歌观念与诗歌风格的影响上；另一方面，也体现在诗论与佛理二者在阐释表达层面的需要上。前者是诗佛关系中先天性存在的兼性共生关系，后者则是经过作者创造性地关联阐释之后，新建立起来的兼性共生关系。在这个基础上，诗佛关系的兼性共生背后是否带有更普遍的规律，需要进行相关的后续研究。但通过对苏轼诗佛关系的重新审视，我们可以廓清对诗佛关系的错误认知，从而为更好地开展后续研究提供较好的讨论环境。

第四章

"出新意于法度之中，寄妙理于豪放之外"
——诗学与其他

归根究底，诗学与其他学科之间的关系，并没有一个统一的定论，而是具体的、不同的。诗学与画学、琴学、佛学的关系，尽管不能一概而论，但因其都处于人文艺术领域之中，故关系比较密切。这在典故之学中依然得到呈现。前人对苏诗用典"错误"的某些指责，其实恰恰是对其典故之学的误解。而在人文艺术领域之外的学问，跟诗学的关系则更易呈现出紧张感，如诗学与科学（即格物之学）。格物之学一方面对诗学有促进作用，另一方面也会瓦解诗意。这就需要诗人学会走钢丝，保持平衡，险中取胜。

第一节　苏轼诗歌用典"错误"新探

对苏轼诗歌用典错误的批评，自宋代已开始，并在南宋达到高潮，以后历代屡见不鲜。邵博《邵氏闻见后录》、叶大庆《考古质疑》、严有翼《艺苑雌黄》、李冶《敬斋古今黈》、纪昀《纪评苏诗》等，都曾指出苏轼诗歌用典中的错误。王胜明《东坡用典指谬》[①] 在前人的基础上搜集成文，但还有遗漏。《苏轼全集校注》中的诗集部分指出一个新的用典错误[②]。马丽梅《论苏轼诗歌用典的"同类误用"》试图探究原因所在，揭示背后的文化因素，但这类因素所占比例不高[③]。与批评相对应，更多的是对苏轼诗歌用典精妙深微的褒美。除赵次公等为苏诗作注的学者之外，陆游《施司谏注东坡诗序》、黄彻《䂬溪诗话》、费衮《梁溪漫志》卷四"东坡用事对偶精切"条、赵翼《瓯北诗话》、赵克宜《角山楼苏诗评注汇钞》等，也对苏诗用典由衷叹服。今人研究更多，其中沈章明《谁知圣人意，不尽书籍中——苏轼诗歌用典研究》[④] 一文较为系统地归纳了苏轼的用典诗学。

[①] 王胜明：《东坡用典指谬》，《新疆大学学报》（社会科学版）2004年第3期。
[②] 元丰七年（1084）冬苏轼《蔡景繁官舍小阁》："戏嘲王叟短辕车，肯为徐郎书纸尾？"校注云："轼《与蔡景繁书》云：'蔡谟、蔡廓，名父子也，晋宋间第一流。辄以仰比公家，不知可否？'然轼所记有误。蔡谟、蔡廓非为父子行。《南史·蔡廓传》云：'蔡廓字子度，晋司徒谟之曾孙也。'"（张志烈、马德富、周裕锴主编《苏轼全集校注》第4册，河北人民出版社，2010，第2705页）但此条孔凡礼先生已经指出，《苏轼文集》第五册《名西阁》"蔡廓，谟之子也。"后出校记云："查《宋书》卷五十七、《南史》卷二十九，廓乃谟之曾孙。此处叙述有误。"（中华书局，1986，第2279页）
[③] 马丽梅：《论苏轼诗歌用典的"同类误用"》，《兰州学刊》2010年第6期。
[④] 沈章明：《谁知圣人意，不尽书籍中——苏轼诗歌用典研究》，《学术界》2012年第4期。

对苏诗用典错误的批评须建立在肯定其用典精切的基础上，否则这类批评本身便失去意义①。本文要解决的问题是，苏轼用典既然如此精切，则前人对其用典错误的批评是否存在失误？存在哪些具体失误？这些失误有没有原因可寻，从而避免再犯？经过对前人胪列的苏诗用典错误的逐条分析和对洪迈《容斋四笔》、王文诰《苏轼诗集》等学者成果的吸收，发现其中确实存在失误。其致误原因可分为三类：一是诗歌文本流传过程中出现的错误；二是批评者没有联系苏诗创作背景而致误；三是批评者没有联系苏诗文本而致误。下面以类为别，对具体的诗例展开探讨和论证。同一类别中，以诗歌创作时间先后为顺序。

一 诗歌文本流传过程中出现的错误

前人所指苏轼诗歌中的用典错误，有些是诗歌创作完成以后，文本在流传过程中字词讹误所致。如熙宁六年（1073）《次韵代留别》云："他年一舸鸱夷去，应记侬家旧住西。"②"旧住西"，一本作"旧姓西"。王楙《野客丛书》卷二二"东坡用西施事"云："赵次公注：'按《太平寰宇记》：东施家、西施家。施者其姓，所居在西，故曰西施。今云旧姓西，坡不契勘耳。'仆谓坡公不应如此之疏卤。恐言'旧住西'，传写之误，遂以

---

① 据周必大记载，苏轼《王中甫哀辞》"束稿端能废谢鲲"之典，苏轼曾请门人："谢鲲事，更烦检《晋书》，恐误用。"周必大《跋汪季路所藏东坡作〈王中甫哀诗〉》云："前辈言东坡自帅杭后，为文用事，先令门人检阅，今观其束稿帖，则已加详矣，况暮年乎？况他人乎？"（转引自《苏轼全集校注》第20册，第8679～8680页，无末两句。）可见苏轼用典之谨慎。按："束稿"疑为"束稿"，"朿"乃"束"之形讹，盖取其诗"束稿端能废谢鲲"。
② 张志烈、马德富、周裕锴主编《苏轼全集校注》第2册，河北人民出版社，2010，第883页。

第四章 "出新意于法度之中,寄妙理于豪放之外"

'住'字为'姓'字耳。既是姓西,何问新旧?此说甚不通。'应记侬家旧住西',正此一字,语意益精明矣。"① 《苏轼全集校注》(后称校注)云:"所言是……后二句意谓,日后你若退隐,别忘侬家,当携我同去。"②

在苏轼诗歌典故中,某些典故的运用,是在文本流传出现歧义时做出的选择,代表其学术见解,而非用错。洪迈指出,苏轼《庄子祠堂记》对《庄子》分章提出新看法,并在其文中加以运用:"故其《祭徐君猷文》云:'争席满前,无复十浆而五馈。'用为一事。"③ 所言甚是。这也体现在苏轼的诗歌创作中。如元祐二年(1087)《书晁补之所藏与可画竹三首》其一云:"与可画竹时,见竹不见人。岂独不见人,嗒然遗其身。其身与竹化,无穷出清新。庄周世无有,谁知此疑神。"④ 宋张淏《云谷杂记》卷三云:"东坡云:近世人轻以意改书。鄙浅之人,好恶多同,故从而和之者众,遂使古书日就讹舛,深可忿疾。孔子曰:'吾犹及史之阙文也。'自予少时见前辈,皆不敢轻改书,故蜀本大字书皆善本。蜀本《庄子》云:'用志不分,乃疑于神。'此与《易》'阴疑于阳'、《礼》'使人疑汝于夫子'同。今四方本皆作'凝'。以上皆东坡语。"⑤ 李冶不赞同苏轼之说,其《敬斋古今黈》卷八云:"冶曰:四注所援东坡之说,吾恐非苏子之言也。信如苏子之言,则苏子之见厥亦偏矣。所谓先辈不敢改书,是固有理。若断'凝神'以为'疑神',则吾不知其

---

① 吴文治:《宋诗话全编》第7册,江苏古籍出版社,1998,第7473页。
② 张志烈、马德富、周裕锴主编《苏轼全集校注》第2册,河北人民出版社,2010,第884页。
③ 洪迈:《容斋随笔》,夏祖尧、周洪武校点,岳麓书社,2006,第281页。
④ 张志烈、马德富、周裕锴主编《苏轼全集校注》第5册,河北人民出版社,2010,第3160页。
⑤ 张淏:《云谷杂记》,张宗祥校,中华书局,1958,第46~47页。

说也。《庄子》谓'用志不分,乃凝于神',正如《系辞》所谓'精义入神,以致用也'。今东坡以为与'阴疑于阳'、'使人疑汝于夫子'同,殆非也。"① 翁方纲则批驳李冶而赞同苏轼,其《苏诗补注》卷五云:"乃疑于神者,谓直与神一般耳,非谓见疑之疑也。坡公所引《易》、《礼》二语,其释疑字最精。"② 无论是否赞同苏轼的观点,都说明苏轼此诗并非错用典故,而是在诗歌创作中对典故的字词使用有所选择,尽管与众人不太一致,但也不能简单地归入错误一类。

二 批评者没有联系苏诗创作背景而致误

苏轼所到皆有诗歌,其诗歌用途广泛,如果对其创作背景不甚熟悉,则很容易致误,如有学者就由于对苏诗唱和背景不熟而致误。嘉祐六年至八年《维摩像,唐杨惠之塑,在天柱寺》云:"田翁里妇那肯顾,时有野鼠衔其髭。"③ 校注云:"上二句主要写寺庙之冷落,塑像之毁损,随手点出'髭'字,乃暗用谢灵运之典。"④ 谢灵运之典,出自《刘宾客嘉话录》:"宋谢灵运须美,临刑,因施为南海祗洹寺维摩诘像须,寺人宝惜,初不亏损。"⑤ 校注引赵尧卿曰:"苏公诗妙处,含蓄甚多,引用事实,亦复称是。只此一'髭'字,不无所本。"⑥ 苏轼此诗实则是苏辙《杨惠之塑维摩像》的和诗,苏辙原诗中明确说到谢灵

---

① 李冶:《敬斋古今黈》,商务印书馆,1935,第103页。
② 翁方纲:《苏诗补注》,中华书局,1985,第76页。
③ 张志烈、马德富、周裕锴主编《苏轼全集校注》第1册,河北人民出版社,2010,第323页。
④ 张志烈、马德富、周裕锴主编《苏轼全集校注》第1册,河北人民出版社,2010,第325页。
⑤ 韦绚:《刘宾客嘉话录》,阳羡生校点,上海古籍出版社,2012,第109页。
⑥ 张志烈、马德富、周裕锴主编《苏轼全集校注》第1册,河北人民出版社,2010,第324~325页。

第四章 "出新意于法度之中，寄妙理于豪放之外"

运："长嗟灵运不知道，强剪美须插两颧。彼人视身若枯木，割去右臂非所患。何况塑画已身外，岂必夺尔庸自全。"① 苏轼因此才在和诗中回应，并非"暗用"典故。又元祐六年（1091）《谢关景仁送红梅栽二首》其一云："珍重多情关令尹，直和根拔送春来。"② 张道《苏亭诗话》卷一云："'珍重多情关令尹'，以尹喜为关姓。东坡岂不读书，缪舛如此？特一时应酬迅疾，不暇点检耳。此率之病也。"③ 尽管苏轼多以典故切姓，但在这首唱和诗中是调笑关景仁，没说尹喜姓关。《次韵刘景文西湖席上》云："将辞邺下刘公干，却见云间陆士龙。"④ 刘公干指刘景文，陆士龙指苏辙，不能同理推出他不知道陆士龙不姓"苏"。

又有由于不清楚唱和诗人之间的关系而致误的。元丰七年（1084）八月《次韵滕元发、许仲途、秦少游》云："坐看青丘吞泽芥，自惭黄潦荐溪苹。"⑤ 司马相如《子虚赋》云："秋田乎青丘，彷徨乎海外。吞若云梦者八九，于其胸中曾不蒂芥。"⑥ 叶大庆《考古质疑》卷五《指暇》云："按，相如《子虚赋》'芥蒂'，刺鲠也，非草木之芥。坡诗云尔，岂非误欤？"⑦ 元祐七年（1092）《送路都曹》云："恨无乖崖老，一洗芥蒂胸。"⑧ 可见苏轼并非不知。据《宋史·许遵传》记载，

---

① 高秀芳、陈宏天整理《苏辙集》第1册，中华书局，1990，第25页。
② 张志烈、马德富、周裕锴主编《苏轼全集校注》第6册，河北人民出版社，2010，第3642页。
③ 曾枣庄：《苏诗汇评》第2卷所引，四川文艺出版社，2000，第1381页。
④ 张志烈、马德富、周裕锴主编《苏轼全集校注》第6册，河北人民出版社，2010，第3688页。
⑤ 张志烈、马德富、周裕锴主编《苏轼全集校注》第4册，河北人民出版社，2010，第2651页。
⑥ 萧统：《文选》第1册，李善注，上海古籍出版社，1986，第356页。
⑦ 吴文治：《宋诗话全编》第7册，江苏古籍出版社，1998，第7713页。
⑧ 张志烈、马德富、周裕锴主编《苏轼全集校注》第6册，河北人民出版社，2010，第3901页。

143

滕元发与许遵（即许仲途）曾在妇人阿云杀人未遂案中意见相左："遵累典刑狱，强敏明恕。及为登州，执政许以判大理。遵欲立奇以自鬻。会妇人阿云狱起。初，云许嫁未行，嫌婿陋，伺其寝田舍，怀刀斫之，十余创不能杀，断其一指。吏求盗弗得，疑云所为，执而诘之，欲加讯掠，乃吐实。遵按云：'纳采之日，母服未除，应以凡人论。'谳于朝……诏司马光、王安石议。光以为不可，安石主遵。御史中丞滕甫、侍御史钱𫖮皆言遵所争戾法意。"① 御史中丞滕甫，即诗中的滕元发，初名甫，字符发，后改字为名，字达道。此"芥"字，实隐含"刺鲠"之意，而诗句"坐看青丘吞泽芥"则意谓滕、许二人已弃前嫌。因此类事体不好明言，故苏轼既用司马相如之典，又不拘泥于典，滕、许二公见之，作为当事人自然为之莞尔。正因"云梦芥"的含义丰富，苏轼在元祐六年（1091）《复次放鱼韵，答赵承议、陈教授》中又用一遍："青丘已吞云梦芥，黄河复绕天门带。"② 表面当然是说环绕泰山的黄河如带，而青丘山之广大可以吞云梦泽如芥，这不正是叶大庆所指责的把"芥"字弄混吗？然而联系诗中"正似此鱼逃网中，未与造物游数外"句，则"芥蒂"之义得以暗示：苏轼元祐时期勇于报主，不顾身危，因而难安于朝，不得不外出守郡，来此颍州，却心中坦荡，毫无芥蒂。绍圣二年（1095）《次韵程正辅游碧落洞》又用此典："胸中几云梦，余地多恢宏。"③ 此处连"芥"字一并刊落，独留磊落宽广之意。考虑到苏轼与程之才

---

① 脱脱等：《宋史》第15册，中华书局，1975，第10628页。
② 张志烈、马德富、周裕锴主编《苏轼全集校注》第6册，河北人民出版社，2010，第3735页。
③ 张志烈、马德富、周裕锴主编《苏轼全集校注》第7册，河北人民出版社，2010，第4580页。

第四章 "出新意于法度之中，寄妙理于豪放之外"

的关系，两家因为苏洵之女出嫁早亡而结下嫌隙，至此一并宽容，则二人之心胸，确乎无愧此典。同年《同正辅表兄游白水山》云："念兄独立与世疏，绝境难到惟我共。永辞角上两蛮触，一洗胸中九云梦。"① 意更显豁。

在题画诗中，也有由于离开题画背景单独论诗而致误的实例。元祐六年（1091）《书浑令公宴鱼朝恩图》云："不须缠头万匹锦，知君未办作吕强。"② 沈钦韩《苏诗查注补正》卷三云："按，《唐书·浑瑊传》，大历十二年以前鱼朝恩贵盛时，瑊尚为偏裨，未能与朝恩作宾主也。坡公信手落笔，未究史传本末，故刘辰翁评此诗不可晓，查强为护短……"③ 此图非苏轼所画，苏轼仅作题画诗，故不能将其画之是否符合史实归咎于苏轼。且画乃艺术，本非史传，即便虚构，有何不可？诗中明云："不须缠头万匹锦，知君未办作吕强。" 冯应榴云："诗意似云不必有缠头万匹之奢，方知朝恩之不能如吕强清忠也。"④ 由诗按画，则画上似并无浪费场景，乃苏轼议论生发之词，意谓君子见机，尽管画面上没有画到鱼朝恩日后的铺张排场，但由图推想，他日后肯定不会像东汉宦官吕强那样忠君报国。该诗用对比手法，突出浑、鱼忠逆之别，赞美画面对人物内心的刻画深入。

苏轼诗歌创作背景跟其所处社会和时代也关系密切，因而也有由于未联系创作时代的社会风气而致误的。元祐三年（1088）

---

① 张志烈、马德富、周裕锴主编《苏轼全集校注》第7册，河北人民出版社，2010，第4652~4653页。
② 张志烈、马德富、周裕锴主编《苏轼全集校注》第6册，河北人民出版社，2010，第3685页。
③ 张志烈、马德富、周裕锴主编《苏轼全集校注》第6册，河北人民出版社，2010，第3687页。
④ 冯应榴：《苏轼诗集合注》第4册，黄任轲、朱怀春校点，上海古籍出版社，2001，第1670页。

《题李伯时画赵景仁琴鹤图二首》，其一云："谁知默鼓无弦曲，时向珠宫舞幻仙。"①《上清黄庭内景经·上清章第一》有"琴心三叠舞胎仙"，故王十朋集注引赵次公曰："变'胎'为'幻'未详。"② 王文诰云："琴心犹言和心，以琴字作和字用也。三叠乃和心之节度，非谓琴声分三叠也。道家以坐去为骑鹤化，而鹤为胎禽。舞胎仙亦借喻之词，舞幻仙即此意也……此诗因清献好道，而发意谓景仁必有所传，盖偕琴鹤为言也。"③ 其二云："乘轩故自非明眼，终日僛僛舞爨薪。"④ "爨薪"指琴，"舞幻仙"指鹤。王文诰所言极是，但还是没有解释赵次公的疑惑。因为就王文诰注解而言，"舞胎仙"既符合诗意，又与典故一致，鹤又为胎禽，如此巧妙，苏轼为何弃之不用？⑤ 从诗的格律来看，此诗为七律，"幻"字处当为仄声才合律，而"胎"为平声，故不用"胎"字。并且从诗意表达来看，鹤为胎禽之说不实。宋惠洪《冷斋夜话》卷九云："渊材迂阔好怪，尝畜两鹤。客至，指以夸曰：'此仙禽也。凡禽卵生，此禽胎生。'语未卒，园丁报曰：'此鹤夜产一卵，大如梨。'渊材面发赤，诃曰：'敢谤鹤耶？'卒去。鹤辄两展其胫伏地。渊材讶之，以杖惊使起，忽诞一卵。渊材咨嗟曰：'鹤亦败道，吾乃为刘禹锡佳话所误。自今除佛、老子、孔子之语，余皆勘验。'余曰：'渊材自信之力，然读《相鹤经》未熟

---

① 张志烈、马德富、周裕锴主编《苏轼全集校注》第 5 册，河北人民出版社，2010，第 3368 页。
② 冯应榴：《苏轼诗集合注》第 4 册，黄任轲、朱怀春校点，上海古籍出版社，2001，第 1523 页。
③ 王文诰辑注《苏轼诗集》，孔凡礼点校，中华书局，1982，第 1606~1607 页。
④ 张志烈、马德富、周裕锴主编《苏轼全集校注》第 5 册，河北人民出版社，2010，第 3370 页。
⑤ 《十二琴铭》之《归鹤》云："琴声三叠舞胎仙，肉飞不到梦所传。白鹤归来见曾玄，陇头松风入朱弦。"

第四章 "出新意于法度之中，寄妙理于豪放之外"

耳。"① 刘渊材比苏轼年长，苏轼在写诗的时候自然要去掉此类不实之说，否则也会成为被取笑对象。"胎"字符合典故、诗意，但不符合格律、时代风气；"幻"字符合诗意、时代风气和格律，但不完全符合典故。二者相权，苏轼选择"幻"字，并灵活运用典故，又在其二中以"乘轩"之典加强暗示，因此并非误用。

就苏轼诗文内部来看，其用典往往也有其自身的逻辑起点，因此也有由于忽略苏轼本人的诗文背景而致误的。如绍圣二年（1095）《正辅既见和，复次前韵，慰鼓盆，劝学佛》云："着意寻弥明，长颈高结喉。"② 韩愈《石鼎联句》序云："弥明在其侧，貌极丑，白须黑面，长颈而高结，喉中又作楚语。"③ 韩愈文中的"结"字，意为"髻"，曾季貍《艇斋诗话》云："韩文《石鼎联句》云：'长颈而高结，喉中又作楚语。''结'字断句。'结'音髻。西汉'髻'字皆作'结'字写，退之正用此也。今人读作'结喉'，非也。东坡云'长颈高结喉'，盖承误也。"④ 韦居安《梅磵诗话》卷上、王夫之《夕堂永日绪论》也持此看法。以苏轼对韩愈的了解（绍圣二年《答周循州》："后学过呼韩退之。"⑤），此类错误太过低级。袁文则认为东坡是在"以文为戏"，《永乐大典》卷八二引《瓮牖闲评》云："然东坡高材，岂不知此？而故云耳者，以文为戏也耶？"⑥ 此说似有意为苏轼开脱。实际上苏轼诗词中有此句法。元祐五年（1090）

---

① 惠洪：《冷斋夜话》，中华书局，1988，第69页。
② 张志烈、马德富、周裕锴主编《苏轼全集校注》第7册，河北人民出版社，2010，第4646页。
③ 方世举：《韩昌黎诗集编年笺注》下册，郝润华、丁俊丽整理，中华书局，2012年，第438页。
④ 吴文治：《宋诗话全编》第3册，江苏古籍出版社，1998，第2649页。
⑤ 张志烈、马德富、周裕锴主编《苏轼全集校注》第7册，河北人民出版社，2010，第4666~4667页。
⑥ 袁文：《瓮牖闲评》，上海古籍出版社，1985，第93页。

《点绛唇》（闲倚胡床）云："与谁同坐，清风明月我。"①《与赵陈同过欧阳叔弼新治小斋，戏作》云："梦回闻剥啄，谁乎赵陈予。"王注云："先生《诗话》云：'元祐六年十月二十六日，祷雨张龙公，会景贶、履常、二欧阳子，作诗云：梦回闻剥啄，谁乎赵陈予。景贶拊掌曰：句法甚新，前人未有此法。季默曰：有之。长官请客吏请客，目曰主簿少府我。即此语也。"②所谓"清风明月我""主簿少府我"，与"长颈高结喉"句法相同，"长颈""高结""喉"同作停顿，乃"着意寻弥明"之后，对弥明特征的三个概括，而非"结喉"连读。且从字面上来看，"着意寻弥明，长颈高结喉"似乎又形成对称之美，符合苏轼晚年诗歌"渐造平淡"而实则"山高水深""绚烂之极"的总体风格。

三 批评者没有联系苏诗文本而致误

典故的运用，是为更好地服务于诗意的表达。二者一旦脱离，不仅会影响对诗歌的理解，还会导致误解。如熙宁六年（1073）八月《与周长官、李秀才游径山，二君先以诗见寄，次其韵二首》其二云："孔明不自爱，临老起三顾。"③冯应榴引何焯云："孔明始从昭烈，年二十七耳，何谓'临老'？"④纪昀曰："孔明出时未老。"⑤张道曰："孔明释耒从先主，年仅二十

---

① 张志烈、马德富、周裕锴主编《苏轼全集校注》第9册，河北人民出版社，2010，第588页。
② 冯应榴：《苏轼诗集合注》第4册，黄任轲、朱怀春校点，上海古籍出版社，2001，第1723页。
③ 张志烈、马德富、周裕锴主编《苏轼全集校注》第2册，河北人民出版社，2010，第973页。
④ 冯应榴：《苏轼诗集合注》第2册，黄任轲、朱怀春校点，上海古籍出版社，2001，第460页。
⑤ 张志烈、马德富、周裕锴主编《苏轼全集校注》第2册，河北人民出版社，2010，第974页。

第四章 "出新意于法度之中，寄妙理于豪放之外"

七，未及颓老也……东坡岂不读书，缪舛如此？特一时应酬迅疾，不暇点检耳。"[1] 王文诰云："诰谓孔明讨贼，正以受昭烈三顾之重，故临老不能自已也。此'起'字从'不自爱'贯下，谓临老犹起此念，与起卧龙之'起'字不同，且此诗非着意用孔明事，乃以孔明作龙使耳。意谓龙知念故居，而卧龙不知念故居，公盖以龙自比，故其下紧接吾归也。"[2] 王文诰虽然常有庇护苏轼之处，然此诗的分析却深中肯綮。何、纪、张三人只看孔明事实，而不联系苏轼诗歌本身，所以会认为是苏轼用错。但从苏轼对孔明的史论以及其他诗歌作品来看，苏轼对孔明是极其了解的，不会犯此低级错误。而王文诰从"龙亦恋故居"入手，认为孔明这条卧龙是苏轼故意拿来跟径山之龙形成对比，苏轼更倾向于径山之龙的行为，诗中说"便欲此山前，筑室安迟暮"，意思非常清楚。径山之龙，蔡襄《游径山记》云："其间小井，或云故龙湫也。龙亡湫在，岁卒一来，雷雨暝曀。"[3] 则此龙常回故居，苏轼拿卧龙与其对比，自然是指卧龙不回故居。如果是三顾茅庐后刚刚出山，那何谈回与不回？只有等到临老还没返回故居，二龙才有可比性。此处苏轼活用典故，而何、纪、张三人死扣典故，不懂苏轼匠心所在。

我们在联系苏轼诗歌文本的同时，也要对典故文本有深切理解，否则依然会错。熙宁十年（1077）六月《次韵答邦直、子由五首》其四云："恨无扬子一区宅，懒卧元龙百尺楼。"[4] 邵博《邵氏闻见后录》卷十六云："百尺楼者刘备，非元龙。亦误

---

[1] 张志烈、马德富、周裕锴主编《苏轼全集校注》第 2 册，河北人民出版社，2010，第 975 页。
[2] 王文诰辑注《苏轼诗集》，孔凡礼点校，中华书局，1982，第 489 页。
[3] 蔡襄：《蔡襄全集》，福建人民出版社，1999，第 547 页。
[4] 张志烈、马德富、周裕锴主编《苏轼全集校注》第 3 册，河北人民出版社，2010，第 1522 页。

也。"① 《三国志·魏书·陈登传》云："后许汜与刘备并在荆州牧刘表坐，表与备共论天下人，汜曰：'陈元龙湖海之士，豪气不除。'备谓表曰：'许君论是非？'表曰：'欲言非，此君为善士，不宜虚言；欲言是，元龙名重天下。'备问汜：'君言豪，宁有事邪？'汜曰：'昔遭乱过下邳，见元龙。元龙无客主之意，久不相与语，自上大床卧，使客卧下床。'备曰：'君有国士之名，今天下大乱，帝主失所，望君忧国忘家，有救世之意，而君求田问舍，言无可采，是元龙所讳也。何缘当与君语？如小人，欲卧百尺楼上，卧君于地，何但上下床之间邪？'表大笑。"② "百尺楼"不是代指陈登，也非刘备，而是刘备假设的"小人"，故此处不能拘泥原典。陈登做过徐州典农校尉，为徐州恢复农业生产立过功劳，而其职责所管，略同于太守。苏轼此年四月为徐州太守，故以陈登自比。此联前句意谓"四川老家没有扬雄那样的陋室可以归隐"，后句意谓"在徐州做太守也不能懒卧百尺高楼之上，而更愿意为老百姓做点实事"。元祐二年（1087）《赵令晏崔白大图幅径三丈》云："好卧元龙百尺楼，笑看江水拍天流。"③ 此处也非取义"小人"之喻，而是以"百尺楼"映照此画之大④。

诗意的提炼，需要建立在对全诗的整体了解上，如果仅仅顾及典故所在的诗句而不通盘考虑也会致误。元丰元年（1078）九月《与舒教授、张山人、参寥师同游戏马台，书西轩壁，兼简颜长道二首》其一云："路失玉钩芳草合，林亡白鹤古泉清。

---

① 邵博：《邵氏闻见后录》，中华书局，1983，第127页。
② 陈寿：《三国志》，中华书局，2005，第172页。
③ 张志烈、马德富、周裕锴主编《苏轼全集校注》第5册，河北人民出版社，2010，第3088页。
④ 苏轼对百尺楼的典故极其熟悉，如元祐四年（1089）《书黄州诗记刘原父语》（第19册，第7755~7756页）等。

第四章 "出新意于法度之中,寄妙理于豪放之外"

淡游何以娱庠老,坐听郊原琢磬声。"① 陈师道《后山诗话》云:"眉山长公守徐,尝与客登项氏戏马台,赋诗云:'路失玉钩芳草合,林亡白鹤古泉清。'广陵亦有戏马台,其下有路,号'玉钩斜'。唐高宗东封,有鹤下焉,乃诏诸州为老氏筑宫,名以白鹤。公盖误用。而后所取信,故不得不辨也。"② 王文诰云:"玉沟斜,人尽知为扬州事,可谓公独不知乎?且所谓玉沟斜道者,像其形也,非真有玉钩之一物,不可移掇他处者。此诗因戏马台借用,犹言台下之路,悉为芳草所合,不见如钩之形而已。"③ 校注云:"则以为乃借用,非误用,似较旧说为胜。"④ 王文诰的借用之说,方向是对的,但没有结合全诗。诗中云"淡游",则是指徐州戏马台本无风景,惟诗中所写戏马台与西轩而已。苏轼因此拿徐州戏马台与扬州戏马台对比:"路失玉钩芳草合,林亡白鹤古泉清。"徐州戏马台的路只有芳草掩径,根本没有扬州戏马台那样的玉沟斜道;徐州戏马台的林中只有古泉清澈,没有扬州戏马台的白鹤观。因此诗中特意点明"失""亡",以为戏谑。诗末云"淡游",正是紧承前文比较而得出的结论,章法井然。后人不明苏轼诗意,率尔以为苏轼混淆徐州与扬州的戏马台,殊不知,苏轼正由"戏马台"产生联想并使之两相比较,从而无中生有,使诗歌显得幽默有趣。

对诗意的体味,有时应该"以意逆志",否则仅执着于字词而忽略诗意也会致误。元丰八年(1085)十月《登州海市》云:"率然有请不我拒,信我人厄非天穷。潮阳太守南迁归,喜见石

---

① 张志烈、马德富、周裕锴主编《苏轼全集校注》第 3 册,河北人民出版社,2010,第 1848 页。
② 吴文治:《宋诗话全编》第 2 册,江苏古籍出版社,1998,第 1025 页。
③ 王文诰辑注《苏轼诗集》,孔凡礼点校,中华书局,1982,第 887 页。
④ 张志烈、马德富、周裕锴主编《苏轼全集校注》第 3 册,河北人民出版社,2010,第 1849 页。

廪堆祝融。自言正直动山鬼,岂知造物哀龙钟。"① 校注引韩愈《谒衡岳庙遂宿岳寺题门楼》,认为该诗作于"永贞元年秋由山阳令移江陵掾",而"苏轼误记为元和十五年由潮州召还事"②。苏轼并非"误记"。韩愈南迁有两次,一为贬山阳令,二为贬潮州太守。诗中所写"南迁归",乃第一次,故后面所接诗句皆转化自韩愈《谒衡岳庙遂宿岳寺题门楼》。之所以引为"潮阳太守",乃是苏轼自比,此时苏轼正知登州,若用"山阳令",则与自己身份不合,故改用"潮阳太守"指代,而并非指韩愈第二次南迁。又苏轼绍圣元年(1094)作《临城道中作》一诗,其引云:"始余赴中山,连日风埃,未尝了了见太行也。今将适岭表,颇以为恨。过临城、内丘,天气忽清澈。西望太行,草木可数,冈峦北走,崖谷秀杰。忽悟叹曰:吾南迁其速返乎?退之衡山之祥也。书以付迈,使志之。"其诗云:"未应愚谷能留柳,可独衡山解识韩。"③ 可见,第一,苏轼对此极为熟悉;第二,柳宗元所贬居之地乃愚溪,见《愚溪诗序》。袁文《瓮牖闲评》卷五云:"柳子厚所居乃愚溪。苏东坡《过太行》诗云'未应愚谷能留柳'。'溪'字遽改为'谷'字矣。"④ 苏轼考虑到诗歌韵律的和谐,遂改"愚溪"为"愚谷",因为愚溪得名本就仿自"古有愚公谷"。《登州海市》也是灵活运用的范例。

另外,苏轼对典故的使用是为更好地突出诗意,这就需要对典故所含的丰富意义有所取舍,从而更好地表达诗意。如果

---

① 张志烈、马德富、周裕锴主编《苏轼全集校注》第5册,河北人民出版社,2010,第2916页。
② 张志烈、马德富、周裕锴主编《苏轼全集校注》第5册,河北人民出版社,2010,第2918页。
③ 张志烈、马德富、周裕锴主编《苏轼全集校注》第6册,河北人民出版社,2010,第4321页。
④ 袁文:《瓮牖闲评》,上海古籍出版社,1985,第46页。

第四章 "出新意于法度之中，寄妙理于豪放之外"

不考虑典故含义的取舍，也容易致误。元祐六年（1091）《与叶淳老、侯敦夫、张秉道同相视新河，秉道有诗，次韵二首》其一云："得我新诗喜折屐。"① 李冶《敬斋古今黈》卷八云："按《晋书》，折者屐齿，而非屐也。若云'得我新诗齿折屐'，则其为喜不言可知。"② 张秉道之喜乃形露于色，是一种褒义的喜悦，谢安之喜则是"矫情镇物"。若非点出"喜"字，则意不仅不明，而且与诗不符。

四 辨析前人错误有利于苏诗研究的展开

对前人所指苏轼诗歌用典错误的辨析，有助于我们更好地理解苏诗。元符二年（1099），苏轼在《子由生日》诗中说："季氏生而仁，观过见其实。"③ "观过"典出《论语·里仁》："子曰：'人之过也，各于其党。观过，斯知仁矣。'"④ 而对前人致误原因的分析和归类，可以让我们避免一些误区，从而更确切地探寻苏轼的诗人之心，更有效地展开诗学研究。除去对苏轼诗歌文本的版本、目录、校勘的梳理和甄别外，我们还能得到如下启示。

第一，可以加强对苏轼诗歌中典故的重视。前人对苏轼诗歌的某些指责，恰恰是没看出其用典所致。苏轼元丰七年（1084）五月作《庐山二胜·开先漱玉亭》，张佩纶《涧于日记》壬辰上云："敬斋于苏诗用典错误处亦颇有指谪，然亦无伤坡之全体，且可为学苏诗者作针砭。其一条云：'徐凝《庐山瀑

---

① 张志烈、马德富、周裕锴主编《苏轼全集校注》第6册，河北人民出版社，2010，第3670页。
② 李冶：《敬斋古今黈》，中华书局，1995，第24页。
③ 张志烈、马德富、周裕锴主编《苏轼全集校注》第7册，河北人民出版社，2010，第5014页。
④ 朱熹：《四书章句集注》，中华书局，2012，第71页。

布》诗云：千古长如白练垂，一条界破青山色。坡笑之，谓之恶诗。及坡自题云：擘开苍玉峡，飞出两白龙。予谓东坡之擘开与徐凝之界破，其恶一也。此宇文叔通《济阳杂记》云尔。（李）冶近读坡集，其《游瀑山》诗云：擘开翠峡出风雷，裁破奔崖作潭洞。'然则坡之诗，峡凡两度擘开矣。'殊不知'擘开'用巨灵事，岂得与徐凝同讥乎？"①

第二，苏轼诗歌用典复杂，读者在没掌握充分资料的情况下慎作判断。元丰八年（1085）九月《次韵徐积》云："杀鸡未肯邀季路，裹饭先须问子来。"②《庄子·大宗师》云："子舆与子桑友，而霖雨十日。子舆曰：'子桑殆病矣。'裹饭而往食之。"③赵次公按："子桑，非子来也。岂先生误记人名耶？"对此用典之错误，赵次公倾向于是苏轼"误记人名"。这就使问题简单化了。据查慎行注："《艺苑雌黄》云：……裹饭者子桑，非子来也。先生诗讹。然观退之《赠崔斯立》诗云：'昔者十日雨，子来寒且饥。'其失自退之始矣。"④冯应榴案："今本韩退之诗云：'子桑苦寒饥。'并不作子来，岂旧本有作子来者耶？"⑤孔凡礼校："《永乐大典》卷八二一（见中华书局影印本第七册）引《瓮牖闲评》：'唐韩文公、苏东坡皆误用《庄子》中子桑裹饭事，作子来……余原此字之失，盖'来'字与'桑'字颇相类。文公已为误用，东坡又承其误尔。'"⑥可见，是苏轼出于诗句韵

---

① 曾枣庄：《苏诗汇评》第2卷所引，四川文艺出版社，2000，第1381页。
② 张志烈、马德富、周裕锴主编《苏轼全集校注》第5册，河北人民出版社，2010，第2889页。
③ 郭庆藩：《庄子集释》上册，王孝鱼点校，中华书局，2012年，第291页。
④ 查慎行：《苏诗补注》，王友胜校点，凤凰出版社，2013，第762页。
⑤ 冯应榴：《苏轼诗集合注》第3册，黄任轲、朱怀春校点，上海古籍出版社，2001，第1307页。
⑥ 王文诰辑注《苏轼诗集》，孔凡礼点校，中华书局，1982，第1413页。

第四章 "出新意于法度之中，寄妙理于豪放之外"

脚的考虑，承袭了韩愈诗歌的用典错误，而非"误记人名"。

第三，在明白苏轼诗歌创作背景和用典的基础上结合诗意，慎重地探究其典故的灵活运用。元祐三年（1088）《书林次中所得李伯时〈归去来〉、〈阳关〉二图后》其一云："不见何戡唱《渭城》，旧人空数米嘉荣。龙眠独识殷勤处，画出阳关意外声。"① 此诗明显脱胎于刘禹锡《与歌者米嘉荣》："唱得凉州意外声，旧人唯数米嘉荣。近来时世轻先辈，好染髭须事后生。"② 这里容易引起误会之处在于刘禹锡所写的是歌手，所以用"唱得……声"，而苏轼所写为画手，故用"画出……声"，于字面上看似乎存在语病。王若虚《滹南遗老集》卷三十九云："予谓可言'声外意'，不可言'意外声'也。"③ 查慎行《初白庵诗评》卷中也说："刘宾客诗本是'唱得凉州意外声'，而先生乃改作阳关。虽偶尔借用，然未免牵率之病。"④《阳关图》，据元代胡祗遹《跋阳关图》云："画至龙眠别立新意，不袭朱碧故智，水墨溶化，而物物意态自足。《阳关》一图，去者有离乡辞家之悲，来者有观光归国拜父兄见妻子之喜。挽辂援车，驱马引驼，祖饯迎迓，一貌一容，纷纷扰扰，恍然在京师门外尘埃群动中。一渔父水边垂钓，悠然闲适，前人以为得动中之静。"⑤ 图中的一动，正是《阳关图》本意所在，而一静正是"意外声"，即画家主体的思想载体。这"意外声"，就是其二所写："两本新图宝墨香，樽前独唱《小秦王》。为君翻作《归来引》，不学《阳关》空断

---

① 张志烈、马德富、周裕锴主编《苏轼全集校注》第 5 册，河北人民出版社，2010，第 3349 页。
② 刘禹锡：《刘禹锡集》，中华书局，1990，第 333 页。
③ 王若虚：《滹南遗老集》（附续诗集），中华书局，1985，第 284 页。
④ 曾枣庄：《苏诗汇评》第 2 卷所引，四川文艺出版社，2000，第 1282 页。
⑤ 转引自张少康《中国历代文论精品》，时代文艺出版社，1995，第 670 页。

肠。"① 这跟米嘉荣不阿时好的"唱得凉州意外声"正同。可见，苏轼不仅用典无误，反而更好地表达出了诗意。

第二节　苏诗中的格物新变与诗学传统

程千帆先生《韩诗〈李花赠张十一署〉篇发微》及《与徐哲东先生论昌黎〈南山〉诗记》诸文，以近代光学知识解释韩愈诗句"花不见桃惟见李"和"时天晦大雪，泪目苦矇眬"，并揭橥文学与科学之关系云："夫科学所以格物，文学所以状物，二者若不相谋。然必格物之术愈工，则状物之精愈显，是又足以相成。故近世言批评者，往往借助于自然社会诸科学，未尝暖姝于一家之言而自画也。"② 伴随着各学科研究的精耕细作，科学与文学的关系也在不断深化，如认知科学对认知诗学的影响③；与此同时，对科学与艺术（包括文学）关系的研究也得到提升，如《奴役与抗争——科学与艺术的对话》就在总体上展开对科学与艺术的同异之探究④。在古代文学研究领域也有可喜进展⑤：一是以科学知识阐释古典诗歌或研究古典诗人，如谢思

---

① 张志烈、马德富、周裕锴主编《苏轼全集校注》第5册，河北人民出版社，2010，第3350页。
② 程千帆：《唐代进士行卷与文学　古诗考索》，商务印书馆，2014，第498页。
③ 刘文：《认知科学在文学研究中的运用》，《求索》2007年第10期。
④ 李公明：《奴役与抗争——科学与艺术的对话》，江苏人民出版社，2001年。
⑤ 值得注意的是，对科学方法与传统诗学的关系，学界也展开讨论，如梅云生先生《传统诗学与科学方法——梁启超后期诗论述评》［《安徽师范大学学报》（人文社会科学版）2015年第5期，后收入《中国诗学研究》第11辑，安徽师范大学出版社，2015，第1~19页］便从方法论的角度论述科学方法对梁启超诗论的影响。一些科学家也喜欢用古典诗句来揭示某些科学现象，并用科学知识加以解释，这尽管并非传统的古代文学研究，但也值得关注和留意，如王振东先生的《诗情画意谈力学》，高等教育出版社，2008。

第四章 "出新意于法度之中，寄妙理于豪放之外"

炜《杜甫的数学知识》①，从杜甫的作品中考察其数学修养；二是初步论述科学在文艺中的作用，如衣若芬的苏轼研究便注意到其画学与算学："处于中国科技最发达、成就最辉煌的时代，苏轼或许也受到了当时重视算学的风气影响，将美感与实质的测量运算联系在一起。"②但总体来说，衣女史的研究较为粗糙，仅涉及科学对文学的表面影响，而没深入研究二者的复杂关系。本文即以宋代诗歌创作成就最高的苏轼为例，在深入探讨二者复杂关联的基础上，破解苏轼平衡格物新变与诗学传统的秘诀，增进对苏轼诗歌艺术的新知。

一 诗学批评的格物学转向及其失衡

古代中国并没有"科学"概念，只有近似的"格物致知"③。但缺乏科学概念并不意味着科学探究本身的缺席④。李约瑟在《中国科学技术史·导论》中说："中国人的这种才智，过去很普遍而且经常地被一些中国文人向西方读者说成是主要表现在农业和艺术方面的才能。"⑤ 这些"中国文人"不仅让"西方读者"如此认为，也让很多国人作如是观。只要略微翻阅《中国科学技术史》，就会发现古代中国相比同时期的其他国家，科技成果更显灿烂辉煌。

---

① 谢思炜：《杜甫的数学知识》，《古典文学知识》2013年第2期。
② 衣若芬：《苏轼题画文学研究》，台北文津出版社，1999，第117页。
③ 参见蔡铁权《格物致知的传统阐释及其现代意蕴——一种科学与科学教育的解读》，《全球教育展望》2014年第6期。
④ 苏湛将之定义为"古代科学"，并指出这个概念的四种指陈："符合现代科学理论的观点和行为、对自然现象的准确记录、以探索自然之理为目的的行为，或者在方法和研究对象上与现代科学相通的活动。"（苏湛、刘晓力：《十一世纪中国的科学、技术与社会》，科学出版社，2016，第7页）可作参考。
⑤ 李约瑟：《中国科学技术史》，王铃协助，科学出版社、上海古籍出版社，1990，第7页。

157

科学理性源自诗性智慧,"原始的诸异教民族,由于一种已经证实过的本性上的必然,都是些用诗性文字(poetic characters)来说话的诗人"①,而"从这种诗性智慧中看出:各门技艺和各门科学的粗糙的起源:也就是一种诗性的或创造性的玄学;从这种粗浅的玄学中一方面发展出也全是诗性的逻辑功能、伦理功能、经济功能和政治功能;另一方面发展出物理知识、宇宙的知识、天文知识、时历和地理的知识"②,同时又对感性材料起到理性整理的作用:"感觉是完全可靠的,是一切知识的泉源。科学是实验的科学,科学就在于用理性方法去整理感性材料。"③故而科学与文学之间存在着客观规律,并且不以人的意志为转移。但这种客观规律是否为自觉意识,能否被充分利用,则因个体不同而出现质的区别。这种区别尤其显著地体现在诗学批评家身上。

宋代,伴随格物学在诗歌中占有一席之地并发挥重要作用,相应的诗学批评也发生格物学转向。越来越多的学者开始关注诗中的格物学。如熙宁九年(1076)三月苏轼所作《和文与可洋川园池三十首》之《披锦亭》云:"烟红露绿晓风香,燕舞莺啼春日长。"④《永乐大典》卷八二一引袁文《瓮牖闲评》云:"'烟红露绿晓风香',此苏子瞻《披锦亭》诗也。烟焉得红,露焉得绿?诗家故作此语,亦'枕流漱石'之意耳。"⑤袁文引

---

① 维柯:《新科学·本书的思想》上册,朱光潜译,商务印书馆,2009,第31页。
② 维柯:《新科学·英译者的引论》上册,朱光潜译,商务印书馆,2009,第45~46页。
③ 马克思、恩格斯:《论文学与艺术》(一),人民文学出版社,1982,第392页。
④ 张志烈、马德富、周裕锴主编《苏轼全集校注》第3册,河北人民出版社,2010,第1366页。
⑤ 张志烈、马德富、周裕锴主编《苏轼全集校注》第3册,河北人民出版社,2010,第1366页。

第四章 "出新意于法度之中，寄妙理于豪放之外"

用"枕流漱石"典故，实乃古典和今典的统一。古典指《世说新语·排调》："孙子荆年少时欲隐，语王武子'当枕石漱流'，误曰'漱石枕流'。王曰：'流可枕，石可漱乎？'孙曰：'所以枕流，欲洗其耳；所以漱石，欲砺其齿。'"① 今典指与袁文同朝而时间略早的苏轼所作的《记所作诗》："吾有诗云：'日日出东门，步寻东城游。城门抱关卒，怪我此何求。我亦无所求，驾言写我忧。'章子厚谓参寥曰：'前步而后驾，何其上下纷纷也。'仆闻之，曰：'吾以尻为轮，以神为马，何曾上下乎？'参寥曰：'子瞻文过有理，似孙子荆……'"② 袁文意在强调苏轼诗句虽不符合格物学，但自有诗家用意之所在。尽管袁文阐释不当（苏轼诗句其实是对文与可原诗"紫红层若云，密叶叠如浪"的浓缩），但从中亦可见格物学在诗学批评中的影响。

同样关注格物学，批评者却呈现完全不同的面貌。

袁文以格物之学阐释苏诗，弄巧成拙。但诗论家也不乏在格物学的基础上结合诗意、得出正解者。苏轼元丰六年（1083）作有《橄榄》诗："纷纷青子落红盐，正味森森苦且严。"③ 陈鹄《西塘集耆旧续闻》卷二云："徐师川云：东坡《橄榄》诗云'纷纷青子落红盐'，盖北人相传以为橄榄树高难取，南人用盐擦则其子自落。今南人取橄榄虽不然，然犹有此语也。东坡遂用其事。正如南海子鱼，出于莆田通应王祠前者味最胜，诗人遂云'通印子鱼犹带骨'，又云'子鱼俎上通三印'，盖亦传者之讹也。世只疑'红盐'二字，以为别有故事，不知此即《本草》论盐有数种：'北海青，南海赤。'橄榄生于南海，故用

---

① 余嘉锡：《世说新语笺疏》，中华书局，2011，第675页。
② 苏轼：《东坡题跋》，上海远东出版社，1996，第133页。
③ 张志烈、马德富、周裕锴主编《苏轼全集校注》第4册，河北人民出版社，2010，第2488页。

159

红盐也。又《太平广记》云：'交河之间，平碛中掘数尺，有戎盐，红紫色，鲜味甘。本朝建炎间亦有贡红盐者。红盐字雅宜用之。"①

更多的学者则因被格物学吸引而忘记阐发诗意。胡仔《苕溪渔隐丛话前集》卷四十一云："《王直方诗话》云：'……范景仁言：橄榄木高大难采，以盐擦木身，则其实自落。此所以有落红盐之语也。'苕溪渔隐曰：'余居岭外七年，备见土人采橄榄，初未尝以盐擦树身，亦只以梯采之，或以杖击之。而东坡落红盐之语，当自别出小说也。"②胡仔还稍顾及诗意，吴曾则更倾向于格物本身，其《能改斋漫录》卷十五方物"采橄榄"又引一法云："江邻几《嘉祐杂志》云：'橄榄木，其花如樗。将采其实，剥其皮，以姜汁涂之，则尽落。'范说乃尔，何耶？岂咸、辣皆可用欤？"③

苏轼元丰二年（1079）五月作《舶趠风》，其叙云："吴中梅雨既过，飒然清风弥旬，岁岁如此，湖人谓之舶趠风。是时，海舶初回，云此风自海上与舶俱至云尔。"诗云："三旬已过黄梅雨，万里初来舶趠风。几处萦回度山曲，一时清驶满江东。惊飘蔌蔌先秋叶，唤醒昏昏嗜睡翁。欲作兰台快哉赋，却嫌分别问雌雄。"④苏轼所关注者乃清风，如《送孙著作赴考城，兼寄钱醇老、李邦直，二君于孙处有书见及》云："清风独无事，一啸亦可唤。"⑤又《与王郎昆仲及儿子迈，绕城观荷花，登岘

---

① 陈鹄：《西塘集耆旧续闻》，上海古籍出版社，2012，第91页。
② 吴文治：《宋诗话全编》第4册，江苏古籍出版社，1998，第3806页。
③ 吴曾：《能改斋漫录》第3册，中华书局，1985，第401页。
④ 张志烈、马德富、周裕锴主编《苏轼全集校注》第3册，河北人民出版社，2010，第2030页。
⑤ 张志烈、马德富、周裕锴主编《苏轼全集校注》第3册，河北人民出版社，2010，第2034页。

第四章 "出新意于法度之中,寄妙理于豪放之外"

山亭,晚入飞英寺,分韵得'月明星稀'四字》其二说得更清楚:"清风定何物,可爱不可名。所至如君子,草木有嘉声。我行本无事,孤舟任斜横。中流自偃仰,适与风相迎。举杯属浩渺,乐此两无情。归来两溪间,云水夜自明。"① 苏轼引吴人之说,不过以新词改换"清风",从而使"舶趠风"跟"黄梅雨"形成巧对。

陈岩肖却专注于诗中的格物学,其《庚溪诗话》卷下云:"吴中每暑月,则东南风数日,甚者至逾旬而止,吴人名之曰'舶趠风'。云海外舶船,祷于神而得之,乘此风到江浙间也。东坡吴中诗曰:'三旬已过黄梅雨,万里初来舶趠风。'余官吴门,庚午岁夏六月既望之三日,风作,逾旬而止,暑气顿减。余因作赋以广之,其略曰:'度华厦而既爽,入穷阎而亦清。无雌雄之或异,信造物之均平。盖弥旬而后止,失六月之炎蒸。'又曰:'彼蛮樯与海槛,得乘时伺便而至耳。谓区区专意于此曹,则亦岂天壤之至理。盖欲脱吾民于焦灼,窃意造物其专在是也。'即其后往来吴中不常,至丙子岁,余罢尚书郎,寓居无锡。至六月晦前三日,此风作,凡七日而止。按:坡诗谓梅雨已过,此风初来,则当在五月或六月初。而余两见之,乃在六月望后与六月晦前。或曰:节气有早晚也。然庚午岁梅雨过两旬而风来,丙子岁梅雨过一月始来。得非此风早晚本无定,东坡亦据当时所见而言耶?"② 其所考察,尽管与今天的季候风颇不吻合,但能有气象变迁的意识已属难能可贵,却与诗歌的关系日渐远离。

---

① 张志烈、马德富、周裕锴主编《苏轼全集校注》第3册,河北人民出版社,2010,第2062~2063页。
② 陈岩肖:《庚溪诗话》,中华书局,1985,第18~19页。

为什么在徐师川、陈鹄身上，格物学转向对诗学批评起到积极作用，而在胡仔、吴曾和陈岩肖手中，格物学反而转移了诗学批评的注意力，甚至成为诗学批评家关注的本身？这或许与徐师川同为诗人的身份有关，诗人之心更易相互贴近，但从学理角度分析，则是因为大多数诗学批评家并没真正厘清苏诗中的格物学与诗学之间的复杂关系。

二　双刃剑：诗学传统中的格物新变

（一）格物学对诗歌创作的推进

格物学影响到作为创作主体的诗人看待、观察、思考、评价客观世界的途径、角度和立场，对健全诗人的知识结构、深化诗人的观察敏锐程度和提升诗人的认知空间意义重大，这自然会推动诗歌创作。

其一，格物致知的角度不同，往往引发不同的书写视角，从而使同一类诗歌在创作中取得新成绩。苏轼《再用前韵》（指《十一月二十六日，松风亭下，梅花盛开》诗韵）其中两句云："纷纷初疑月挂树，耿耿独与参横昏。"① 后人多拿林逋名句"疏影横斜水清浅，暗香浮动月黄昏"与之相比，得出截然相反的结论②。诗词各有妙处，不能用同一标准取舍。林逋的妙处在于侧面写尽月光下的梅影、梅香，苏轼的妙处在于直写夜色中亮堂的白梅。二人分别从侧面、正面写出梅格。就难度来讲，苏轼更大：既有林逋之作在前，又要正面描写，无法投机取巧。

---

① 张志烈、马德富、周裕锴主编《苏轼全集校注》第 7 册，河北人民出版社，2010，第 4458 页。
② 周紫芝《竹坡诗话》认为苏轼此诗胜过林逋之作，安磐《颐山诗话》、陈衍《石遗室诗话》卷二五、丁仪《诗学渊源》卷七都批驳周紫芝，认为林逋所作更佳。

第四章 "出新意于法度之中，寄妙理于豪放之外"

而苏轼此句的成功，即得益于自然观察。蔡绦《西清诗话》卷上记载："（王安石）又在蒋山时，以近制示东坡。东坡云'若积李兮缟夜，崇桃兮炫昼，自屈宋没世，旷千余年，无复离骚句法，乃今见之。'荆公曰：'非子瞻见谀，自负亦如此。然未尝为俗子道也。'"① 王安石卒于元祐元年（1086），苏轼此诗作于绍圣元年十一月二十六之后（阳历已入1095年），则论诗发生在创作之前。程先生以光学知识分析"花不见桃惟见李"，王安石"积李兮缟夜，崇桃兮炫昼"实与韩愈诗句路数一致，苏轼则将白李物象投射到白梅身上，使白梅本身带有的孤洁品格得到全新揭示，从而取得更加动人的艺术效果。苏轼虽缺乏现代光学知识，但对此类现象的关注、留意，有助于诗歌视角的转换和传统诗意的提炼，从而"出新意于法度之中"。

其二，诗歌尽管如培根所说"跟想象力有很大关系"②，但也跟精细的描写密不可分，而精细描写，更需格物学。苏轼元丰元年（1078）十二月创作《石炭》一诗，其中正面写石炭的是"流膏迸液无人知，阵阵腥风自吹散。根苗一发浩无际，万人鼓舞千人看。投泥泼水愈光明，烁玉流金见精悍"等句③。"流膏迸液"，校注云："谓炭质极美，有膏油流出。"又解释"投泥"二句："上句言石炭含油量大，投泥泼水亦可燃烧；下句言燃烧火力之猛，可使金玉消镕。"④ 王仁农云："诗中'投泥泼水愈光明'、'阵阵腥风自吹散'两句，不但对烧煤需要加泥泼水的经验作了介绍，而且从中仿佛使人们闻到了煤层在氧化

---

① 吴文治：《宋诗话全编》第3册，江苏古籍出版社，1998，第2491页。
② 培根：《学术的进展》，刘运同译，上海人民出版社，2007，第75页。
③ 张志烈、马德富、周裕锴主编《苏轼全集校注》第3册，河北人民出版社，2010，第1886页。
④ 张志烈、马德富、周裕锴主编《苏轼全集校注》第3册，河北人民出版社，2010，第1887页。

及自燃中散发的气味。"① "流膏"是煤焦油，含有杂质，比如硫磺等，具有特殊臭味。孟子寻认为"投泥泼水愈光明，烁玉流金见精悍"意为："开采出来的煤炭扔进泥里还烧得愈旺，好似黄玉闪耀熔金流光，这说明煤质是何等的优良！"② 这类细致的描写，若非苏轼亲自寻找煤矿，并欣喜地细致查看、闻嗅，很难写得如此传神。

其三，对善议论的苏诗来说，构思尤为重要，而格物学的知识，对构思极有助益。苏轼《沉香石》云："山下曾逢化松石，玉中还有辟邪香。"③ "化松石"，典出陆龟蒙《二遗诗并序》："二遗者何？石枕材、琴荐也。石者何？松之所化也。松者何？越之东阳也。东阳多名山，就中金华为最。枝峰蔓壑，秀气磅礴者数百里。不啻神仙登临，草木芬怪，永康之地，亦蝉联其间。中饶古松，往往化而为石。盘根大柯，文理曲折，尽为好事者得而致于人间，以为耳目之异。"④ 杜光庭《录异记》卷七《异石》也有此类记载。《中国地学史》云："上述情况，很可能是作者把硅化木误解为枯松了。硅化木又称木化石，常见植物化石中的一种。植物的次生木质部细胞全部被二氧化硅以分子方式进行等速的相互交换，使硅化木不仅保存了年轮，还可保留植物的细微构造，看上去跟枯树一样，很容易使古人误解。"⑤ 苏轼接触化石有助于他在诗中展开类似联想，如《次韵滕大夫三首·雪浪石》云："且凭造物开山骨，已见天吴出浪

---

① 王仁农：《徐州煤田与苏东坡》，《当代矿工》1990年第1期，第37页。
② 孟子寻：《徐州知州苏东坡与〈石炭歌〉》，《读与写杂志》2013年第9期，第22页。
③ 张志烈、马德富、周裕锴主编《苏轼全集校注》第6册，河北人民出版社，2010，第4250页。
④ 陈贻焮：《增订注释全唐诗》第4册，文化艺术出版社，2001，第559页。
⑤ 杨文衡、杨勤业：《中国地学史·古代卷》，广西教育出版社，2014，第422页。

第四章 "出新意于法度之中，寄妙理于豪放之外"

头。"自注："石中有似海兽形状。"① 又《杨康功有石，状如醉道士，为赋此诗》云："楚山固多猿，青者黠而寿。化为狂道士，山谷恣腾蹂。误入华阳洞，窃饮茅君酒。君命囚岩间，岩石为械杻。松根络其足，藤蔓缚其肘。苍苔眯其目，丛棘哽其口。三年化为石，坚瘦敌琼玖。无复号云声，空余舞杯手。樵夫见之笑，抱卖易升斗。"② 又《欧阳少师令赋所蓄石屏》云："我恐毕宏韦偃死葬虢山下，骨可朽烂心难穷。神机巧思无所发，化为烟霏沦石中。古来画师非俗士，摹写物象略于诗人同。愿公作诗慰不遇，无使二子含愤泣幽宫。"③

其四，诗歌构思灵感，有时也来自格物学。元丰八年（1085）十二月《惠崇春江晚景二首》其一云："春江水暖鸭先知。"④ 毛奇龄《西河诗话》卷五云："水中之物，皆知冷暖，必先及鸭，妄矣。"⑤ 钱锺书《谈艺录》第六八条云："是必惠崇画中有桃、竹、芦、鸭等物，故诗遂遍及之。"⑥ 校注云："此乃东坡以意参画，兴到笔到之作。钱说最得诗旨。"⑦ 苏轼状物，追求其独特性，就算惠崇画中有鸭，也不能很好地解释苏轼此句的独特之处。《螺江日记》卷六引王鹤汀之说："毛先生以水暖先

---

① 张志烈、马德富、周裕锴主编《苏轼全集校注》第6册，河北人民出版社，2010，第4248页。
② 张志烈、马德富、周裕锴主编《苏轼全集校注》第5册，河北人民出版社，2010，第2881~2882页。
③ 张志烈、马德富、周裕锴主编《苏轼全集校注》第1册，河北人民出版社，2010，第566页。
④ 张志烈、马德富、周裕锴主编《苏轼全集校注》第5册，河北人民出版社，2010，第2946页。
⑤ 张志烈、马德富、周裕锴主编《苏轼全集校注》第5册，河北人民出版社，2010，第2947页。
⑥ 钱锺书：《谈艺录》，生活·读书·新知三联书店，2007，第551页。
⑦ 张志烈、马德富、周裕锴主编《苏轼全集校注》第5册，河北人民出版社，2010，第2947页。

知仅属于鸭,为坡诗病;予之病坡诗志(者)不然。鸭之在水,无间冬夏,又何知有冷暖,而谩以'先知'予之?虽一时谐笑之言,然自是至理,为格物家所不废。若然,则坡诗诚不无可议矣。盖缘情体物,贵得其真,窃恐'先知'之句,于物情有未真也。"① 王鹤汀以格物家身份严格要求苏诗,自己却没做到格物致知。下面诗句由画面上的动物联想到饮食:"蒌蒿满地芦芽短,正是河豚欲上时。"校注云:"则蒌蒿似可使河豚肥,又是鱼羹佐料,且能解毒。"② 据半夏解释:"蒌蒿与芦芽,不但是河豚的催肥饲料……同时蒌蒿又是食鱼譬如河豚的烹饪作料,而芦芽更是解河豚毒的犀利秘药。"③ 既然诗中暗含饮食,则"鸭"已经不单纯是动物了,也是一种食物。据中医记载,鸭肉性寒(《本草纲目》:"肉气味甘冷。"),鹅肉性平(《本草纲目》:"肉气味甘平。"),寒者更易感知水温④。苏轼擅长医药饮食,有广博的医学知识,且曾以医学知识分析过白居易的诗。绍圣三年(1096)《与翟东玉》云:"马,火也。故将火而梦马。火就燥,燥而不已则穷,故膏油所以为无穷也。药之膏油者,莫如地黄,以啖老马,皆复为驹。乐天《采地黄》诗云:'与君啖老马,可使照地光。'今人不复知此法。"⑤ 既然如此,苏轼完全可以由画上之鸭联想到鸭肉性寒可食,说其"先知"水暖,

---

① 转引自王水照《苏轼选集》(修订本),中华书局,2015,第159页。
② 张志烈、马德富、周裕锴主编《苏轼全集校注》第5册,河北人民出版社,2010,第2948页。
③ 半夏:《意料之外的博物玄机——读苏轼〈惠崇春江晚景〉》,《文史知识》2016年第7期,第35页。
④ 刘衍文《寄庐杂笔》认为苏轼的说法来自当时的谚语"鸡寒上树,鸭寒下水",但与诗意不合,谚语中的"寒"是指天寒,与诗中"水暖"明显矛盾。且这个说法,已被陆游《老学庵笔记》卷二"验之皆不然"所否定(上海书店出版社,2000,第95页)。
⑤ 张志烈、马德富、周裕锴主编《苏轼全集校注》第17册,河北人民出版社,2010,第6376页。

第四章 "出新意于法度之中，寄妙理于豪放之外"

既充满诗意，又诙谐幽默。

另外，诗歌作品也对格物学有促进作用，最显著的体现就是更好地传播格物知识。绍圣元年（1094）苏轼作《秧马歌》，其引云："过庐陵，见宣德郎致仕曾君安止。出所作《禾谱》，文既温雅，事亦详实。惜其有所缺，不谱农器也。予昔游武昌，见农夫皆骑秧马。以榆枣为腹欲其滑，以楸桐为背欲其轻。腹如小舟，昂其首尾；背如覆瓦，以便两髀。雀跃于泥中，系束藁其首以缚秧。日行千畦，较之伛偻而作者，劳佚相绝矣。《史记》禹乘四载，'泥行乘橇'。解者曰：'橇形如箕，擿行泥上。'岂秧马之类乎？作《秧马歌》一首，附于《禾谱》之末云。"① 苏轼作完此歌，又广为抄写流布，改进技艺，使秧马更便于百姓耕作，见其所作《题秧马歌后四首》②。诗序中已交代清楚的秧马程式，在诗中一笔带过。诗的开头以农夫没有秧马的艰辛和有秧马的便利形成对比，结尾则以在秧马帮助下躬耕一生的老农之平安和富贵公子生涯之颠簸为对照，表达苏轼南迁过程中对归耕生活的向往，对有秧马之助的园田生活的羡慕。而诗的中间一段，则通过生动的诗句描写，使秧马在苏轼笔下活灵活现，成为一匹真马："……我有桐马手自提，头尻轩昂腹胁低。背如覆瓦去角圭，以我两足为四蹄。耸踊滑汰鶻如凫鹥，纤纤束藁亦可赍。何用繁缨与月题，却从畦东走畦西。山城欲闭闻鼓鼙，忽作的卢跃檀溪。归来挂壁从高栖，了无刍秣饥不啼……"③读来亲切，富有感染力，使诗歌和所写农具技术传播得更快、更广。

---

① 张志烈、马德富、周裕锴主编《苏轼全集校注》第 7 册，河北人民出版社，2010，第 4368 页。
② 张志烈、马德富、周裕锴主编《苏轼全集校注》第 19 册，河北人民出版社，2010，第 7696~7699 页。
③ 张志烈、马德富、周裕锴主编《苏轼全集校注》第 7 册，河北人民出版社，2010，第 4368~4369 页。

(二) 诗学与格物学相互制约

格物学依赖理性思维，需要对所格之物的表层特征和内在属性做全方位的观察、探究、演绎和归纳，需要多次、精准的实验反复推敲和验证才能得出较为普遍的规律或原理。而诗歌注重感性生发，虽然也追究普遍的天道、物理，但格物并非诗学的终极目的，而需要饱满地隐含在丰富的物象之中，从而形成生动活泼、富有独特风格的语言呈现。因此，诗学与格物学不可避免地从本体论和认识论等方面，显露出相互制约的矛盾。

这种矛盾，一方面表现在诗意表达对格物学的扬弃上。同样是开矿，苏轼在《石炭》诗中对煤块的描写精细生动，而在绍圣元年（1094）《月华寺》中，却因诗意迥然不同而对铜矿石只有一句描写。其叙云："寺邻岑水场，施者皆坑户也。百年间，盖三焚矣。"① 岑水场为北宋三大铜场之首（见《宋会要辑稿·选举》二八至三二），坑户就是矿冶户。全诗只写道"高岩夜吐金碧气，晓得异石青斓斑"，其他全是叙事和议论，表现此山因含有宝藏而被开掘的厄运，呼吁返璞归真。两诗对照，苏轼出于表达需要，对格物学有大幅的取舍。如果继续通过格物学的观察，描写开采的矿石如何精良、冶炼的金属何其纯良，则与诗意相悖。

另一方面，格物致知渐渐转向自然科学，从而形成求真的格物氛围，使诗人在诗歌创作中不得不求真。这样一来，格物学就对诗歌创作形成理性禁区，使原本更富有美感的想象不得不退而求其次，在确保语句和语意真实的基础上，才能进一步考虑艺术效果。元祐六年（1091）《再和杨公济梅花十绝》其四

---

① 张志烈、马德富、周裕锴主编《苏轼全集校注》第 7 册，河北人民出版社，2010，第 4397 也。

第四章 "出新意于法度之中,寄妙理于豪放之外"

云:"夜寒那得穿花蝶,知是风流楚客魂。"① 马位《秋窗随笔》云:"余以为梅时未有蝶……后偶看梅,见双白蝶翩翩然寻香于疏枝冷蕊间,始知苏诗之工也。古人用事,不可轻议。书此以志吾过。"② 苏轼诗中对寒夜出现蝴蝶这样的反常现象表示惊异,但确实为眼前所见,方才入诗,并进行诗意演绎,把蝴蝶想象成"风流楚客魂"。马位以常理推之,后获目验始信。此类诗歌在苏轼诗中较为常见,多集中在咏物诗中,先推敲其物理,然后再展开诗意联想。如嘉祐四年(1059)《诸葛井盐》云:"五行水本咸,安择江与井?如何不相入,此意谁复省。人心固难足,物理偶相逞。犹嫌取未多,井上无闲绠。"③ 先说水性本咸,为什么江水和盐井中的水咸淡有别、不相混合?再在此基础上,开始批评人心之贪。

三 格物学的诗学价值转化

尽管格物学对诗学来说是把双刃剑,存在着既相互促进又彼此制约的复杂关系,但只要将格物学进行恰到好处的诗学价值转化,格物学对诗学的价值还是利大于弊的。苏轼在这方面积累了丰富的经验。一方面,他在诗歌批评的时候更侧重诗学价值,如《书诸集改字》云:"杜子美云:'白鸥没浩荡,万里谁能驯。'盖灭没于烟波间耳。而宋敏求谓余云,鸥不解'没',改作'波'。二诗改此二字,觉一篇神气索然也。"④ 另一方面,

---

① 张志烈、马德富、周裕锴主编《苏轼全集校注》第6册,河北人民出版社,2010,第3657页。
② 丁福保:《清诗话》,中华书局,1963,第834页。
③ 张志烈、马德富、周裕锴主编《苏轼全集校注》第1册,河北人民出版社,2010,第57页。
④ 张志烈、马德富、周裕锴主编《苏轼全集校注》第19册,河北人民出版社,2010,第7517页。

169

格物学在其具体的创作实践中得到极其完美、恰如其分的表现。

第一，从诗歌文本层面，通过暗用典故、转换句序等技巧，剔除格物之学中破坏诗意的部分。苏轼熙宁九年（1076）三月所作《和文与可洋川园池三十首》之《湖桥》诗云："桥下龟鱼晚无数，识君拄杖过桥声。"①纪昀云："暗用'堂堂策策'事，写出闲逸。""堂堂策策"事典出《化书》卷五："庚氏穴池，构竹为凭槛，登之者，其声策策焉；辛氏穴池，构木为凭槛，登之者，其声堂堂焉。二氏俱牧鱼于池中，每凭槛投饵，鱼必踊跃而出。他日但闻策策堂堂之声，不投饵亦踊跃而出。"②这实际上是巴普洛夫实验的古老展现，只不过狗变成鱼，铃声换成策策堂堂声。策策堂堂声原本对鱼没有效果，是为中性刺激。鱼饵才是引起鱼踊跃而出的无条件刺激。经过策策堂堂声后的投鱼饵被强化，鱼产生条件反射，听到此声不投鱼饵也会踊跃而出。这样，策策堂堂声就通过与鱼饵的配对结合变成条件刺激。从心理学角度解释诗句，固然让人更清楚，但却瓦解了人与动物之间和谐、自然的联系。因此苏轼此处"暗用"此典。之所以认为是苏轼自觉"暗用"，是因为他有这方面的格物知识。其《记先夫人不残鸟雀》云："少时所居书屋前，有竹柏杂花丛生满庭，众鸟巢其上。武阳君恶杀生，儿童婢仆，皆不得捕取鸟雀。数年间，皆巢于低枝，其毂可俯而窥。又有桐花凤，四五日翔集其间。此鸟毛羽至为珍异难见，而能驯扰，殊不畏人。闾里间见之，以为异事。此无他，不忮之诚信于异类也。有野老言，鸟雀去人太远，则其子有蛇鼠狐狸之忧。人既

---

① 张志烈、马德富、周裕锴主编《苏轼全集校注》第 3 册，河北人民出版社，2010，第 1345 页。
② 张志烈、马德富、周裕锴主编《苏轼全集校注》第 3 册，河北人民出版社，2010，第 1346 页。

第四章 "出新意于法度之中，寄妙理于豪放之外"

不杀，则自近人者，欲免此害也。"① 虽然野老的解释没有巴普洛夫实验对诗意的破坏力大，但在诗歌中，苏轼还是把野老之说穿插于诗中间，而在诗末点明诗意，如元祐四年（1089）《异鹊》云："昔我先君子，仁孝行于家。家有五亩园，么凤集桐花。是时乌与鹊，巢鷇可俯挐。忆我与诸儿，饲食观群呀。里人惊瑞异，野老笑而嗟。云此方乳哺，甚畏鸢与蛇。手足之所及，二物不敢加。主人若可信，众鸟不我遐。故知中孚化，可及鱼与豭。"②

第二，在诗歌思想层面，通过对格物学的诗性阐释，使殊无胜彩的格物知识产生美感，转化出诗学价值。熙宁八年（1075）正月，苏轼作《雪后书北台壁二首》，其一云："黄昏犹作雨纤纤，夜静无风势转严。但觉衾裯如泼水，不知庭院已堆盐。五更晓色来书幌，半夜寒声落画檐。试扫北台看马耳，未随埋没有双尖。"③ 该诗写落雪，尤其展现出诗人"不知"而雪已落厚的情形。孙奕《示儿编》却说："窃谓天下之山，至低不下数丈，而止于寻丈者少；雪虽深，埋没山阜，未之有也。"④《苏轼全集校注》云："二句谓大地封雪，而马耳山双尖犹耸峙。"⑤ 这是对的，但没解释到关键点，所以认为孙说"可备一说"⑥。在落雪过程中，如果山不足以高到云层中去，就会被雪

---

① 苏轼：《苏轼文集》，孔凡礼点校，中华书局，1986，第2374页。
② 张志烈、马德富、周裕锴主编《苏轼全集校注》第5册，河北人民出版社，2010，第3470页。
③ 张志烈、马德富、周裕锴主编《苏轼全集校注》第2册，河北人民出版社，2010，第1224页。
④ 转引自王水照《苏轼选集》（修订本），中华书局，2015，第76页。
⑤ 张志烈、马德富、周裕锴主编《苏轼全集校注》第2册，河北人民出版社，2010，第1226页。
⑥ 张志烈、马德富、周裕锴主编《苏轼全集校注》第2册，河北人民出版社，2010，第1227页。

覆盖；如果高到云层中去，不落雪也会终年积雪。马耳山顶是不可能"未埋没"的，只能是被雪埋没后，因为雪融速度最快，苏轼看时已经融化。实际上，苏轼所写正是雪后初晴，由其诗题《雪后书北台壁二首》及其二云"城头初日始翻鸦，陌上晴泥已没车"诗句可知①。又《水经注》卷三六《潍水》云："水出马耳山，山高百丈，上有二石并举，望齐马耳，故世取名焉。"② 可知马耳山原是两块石头，按照物理学的观点，石头的折光系数远低于积雪的折光系数，因此单位时间内吸收阳光的热量更快。雪后初晴的马耳山上，最先融雪露出来的是类似马耳的石头。且马耳山确实日照充足，苏辙《超然台赋》云："东海之滨，日气所先。"③ 苏轼元丰八年（1085）十月《再过超然台赠太守霍翔》云："孤云落日在马耳，照耀金碧开烟鬟。"④ 苏轼未必知道折光系数的概念，但雪融的常识是有的，元丰二年（1079）二月《雪斋》云："君不见峨眉山西雪千里，北望成都如井底。春风百日吹不消，五月行人如冻蚁。"⑤ 可见他对山顶积雪的消融并不陌生。综上可知，苏轼看到的马耳山，是雪融之后的马耳山。

那么苏轼为什么说"未随埋没有双尖"呢？这就需要对绘画的远近法（即透视法，英名 perspective）有所了解。丰子恺云："远近法是把眼前的立体形的景物看作平面形的方法……物体

---

① 张志烈、马德富、周裕锴主编《苏轼全集校注》第 2 册，河北人民出版社，2010，第 1227 页。
② 郦道元：《水经注》，时代文艺出版社，2001，第 210 页。
③ 苏辙：《苏辙集》，中国戏剧出版社，2002，第 165 页。
④ 张志烈、马德富、周裕锴主编《苏轼全集校注》第 5 册，河北人民出版社，2010，第 2899 页。
⑤ 张志烈、马德富、周裕锴主编《苏轼全集校注》第 3 册，河北人民出版社，2010，第 1928~1929 页。

第四章 "出新意于法度之中,寄妙理于豪放之外"

的大小高低等形状,实际的与透视的(绘画的)完全不同……距离远近一变,大的东西会变成很小……"① 其中变化主要围绕着"视线"与"视点"展开。苏轼尽管未必知道透视法,但对这一现象有所关注,其《超然台记》云:"因城以为台者旧矣,稍葺而新之,时相与登览,放意肆志焉。南望马耳、常山,出没隐见,若近若远,庶几有隐君子乎?"② 马耳山在超然台以南,随苏轼登临眺望的角度、高度不同而变化。此诗中的"未随埋没有双尖",即一片茫茫雪地中"出没隐见"雪融之后的马耳山顶。而之所以这样写,是想通过富有诗情画意的阐释,使"雪融化后露出来的远方的马耳山"这类自然现象转化为更有诗学价值的"从没有被雪埋没'双尖'的远方的马耳山"之类的诗歌意象,使原本越远越模糊的物象更加形象化,而马耳山顶上的两块马耳石也似乎化作真的马耳,马耳山也化作真的骏马,行走在雪域之中。其艺术效果,比嘉祐六年(1061)《辛丑十一月十九日,既与子由别于郑州西门之外,马上赋诗一篇寄之》"登高回首坡垅隔,但见乌帽出复没"③ 还要生动。因为前者原是静止之山,后者是移动之人。作品通过格物学的诗学价值转化,"庶几有隐君子乎",深刻、含蓄地倾述出诗人内心深处的自我坚守,展现出不与世俗苟合的独立姿态。

文明的进步离不开科学的发展。在神话、传说、原始幻想越来越不具说服力的理性面前,诗性也在退化,生活中的诗意也在减少。如何"诗意地栖居"成为现代社会每个个体不能不

---

① 丰子恺:《绘画与文学》,岳麓书社,2012,第1~2页。
② 张志烈、马德富、周裕锴主编《苏轼全集校注》第11册,河北人民出版社,2010,第1105页。
③ 张志烈、马德富、周裕锴主编《苏轼全集校注》第1册,河北人民出版社,2010,第181页。

面对的难题。苏轼对格物学的恰到好处的利用与转化，使格物学对诗意的破坏降到最低而对诗意的积极作用发挥到最大，其诗学意义在今天仍引人深思。而对诗歌研究者来说，在欣赏和研究古典诗歌佳作的同时，如果纯粹地以科学知识阐释诗歌，像吴曾、陈岩肖那样不懂得诗人对格物学的巧妙转化，则很容易破坏古人精心构建的诗学平衡，得不偿失。

附录一　严羽的诗学批评方法及其原因

——以辨体与以禅喻诗为中心

严羽的诗学极富争议,历代聚讼主要分两方面:一是针对其崇唐抑宋①的诗学观;二是针对其以禅喻诗的诗学批评方法。前者涉及唐、宋诗之争,后者涉及诗、禅异同的讨论,两者都是古典诗歌史上的大问题,严羽敏锐地将二者融进他的诗学体系,显示出他作为杰出诗论家的识力和魄力。20世纪以来国内外的严羽研究蔚为大观②。从20世纪末以来,出现了一些可供思考的新视角,如诗禅学理机制的探究③、语言分析④、写作意图⑤、辨体批评⑥等。这些成果给人启发,也存在一些问题,比

---

① 宋诗,严羽之时还没此名,而称作"本朝诗",除严羽批评的苏、黄诸家之外,还包括江西宗派的诗人作品。尽管与严羽同时的永嘉四灵诗人与江湖诗人已经兴起,但尚未定型,没成为他的剖析对象,所以《诗体》篇"以时而论"的诗体只列到"江西宗派体"。本文所用术语"宋诗",以严羽的视角划分,跟今天略有区别。
② 参见任先大《20世纪国内严羽研究述评》上篇,《甘肃社会科学》2006年第3期;《20世纪国内严羽研究述评》下篇,《甘肃社会科学》2006年第6期;《20世纪中西严羽研究述略》,《湖南社会科学》2007年第2期,等等。
③ 蒋寅:《以禅喻诗的学理依据》,《学术月刊》1999年第9期。
④ 周裕锴:《〈沧浪诗话〉的隐喻系统和诗学旨趣新论》,《文学遗产》2010年第2期。
⑤ 王术臻:《从严羽的诗学批评方法看〈沧浪诗话〉的写作意图》,《文学遗产》2010年第6期。
⑥ 任竞泽:《论严羽〈沧浪诗话〉之辨体批评》,《北方论丛》2007年第4期。

如作为诗学批评方法之一的辨体与以禅喻诗之间有怎样的关系，它们怎样融合在严羽诗学体系中，严羽形成其诗学批评方法的原因何在，等等。本文结合严羽的诗学观，较为全面地探讨他的诗学批评方法及其形成原因，从而对严羽诗学研究中存在的相关问题做出新的回答，以期对严羽诗学有更准确的认知和把握。

一　辨体和以禅喻诗的诗学批评方法

随着学术研究的发展，以前常被忽略的严羽诗学批评方法之一的辨体批评，日渐进入研究视野。但跟以禅喻诗相比，关于辨体批评的研究还远不够充分。因此本文先分析辨体批评，对以禅喻诗稍稍提及，而把关注点放在辨体批评和以禅喻诗的交融上。尽管本文先论述辨体批评，也试图从学理角度揭示它与以禅喻诗的关系，但并不意味着严羽是在辨体之后才开始以禅喻诗、进行诗道探讨的。

首先，严羽非常重视辨体和以禅喻诗。

尽管对严羽本人是否编撰《沧浪诗话》存在疑问[1]，但通过分析《答吴景仙书》对《诗辨》和辨体的辩护可以知道，吴景仙收到的严羽论诗作品中起码包括《诗辨》和《诗体》两篇，而这正是严羽最自得的部分。他说《诗辨》是"断千百年公案，诚惊世绝俗之谈，至当归一之论……以禅喻诗，莫此亲切"[2]，而他对于自己的辨体之识也极为自负："仆于作诗不敢自负，至识则自谓有一日之长，于古今体制，若辨苍素，甚者望而知之。"[3] 严羽不仅将辨体视为论诗的入门基础，而且擅长辨体。

---

[1] 张健：《〈沧浪诗话〉非严羽所编——〈沧浪诗话〉成书问题考辨》，《北京大学学报》（哲学社会科学版）1999年第4期。
[2] 张健：《沧浪诗话校笺》下册，上海古籍出版社，2012，第758页。
[3] 张健：《沧浪诗话校笺》下册，上海古籍出版社，2012，第766页。

他在《诗法》中云:"辨家数如辨苍白,方可言诗。"并引王安石"先体制而后文之工拙"①加以佐证。《答吴景仙书》亦云:"作诗正须辨尽诸家体制,然后不为旁门所惑。今人作诗差入门户者,正以体制莫辨也。"②严羽不仅认为辨诗体与辨诗之间关系密切,而且有时明知某诗体"不足为法",但出于对辨体的重视,还是"漫列于此,以备其体耳"③。至于以禅喻诗,严羽将其明确定义为"论诗如论禅"④,即论诗是目的,论禅是论诗的方法,故又强调"余不自量度,辄定诗之宗旨,且借禅以为喻"⑤。

其次,辨体和以禅喻诗都反对过分偏重文字,以禅喻诗更在反对文字的基础上提倡作为文字对立面的"妙悟"。

严羽辨体思想除了辨别体裁,还辨别言语。这本是文体学的题中之义:"在今天学术界所使用的文体学的概念中,有上述的主要流行文学研究领域的以体裁为核心的'文体学'与主要流行于语言学领域的以语言的功能变体为核心的'文体学'这样两种……尤其当着重于语言艺术的风格时,中西方所说的文体,其所指对象有时是很契合的。"⑥严羽在"后山体"下注云:"后山本学杜,其语似之者但数篇,他或似而不全。"⑦此注已在诗体中涉及语言分析。而《诗评》则说得更清楚:"大历以前,分明别是一副言语。晚唐,分明别是一副言语。本朝诸公,分明别是一副言语。如此见,方许具一只眼。"⑧联系《诗体》中

---

① 张健:《沧浪诗话校笺》下册,上海古籍出版社,2012,第490页。
② 张健:《沧浪诗话校笺》下册,上海古籍出版社,2012,第765页。
③ 张健:《沧浪诗话校笺》上册,上海古籍出版社,2012,第314页。
④ 张健:《沧浪诗话校笺》上册,上海古籍出版社,2012,第7页。
⑤ 张健:《沧浪诗话校笺》上册,上海古籍出版社,2012,第185页。
⑥ 钱志熙:《论中国古代的文体学传统》,《北京大学学报》(哲学社会科学版)2004年第5期。
⑦ 张健:《沧浪诗话校笺》上册,上海古籍出版社,2012,第239页。
⑧ 张健:《沧浪诗话校笺》下册,上海古籍出版社,2012,第497页。

"以时而论"之体,大历以前是盛唐体,其后是大历体、元和体(即《诗辨》中的"大历以还之诗")、晚唐体和本朝体,则诗体与言语特征紧密结合。

严羽的辨体实践主要体现在两个层面。

第一个层面是辨诗、文之体。

《答吴景仙书》云:"惟辩之未精,故所作或杂而不纯。今观盛集中,尚有一二本朝立作处,毋乃坐是而然耶?"① "又谓:'盛唐之诗,雄深雅健。'仆谓此四字但可评文,于诗则用'健'字不得。不若《诗辨》'雄浑悲壮'之语为得诗之体也。毫厘之差,不可不辩。坡、谷诸公之诗,如米元章之字,虽笔力劲健,终有子路未事夫子时气象。盛唐诸公之诗,如颜鲁公书,既笔力雄壮,又气象浑厚,其不同如此。只此一字,便见我叔脚跟未点地处也。"② 严羽认为"健"字可以评文,不能评诗;又说苏轼、黄庭坚之诗可以称作"笔力劲健",然则在严羽的认识中,苏黄之诗的特色是以文为诗。《诗辨》中也有类似的提法:"近代诸公乃作奇特解会,遂以文字为诗,以才学为诗,以议论为诗。夫岂不工,终非古人之诗也。"③ 联系后面说到的"至东坡、山谷,始自出己意以为诗,唐人之风变矣"可知,文中的"近代诸公"主要指苏黄及江西宗派诸人④。

程千帆先生《读宋诗随笔·前言》中说:"严羽指出宋人以文字为诗。文字这个词在宋代有广狭二义:广义指书面语言,

---

① 张健:《沧浪诗话校笺》下册,上海古籍出版社,2012,第768页。
② 张健:《沧浪诗话校笺》下册,上海古籍出版社,2012,第770页。
③ 张健:《沧浪诗话校笺》上册,上海古籍出版社,2012,第173页。
④ 可能也包括王安石,如"王荆公体"下云:"公绝句最高,其得意处高出苏黄陈之上,而与唐人尚隔一关。"是否包括"杨诚斋体",从严羽的注解中难以看出,他说:"其初学半山后山,最后亦学绝句于唐人。已而尽弃诸家之体而别出机杼,盖其自序如此也。"从文气来看,严羽对杨万里的"自序"似不认同。

狭义则指散文。这里显然是指曾经引起非议的以散文为诗；而以散文为诗，又往往和以议论为诗是紧密地联系着的。"① 周裕锴先生则认为"以文字为诗"并非以散文为诗，而是作为禅家"不立文字"的对立面提出来的②。从局部来看确实如此，但整体上是"以文字为诗，以才学为诗，以议论为诗"，若仅从"不立文字"对立角度解读，则后二者无着落。此句之后接"且其作多务使事，不问兴致，用字必有来历，押韵必有出处"，如果前面"以文字为诗"专指用字、押韵，似不必在后面重新强调。因此严羽在《诗辨》中所说的"以文字为诗，以才学为诗，以议论为诗"，实际上跟《诗体》中通过辨体得出的"以文为诗"是等值表述。而"以文为诗"，据程先生《韩愈以文为诗》一文考证，"其实际意义就在于要突破诗的旧界限，开拓诗的新天地"③。这样的破体行为，虽然有助于苏黄"自出己意以为诗"，有助于宋诗新风貌的形成，却跟严羽的辨体思想冲突。难怪严羽把苏黄之诗及其后来学他们的"江西诗派"称为诗中的"野狐外道""旁门""鬼窟"等，并说他们"终不悟"了④。

这里有个问题需要交代。严羽既然反对以文为诗的破体行

---

① 程千帆：《程千帆全集·读宋诗随笔》第11卷，莫砺锋编，河北教育出版社，2000，第383页。
② 周裕锴：《〈沧浪诗话〉的隐喻系统和诗学旨趣新论》，《文学遗产》2010年第2期。
③ 程千帆：《唐代进士行卷与文学 古诗考索》，商务印书馆，2014，第313页。
④ 周裕锴先生《〈沧浪诗话〉的隐喻系统和诗学旨趣新论》指出苏黄之诗是严羽认为的野狐外道，所论不详，今特为引证如下。严羽《诗评》云："大历之诗，高者尚未失盛唐，下者渐入晚唐矣。晚唐之下者，亦堕野狐外道鬼窟中。"何为"晚唐之下者"？《考证》云："《文苑英华》有太白《代寄翁参枢先辈》七言律一首，乃晚唐之下者。"此诗乃《代佳人寄翁参枢先辈》，原诗如下："等闲经夏复经寒，梦里惊嗟岂暂安。南家风光当世少，西陵江浪过江难。周旋小字挑灯读，重叠遥山隔雾看。真是为君餐不得，书来莫说更加餐。"末句正是江西诗法所在，则"晚唐之下者"实指苏黄之诗。

179

为，又说"且孟襄阳学力下韩退之远甚，而其诗独出退之之上者，一味妙悟而已"①，那么对韩愈以文为诗的诗篇应该贬斥才对，而他在《诗评》中却说："韩退之《琴操》极高古，正是本色，非唐贤所及。"②夏敬观《说韩》云："《琴操》、《皇雅》一类诗，皆非深于文者不能作。"又朱彝尊云："《琴操》果非《诗》、《骚》，微近乐府，大抵稍涉散文气。昌黎以文为诗，是用独绝。"③可知韩愈《琴操》正是以文为诗的典范之作，严羽却推为"本色"，这岂不与他反对以文为诗的主张矛盾？事实上，严羽是从得体角度来赞美的。其《诗体》说："有琴操。"注云："古有《水仙操》，辛德源所作。《别鹤操》，商陵牧子所作。"④韩愈《琴操》共10首，其中并无《水仙操》。又《韩文考异》云："欧本云：此效蔡邕作十操，事迹皆出蔡邕《琴操》云。"⑤钱仲联先生补释："寻此十操次第，退之一依蔡邕《琴操》原次。"⑥则韩愈所学《别鹤操》，乃蔡邕之本。蔡邕《琴操·别鹤操》云："《别鹤操》者，商陵牧子所作也。牧子娶妻五年无子，父兄欲为改娶。妻闻之，中夜惊起，倚户悲啸。牧子闻之，援琴鼓之，云：'痛恩爱之永离，叹别鹤以舒情。'"⑦韩愈《别鹤操》云："雄鹄衔枝来，雌鹄啄泥归。巢成不生子，大义当乖离。江汉水之大，鹄身鸟之微。更无相逢日，且可绕树相随飞。"⑧既

---

① 张健：《沧浪诗话校笺》上册，上海古籍出版社，2012，第27页。
② 张健：《沧浪诗话校笺》下册，上海古籍出版社，2012，第628页。
③ 转引自钱仲联《韩昌黎诗系年集释》下册，上海古籍出版社，1984，第1172页。
④ 张健：《沧浪诗话校笺》上册，上海古籍出版社，2012，第276页。
⑤ 钱仲联：《韩昌黎诗系年集释》下册，上海古籍出版社，1984，第1142页。
⑥ 钱仲联：《韩昌黎诗系年集释》下册，上海古籍出版社，1984，第1143页。
⑦ 蔡邕：《琴操》，《续四库全书·子部·艺术类》，上海古籍出版社，2013，第149页下。
⑧ 方世举：《韩昌黎诗集编年笺注》下册，郝润华、丁俊丽整理，中华书局，2012，第163页。

附录一 严羽的诗学批评方法及其原因

然蔡邕本《别鹤操》其体类文,则韩愈诗中出现"江汉水之大,鹄身鸟之微"之类以文为诗的语句,不正是学而似之吗?所以严羽并非为反对"以文为诗"而反对"以文为诗",而是对"以文为诗"的破体后果加以反对。这正从一个侧面反映严羽的尊体思想①。

严羽辨体实践的第二个层面是在辨别唐、宋诗的基础上,辨别唐诗中的等级。正是在这个环节,严羽的论证遇到前所未有的困难。

有学者认为《答吴景仙书》中的"辩白是非,定其宗旨"是"'辩白诗之是非',以'定其宗旨',准确地说,是'辩尽诸家体制之是非、优劣、高下',以'定诗之宗旨'"。②这其实是夸大辨体的功能,而没有意识到辨体的局限。严羽虽然重视辨体,却对辨体的意义及其局限有清醒认识。他在论鲍照"建除体"的时候说:"其诗虽佳,盖鲍本工诗,非因建除之体而佳也。"③又评论律诗"四句平入、仄入"之体"无关诗道,今皆不取"④。既然诗体有好有坏,那么剔除"不可法"或"无关诗道"者,离诗道就更进一步,如"六甲十属之类及藏头歇后等体",严羽"今皆削之"⑤。而对于符合诗道的诗体,严羽则大加赞美,如其对"有律诗彻首尾不对者"评价云:"盛唐诸公有此体……皆文从字顺,音韵铿锵,八句皆无对偶。"⑥以诗道来取舍

---

① 以文为诗,程先生在《韩愈以文为诗》中区分出"以古文为古诗"类,实则严羽并不完全反对某些诗、文相通的技巧,如《诗体》"有就句对"下注云:"前辈于文亦多此体,如王勃'龙光射牛斗之墟,徐孺下陈蕃之榻',乃就句对也。"只有在破坏诗体的情况下,严羽才反对以文为诗。
② 任竞泽:《论严羽〈沧浪诗话〉之辨体批评》,《北方论丛》2007年第4期。
③ 张健:《沧浪诗话校笺》上册,上海古籍出版社,2012,第391页。
④ 张健:《沧浪诗话校笺》上册,上海古籍出版社,2012,第314~315页。
⑤ 张健:《沧浪诗话校笺》上册,上海古籍出版社,2012,第396页。
⑥ 张健:《沧浪诗话校笺》上册,上海古籍出版社,2012,第331页。

181

诗体，虽然可以让好诗体进一步接近诗道，从而使评论诗歌作品（乃至整个时代的诗风）有个准的，即看其似不似古人之诗，如《诗法》所说："诗之是非不必争，试以己诗置之古人诗中，与识者观之而不能辨，则真古人矣。"① 但它无法论证诗道本身：既然取与不取的标准是诗道，那么通过取舍来论证诗道，其实就是循环论证。关于解决诗道的论证问题，严羽给出的对策是：结合诗体的发展历史，并借助以禅喻诗的论诗方法。他在《诗辨》中说："故余不自量度，辄定诗之宗旨，且借禅以为喻，推原汉魏以来，而截然谓当以盛唐为法。"② 即便严羽不得不"借禅以喻诗"，最后的取舍依然没有忽视辨体的意义，他紧接着说："后舍汉魏而独言盛唐者，谓古律之体备也。"

严羽以禅喻诗的基础在妙悟，他说："大抵禅道惟在妙悟，诗道亦在妙悟。"③ 而在禅学话语系统中，妙悟本是与文字对立的。《佛祖历代通载》卷七云："道生法师天纵妙悟，初《涅槃后品》未至，生熟读久之，曰：'阿阐提人自当成佛，此经来未尽耳。'于是文字之师交攻之，诬以为邪说。"④ 这是在禅宗确立之初，文字之师攻击妙悟之师。宋释普济《五灯会元》卷十六引宝月禅师语云："学者无事空言，须求妙悟。去妙悟而事空言，其犹逐臭耳。"⑤ 这是禅宗确立以后，从妙悟的角度排击空言。但不管怎么说，文字与妙悟的对立是毫无疑问的。而"悟"恰好有等级之分，可为严羽论证诗道服务。《诗辨》云："然悟有浅深，有分限之悟，有透彻之悟，有但得一知半解之悟。汉

---

① 张健：《沧浪诗话校笺》下册，上海古籍出版社，2012，第493页。
② 张健：《沧浪诗话校笺》上册，上海古籍出版社，2012，第185页。
③ 张健：《沧浪诗话校笺》上册，上海古籍出版社，2012，第27页。
④ 《乾隆大藏经》第149册，台北新文丰出版公司，1992，第116页下。
⑤ 普济：《五灯会元》下册，海南出版社，2011，第1479页。

魏尚矣,不假悟也。谢灵运至盛唐诸公,透彻之悟也。他虽有悟者,皆非第一义也。"①

最后,严羽通过本色、当行之说,统一辨体和以禅喻诗的诗学批评方法。

辨体的功能和目的在于"划界限"和"比高下","即通过对某一体裁、文类或文体之一定的内在质的规定性掌握,划分各种体裁、文类或文体之间的内外界限,划分各种体裁、文类或文体内部的源流正变的界限,并分别赋予高下优劣的价值判断和价值评价"。② 严羽辨体也不例外,而分出高下之后,对于高者的学习,严羽主张似之。《诗评》云:"集句惟荆公最长。《胡笳十八拍》浑然天成,绝无痕迹,如蔡文姬肺肝间流出。"③ 又说:"拟古惟江文通最长,拟渊明似渊明,拟康乐似康乐,拟左思似左思,拟郭璞似郭璞。独拟李都尉一首,不似西汉耳。"④ 似之,其实也就是严羽《诗法》中强调的"须是本色,须是当行"⑤。他在《答吴景仙书》中强调辨体之后,举例说:"世之技艺,犹各有家数,市缣帛者,必分道地,然后知优劣,况文章乎?"⑥ 所谓"道地",即"本色""当行"⑦,而判断这些特征的前提就是辨体。

严羽本从辨体角度提出"须是本色,须是当行",在引入"以禅喻诗"的论诗方法后,又说:"惟悟乃为当行,乃为本

---

① 张健:《沧浪诗话校笺》上册,上海古籍出版社,2012,第27页。
② 吴承学、沙红兵:《中国古代文体学学科论纲》,《文学遗产》2005年第1期。
③ 张健:《沧浪诗话校笺》下册,上海古籍出版社,2012,第636页。
④ 张健:《沧浪诗话校笺》下册,上海古籍出版社,2012,第641页。
⑤ 张健:《沧浪诗话校笺》下册,上海古籍出版社,2012,第413页。
⑥ 张健:《沧浪诗话校笺》下册,上海古籍出版社,2012,第765~766页。
⑦ 可参看张健对"本色""当行"的注释。(《沧浪诗话校笺》,上海古籍出版社,2012,第41~42页)

色。"① 即通过"当行本色"在一定程度上融合以禅喻诗的"悟"和辨体批评中的"文字"。文字与悟的矛盾在宋代已发生变化:"早期禅师典型的句式是:佛教虽不离文字,但佛性之理,非关文字。而宋代禅人的典型句式是:佛性之理,虽非关文字,但参禅学道,却离不开文字。"② 这既少不了禅僧如契嵩、惠洪等的努力,也跟苏、黄密不可分③。他们一方面认可儒家的言意观,认为文字可以传达禅悟,如黄庭坚《大沩喆禅师语录序》:"余不能尽赞其道,而以印于余心者,书之《沩山语录》之后。后世僧中有董狐,深知正法眼藏之枢纽,能持直笔,使《雅》、《颂》各得其所,必将有取于斯文。"④ 另一方面又赞同禅僧从文字"悟入",如苏轼《东坡志林·付僧惠诚游吴中代书

---

① 张健:《沧浪诗话校笺》上册,上海古籍出版社,2012,第27页。
② 周裕锴:《文字禅与宋代诗学》,高等教育出版社,1998,第22页。
③ 周裕锴先生在《文字禅与宋代诗学》中认为"黄庭坚从另一个角度为语录——古代或当代禅师言说的文字记录作了有力的辩护"(第34页),证据为《福州西禅暹老语录序》:"佛以无文之印,密付摩诃迦叶,二十八传而至中夏,初无文字言说可传可说。真佛子者即付即受,必有符证印空同文。于其契会,虽达摩面壁九年,实为二祖铸印。若其根器不尔,虽亲见德山,捧如雨点,付与临济,天下雷行,此印陆沈,终不传也。今其徒所传文字典要,号为一天下品,尽世间竹帛不能载也。盖亦如虫蚀木,宾主相当,偶成文尔。若以为不然者,今有具世间智、得文字通者,自可闭户无师,读书十年,刻菩提印而自佩之矣。故曰:'神而明之,存乎其人。''苟非其人,道不虚行。'怡山暹老初寄瓶钵于古田,时人不识也。曾福州子固拔于稠人之中,授以西禅,而道俗皆与之。蒲团曲几,于今十二年矣。暹之徒净圆,以其言句求予为序引。予问净照禅师,以为其人有道心。知子莫若父也,闻予此言,必不惊也。至录开堂升座之语以续祖灯,则其门人之志也。"周先生分析说:"在黄庭坚看来,若是钝根,即使亲自见到德山、临济禅师,仍无法传菩提心印;若是利根,则通过闭户读书仍可以自证心印。"通读全文,黄庭坚所强调的是"真佛子者即付即受,必有符证印空同文",如果没有符证,就算闭户读佛禅文字典要,乃至"刻菩提印而自佩之"也是没用的。这当然是对净圆的一个委婉的提醒,让他不必以语录为要务,而非代表黄庭坚就对"死于文字游戏之文字禅的不屑"(李光华先生所著《禅与书法》,宗教文化出版社,2011,第148页),但周先生所说"若是利根,则通过闭户读书仍可以自证心印"显然是不妥的。
④ 刘琳、李勇先、王蓉贵:《黄庭坚全集》第1册,四川大学出版社,2001,第419页。

十二》:"秀州本觉寺一长老,少盖有名进士,自文字言语悟入。至今以笔研作佛事,所与游皆一时文人。"① 这样的思想主张导致苏、黄在融合文字与参悟的基础上,尽管也意识到文字的局限,但在实际的诗论和创作中,仍侧重文字。先说被严羽批评为"用工尤为深刻,其后法席盛行,海内称为江西宗派"②的黄庭坚,无论是对禅宗"以心传心,不立文字",还是道家"言不尽意",黄庭坚都有充分认知,如《春游》云:"归来翻故纸,书尾见麟获。文字非我名,聊取二三策。"史容注云:"《传灯录·古灵禅师传》:其师在窗下看经,蜂子投窗纸,求出。师曰:'世界如许广阔,不肯出,钻他故纸,驴年出。'此用其字。"③ 又《奉答子高见赠十韵》云:"君有古人风,诗如古人作。箪瓢谢膏粱,翰墨化糟粕。"史容注云:"《庄子》曰:桓公读书于堂上,轮扁斫轮于堂下。问桓公曰:'敢问公之所读者何言耶?'公曰:'圣人之言也。'曰:'圣人在乎?'公曰:'已死矣。'曰:'然则孔之所读者,古人之糟粕而已。'"④ 面对释、道两家"故纸""糟粕"的质疑,黄庭坚在诗中从容不迫地化解:或退一步说"文字非我名,聊取二三策",或进一步夸赞子高能把"古人之糟粕"化而为诗。他在《答洪驹夫书》中说:"自作语最难,老杜作诗,退之作文,无一字无来处,盖后人读书少,故谓韩、杜自作此语耳。古之能为文章者,真能陶冶万物,虽取古人之陈言入于翰墨,如灵丹一粒,点铁成金也。"⑤ 黄庭坚不仅以文字"悟入",也经常"悟入"文字,如《第二

---

① 曾枣庄、舒大刚:《三苏全书》第 5 册,语文出版社,2001,第 118 页。
② 张健:《沧浪诗话校笺》上册,上海古籍出版社,2012,第 181 页。
③ 刘尚荣校点《黄庭坚诗集注》,中华书局,2003,第 916 页。
④ 刘尚荣校点《黄庭坚诗集注》,中华书局,2003,第 793 页。
⑤ 刘琳、李勇先、王蓉贵:《黄庭坚全集》第 2 册,四川大学出版社,2001,第 475 页。

十八书右军文赋后》云:"余在黔南,未甚觉书字绵弱。及移戎州,见旧书多可憎,大概十字中有三四差可耳。今方悟古人'沉着痛快'之语,但难为知音尔。"① 苏轼也是如此,尽管苏轼也意识到"不知有经,而况字义"②,但重心仍在文字,其《资福寺白长老真赞》云:"东坡有,老居士。见此真,欲拟议。未开口,落第二。有一语,略相似。门如市,心如水。"③ 尽管明知落第二义,仍要说出"有一语"。正如此,在苏轼心中,佛教三乘本可相通,《水陆法像赞》一切常住大辟支迦众:"我说三乘,如应病药。敬礼辟支,即大圆觉。"④ 苏轼把小乘中的辟支与大乘中的大圆觉合而为一,这与严羽摈弃小乘,专尚大乘第一义不一样。这背后牵扯到苏轼的道艺观,此处不详论。但由此也可看出,苏轼尽管也注意妙悟,但主要倾向还是归于更为实际的文字。

跟苏、黄不同,严羽在文字与悟融合的基础上更偏向悟(这跟大慧宗杲禅师有关,详后),他说:"诗有别材,非关书也;诗有别趣,非关理也。然非多读书,多穷理,则不能极其至。"⑤ 严羽自己也不否认读书,他在《庐陵客馆雨霁登楼言怀寄友》中就说:"终日坐坟典,渺然无少欣……徒事百卷文,未

---

① 郑永晓:《黄庭坚全集》中册,江西人民出版社,2008,第1224页。
② 此段文字在《苏轼全集校注》中两见,一是元祐三年(1088)《罗汉赞十六首》第七尊者(张志烈、马德富、周裕锴主编《苏轼全集校注》第13册,河北人民出版社,第2436页),二是元符三年(1100)《自海南归过清远峡宝林寺敬赞禅月所画十八大阿罗汉》第十半托迦尊者(张志烈、马德富、周裕锴主编《苏轼全集校注》第13册,河北人民出版社,第2452页)。二者全篇除首句不同,其他皆一致,故其编年等情况有待新考。
③ 张志烈、马德富、周裕锴主编《苏轼全集校注》第13册,河北人民出版社,第2500页。
④ 张志烈、马德富、周裕锴主编《苏轼全集校注》第13册,河北人民出版社,第2474页。
⑤ 张健:《沧浪诗话校笺》上册,上海古籍出版社,2012,第129页。

附录一　严羽的诗学批评方法及其原因

返一竿钓。"① 严羽虽也"多读书",但在文字与悟的融合基础上,则明确强调悟。

严羽的"本色当行"说是在统一文字和悟的基础上提出来的,则他跟释皎然诗学观看似类似,实则有本质区别。他说:"诗者,吟咏情性也。盛唐诸人,惟在兴趣,羚羊挂角,无迹可求。故其妙处,透彻玲珑,不可凑泊,如空中之音,相中之色,水中之月,镜中之象,言有尽而意无穷。"② 这跟唐僧释皎然"若遇高手如康乐公览而察之,但见情性,不睹文字,盖诣道之极也"③较为契合,严羽也认为"释皎然之诗,在唐诸僧之上"④,二人诗论中对谢灵运之诗也多有认可。但两者之间又有本质差别。释皎然论诗虽也主张"情性",但还有些浮于文字。释皎然他论曹植诗中用典,认为其"盖作者存其毛粉,不欲委屈伤乎天真,并非用事也"⑤,尽管有意区分"语似用事义非用事",最后还是归结于"毛粉",即认为用典在文字层面留下瑕疵⑥,从侧面说明他对文字的关注。《取境》则正面提及:"或云,诗不假修饰……予曰:不然。"⑦ 而在严羽诗论中,文字须服从于作者的情性,这在讨论他最推崇的李杜二人时最能体现:"少陵诗宪章汉魏,而取材于六朝。至其自得之妙,则前辈所谓集大成者也。"⑧ 又说:"观太白诗,要识真太白处。太白天材豪

---

① 陈定玉:《严羽集》,中州古籍出版社,1997,第88页。
② 张健:《沧浪诗话校笺》上册,上海古籍出版社,2012,第157页。
③ 李壮鹰:《诗式校注》,人民文学出版社,2003,第42页。
④ 张健:《沧浪诗话校笺》下册,上海古籍出版社,2012,第633页。
⑤ 李壮鹰:《诗式校注》,人民文学出版社,2003,第36页。
⑥ 李壮鹰先生云:"所谓'存其毛粉'者,当指诗句中存有微疵而言。"(《诗式校注》,第38页)也是从诗句的文字层面解释。
⑦ 李壮鹰:《诗式校注》,人民文学出版社,2003,第39页。
⑧ 张健:《沧浪诗话校笺》下册,上海古籍出版社,2012,第591页。

逸，语多率然而成者。学者于每篇中，要识其安身立命处可也。"① 无论是"自得之妙"，还是"安身立命处"，严羽诗论都着眼于人，而非文字。之所以有此差别，原因在于皎然简单地在文字与性情间取舍，严羽则透过一层，在文字与悟融合的基础上强调悟，所以他说："本朝人尚理而病于意兴，唐人尚意兴而理在其中。"②

二 严羽诗学批评方法的形成原因

严羽以辨体批评和以禅喻诗为主的诗学批评方法的形成，跟他积极吸收诗学资源和禅学资源有关。

第一，吸收诗学资源，首先体现在辨体批评上。

辨体是诗论家的看家本领。钟嵘《诗品》便自觉地辨别五言诗体的产生："夏歌曰：'郁陶乎予心。'楚谣曰：'名余曰正则。'虽诗体未全，然是五言之滥觞也。逮汉李陵，始著五言之目矣。古诗眇邈，人世难详。推其文体，固是炎汉之制，非衰周之倡也。"③ 严羽对前人的辨体成果多有吸收，但他是有取舍的："近世有李公《诗格》，泛而不备。惠洪《天厨禁脔》，最为误人。今此卷（指《诗体》篇）有旁参二书者，盖其是处不可易也。"④ 以"最为误人"的《天厨禁脔》为例，严羽对其观点就有接受和推进，如惠洪认为"唐人工诗者多专门，以是皆名世"⑤，严羽《诗评》中就说："唐以诗取士，故多专门之学，我朝之诗所以不及也。"⑥ 因此，有学者认为"严羽借鉴宗杲禅

---

① 张健：《沧浪诗话校笺》下册，上海古籍出版社，2012，第593页。
② 张健：《沧浪诗话校笺》下册，上海古籍出版社，2012，第525页。
③ 陈延杰：《诗品注》，人民文学出版社，1961，第1页。
④ 张健：《沧浪诗话校笺》上册，上海古籍出版社，2012，第396页。
⑤ 张伯伟：《稀见本宋人诗话四种》，江苏古籍出版社，2002，第110页。
⑥ 张健：《沧浪诗话校笺》下册，上海古籍出版社，2012，第522页。

学教判方法提出辨体说"①，是不太妥当的。

尊体思想并非严羽独有。魏泰《东轩笔录》卷十二记载过一次诗体争论："沈括存中、吕惠卿吉甫、王存正仲、李常公择，治平中，同在馆下谈诗，存中曰：'韩退之诗，乃押韵之文耳，虽健美富赡，而终不近古。'吉甫曰：'诗正当如是，我谓诗人以来，未有如退之也。'"沈括也用"健"字来评价韩愈的以文为诗。值得注意的是，魏泰在晚年所作《临汉隐居诗话》中，把"终不近古"改为"格不近诗"，尊体思想更明确。惠洪《冷斋夜话》卷二"馆中夜谈韩退之诗"则干脆改其为"终不是诗"。而与严羽关系密切的魏庆之，在《诗人玉屑》卷十五《评退之诗》中引其为"格不近诗"。②惠洪推崇苏黄，严羽反对苏黄，两人可谓针锋相对，但是在尊体思想上则颇为一致。正是在这个大前提下③，严羽通过辨体来区分唐、宋诗才在同时代人中没有异议。

第二，来自大慧宗杲的禅学与诗学观点。

严羽自己说："妙喜自谓'参禅精子'，仆亦自谓'参诗精子'。"④可见"妙喜"（即径山名僧宗杲）对严羽的影响。另一个较好的例子是严羽《诗辨》中透露出来的对临济宗、曹洞宗的不同取舍。他说："学汉魏晋与盛唐诗者，临济下也。学大历以还之诗者，曹洞下也。"⑤临济与曹洞都属于南宗，本无高下之别，可严羽为什么这么说？张伯伟先生从严羽本身的禅宗倾

---

① 魏静：《严羽诗禅理论与宗杲禅学》，《天津大学学报》（社会科学版）2005年第1期。
② 吴淑钿：《"馆下论诗"探析》，《复旦学报》（社会科学版）2002年第6期。
③ 尊体与破体的详细论述，可参看王水照主编《宋代文学通论》文体篇，第三章，河南大学出版社，1997，第62~68页。
④ 张健：《沧浪诗话校笺》下册，上海古籍出版社，2012，第776页。
⑤ 张健：《沧浪诗话校笺》上册，上海古籍出版社，2012，第7页。

向入手说:"尽管从禅宗史上看,临济、曹洞本来并无高低之分,但就当时而言,临济宗和曹洞宗在严羽心目中的位置则显然是有上下之别的。后人对南宋禅学未加细究,仅据禅学史上的常识诟病严羽,甚至呵斥严羽根本不知禅,这显然是不符合事实的。"① 这种不同的取舍,尽管在宗杲那里可能并不存在②,却在严羽身上明显表现出来,这从侧面说明宗杲所代表的临济宗对严羽的影响之深。

随着禅宗"不离文字"的发展,文字禅势不可挡,"甚至连提倡'默照禅'的天童正觉禅师,也有传世的颂古百则为后人评唱;而火烧《碧岩录》版的大慧宗杲禅师,也曾取古德公案一百一十则,作颂古一百一十首"③。在文字与禅悟的融合成为事实的基础上,不同的宗派做出不同的选择。曹洞宗选择摒除文字与妙悟,寂坐参禅。投子义青禅师"入洛中听华严五年,反观文字,一切如肉受串,处处同其义味。尝讲至诸林菩萨偈曰:即心自性。忽猛省曰:法离文字,宁可讲乎?即弃去游方、至浮山。时圆鉴远禅师退席……远问曰:外道问佛,不问有言,不问无言时如何。世尊默然,汝如何会。青拟进语、远蓦以手掩其口。于是青开悟,拜起。远曰:汝妙悟玄机耶?对曰:设有妙悟,也须吐却"④。这便是默照禅,也叫无言禅。宗杲认为执着文字固不可取,然默照禅的做法也过犹不及:"今时学道人,不问僧俗,皆有二种大病:一种多学言句,于言句中作奇特想;一种不能见月亡指,于言句悟入,而闻说佛法禅道不在

---

① 张伯伟:《禅与诗学》,浙江人民出版社,1992,第68页。
② 方新蓉女史认为宗杲"没有为了宣扬临济宗宗旨,贬抑曹洞宗等其他宗",见其《大慧宗杲与两宋诗禅世界》第十章第三节"严羽与宗杲的关系",中华书局,2013,第346~351页。
③ 周裕锴:《文字禅与宋代诗学》,高等教育出版社,1998,第37~38页。
④ 惠洪:《禅林僧宝传》,中国藏学出版社,1993,第101页。

言句上，便尽拨弃，一向闭眉合眼做死模样，谓之静坐、观心、默照……去得此二种大病，始有参学分。"① 宗杲看出禅道既不在语言中，又不离语言，他说："欲识大道真体，不离声色言语。若即声色言语求道真体，正是拨火觅浮沤；若离声色言语求道真体，大似含元殿里更觅长安。"② 在宗杲的看话禅中，他所参悟的话头离不开语言，却又讲究对话头的妙悟。

宗杲在禅学上融合文字与悟而又偏向悟的主张，也反映到他的诗学观点中。宗杲本人颇有才艺，一次在反驳"说静是根本，悟是枝叶"的观点时，他说："譬如良医应病与药。如今不信有妙悟底，返（反）道悟是建立，岂非以药为病乎？世间文章技艺尚要悟门，然后得其精妙，况出世间法？"③ 宗杲喜爱苏轼的作品，他曾对其《石恪画维摩颂》进行禅学解读，并给予极高评价："常爱东坡为文章，庶几达道者也。纵使未至于道，而语言三昧实近之矣……观其作《维摩画像赞》，从始至终不死在言下。"④ 可知宗杲的诗学观点是不死于句下，需要诗人开"悟"然后才能抵达"精妙"的艺术境界。这对深受宗杲影响的严羽有直接启发。

三 结论

综上所述，严羽通过辨体与以禅喻诗的诗学批评方法考察

---

① 《佛光大藏经·禅藏·语录部·大慧禅师语录》，台湾佛光出版社，1994，第408页。
② 《佛光大藏经·禅藏·语录部·大慧禅师语录》，台湾佛光出版社，1994，第44页。
③ 《佛光大藏经·禅藏·语录部·大慧禅师语录》，台湾佛光出版社，1994，第374页。
④ 《佛光大藏经·禅藏·语录部·大慧禅师语录》，台湾佛光出版社，1994，第379~380页。

唐诗与宋诗之间的差别，从而进一步论证他的诗道。在严羽的诗学观中，以苏黄为代表的宋诗，尽管也学唐诗，却偏重文字，从文字上得出奇特解会，又在文字中寄托自己的议论、才学、理意等，从而在诗歌的文字层面树立诗学风貌，但这并非诗歌的第一义。严羽在时代诗潮和大慧宗杲的禅学启发下，通过"本色当行"说融合辨体批评中的"文字"和以禅喻诗中的"悟"，从而在文字与悟融合的基础上强调悟，认为"不假悟"的汉魏之诗与"透彻之悟"的谢灵运至盛唐诸公乃是第一义，也即其诗道的体现者。

附录二　和苏诗选（外一首）

小　序

千帆先生强调文学研究"感字当头"，予捧读苏诗，常有感触，时和一二。自知才力浅薄，非敢争胜，如苏氏和陶诗。意欲披文入情，和诗得意矣。然博论日迫，遂弃之。今董理得四首，录之如下。又和《春江花月夜》一首，虽非其类，其意则通，故不拘而并录。

一　和《东坡八首》其五

原诗：

> 良农惜地力，幸此十年荒。
> 桑柘未及成，一麦庶可望。
> 投种未逾月，覆块已苍苍。
> 农夫告我言，勿使苗叶昌。
> 君欲富饼饵，要须纵牛羊。
> 再拜谢苦言，得饱不敢忘。

戏和如后：

> 读书如种麦，岂敢因嬉荒。
> 十年未及成，驽钝不可望。
> 当时同学辈，乔木日苍苍。
> 我唯白丝发，悄然欲繁昌。
> 幸无退堂鼓，补牢追亡羊。
> 常伴一卷书，得失俱已忘。

二　和苏轼赠袁陟诗

阅苏轼赠袁陟诗，及至"学舍为我居"句，为之会心。仆将而立，自初中居学舍，今已十五六载，感而拟之。

原诗：

> 是身如虚空，万物皆我储。
> 胡为强分别，百金买田庐。
> 不见袁夫子，神马载尻舆。
> 游乎无何有，一饭不愿余。
> 官湖为我池，学舍为我居。
> 何以遗子孙，此身自籧篨。
> 薰风暗杨柳，秋水静芙蕖。
> 应观我知子，不怪子知鱼。

拟之：

> 是身本虚空，万物何须储。

言之虽慷慨，几人守茅庐。
不见小关子，读书来城舆。
城中何所有，一览真无余。
树树遭剪伐，人人困食居。
所幸常折腰，已痊愈籧篨。
风竹若无骨，还慕泥中蕖。
太公最误人，垂老钓甚鱼。

三　和东坡感旧诗

东坡因"床头枕驰道"而不寐，盖非仅为车鸣，亦欲携弟归隐而不可得之故也。今我寝室窗外，高速公路昼夜不息，入夜犹闹，戏和此韵。

原诗：

床头枕驰道，双阙夜未央。
车毂鸣枕中，客梦安得长？
新秋入梧叶，风雨惊洞房。
独行残月影，怅焉感初凉。
筮仕记怀远，谪居念黄冈。
一往三十年，此怀未始忘。
扣门呼阿同，安寝已太康。
青山映华发，归计三月粮。
我欲自汝阴，径上浔江章。
想见冰盘中，石蜜与柿霜。
怜子遇明主，忧患已再尝。
报国何时毕，我心久已降。

戏和：

> 风雨尚能惊，车鸣夜未央。
> 不念东坡苦，却怜道路长。
> 来往呼啸中，何啻碾心房。
> 圆月无暇看，赶路岂顾凉。
> 才从山洞过，又转上山冈。
> 积雪滑难刹，炎汗挥能忘？
> 车友时车祸，安敢求身康。
> 唯冀血汗钱，换够全家粮。
> 我昔未悟此，抱怨见诗章。
> 秋风落日早，雁南将避霜。
> 尔等冒风雪，冷炙或备尝。
> 勉我冷板凳，同尔不投降。

四　和东坡秧马歌

东坡秧马歌唤起余幼时记忆，虽苦而欢乐亦多。一次插秧，秧苗东倒西歪。父笑曰：此所谓气死黄鳝也。余初不解，父云：秧苗不成行列则水道不直，黄鳝处处碰秧，不可动弹，岂不气死？一家皆笑。后十余年，余读书在外，母病而逝，父亦衰，不种田。每返乡则寒暑假，非插秧季节，盖不复见也。谨和东坡诗，岂仅为诗而已哉？

原诗：

> 春云濛濛雨凄凄，春秧欲老翠剡齐。
> 嗟我妇子行水泥，朝分一垅暮千畦。

附录二 和苏诗选（外一首）

腰如箕篌首啄鸡，筋烦骨殆声酸嘶。
我有桐马手自提，头尻轩昂腹胁低。
背如覆瓦去角圭，以我两足为四蹄。
耸踊滑汰如凫鹥，纤纤束藁亦可贵。
何用繁缨与月题，揭从畦东走畦西。
山城欲闭闻鼓鼙，忽作的卢跃檀溪。
归来挂壁从高栖，了无刍秣饥不啼。
少壮骑汝逮老惫，何曾蹴轶防颠隮。
锦韉公子朝金闺，笑我一生踏牛犁，
不知自有木驮騠。

谨和：

布谷鸣后春凄凄，江南父老分秧齐。
男女上下满腿泥，笑扔青苗出水畦。
我亦偶至如呆鸡，坐听秧马向风嘶。
肩不能挑手难提，两脚来往高且低。
效法父母为臬圭，尚未得计失前蹄。
秧苗浮起如凫鹥，横尸将没志空赍。
存者歪斜触鳝题，左右交织无东西。
茫然欲敲退堂鼙，父母勉我积流溪。
尔来一纪从书栖，漂泊不闻布谷啼。
母病撒手父老惫，未成江海先颠隮。
同年诸彦倚金闺，我愿铸剑追铁犁，
奈何过隙驰驮騠。

197

五　和《春江花月夜》

听《春江花月夜》，张若虚虽为"吴中四士"之一，但从其流传至今的资料来看，其生前奔波于外当无疑问，且所存资料不多，益可佐证其劳生之态。故再读此篇，所谓哲理者，不过以理遣愁耳。颇有同感，仅以情和之。

春水旧痕今又平，滚滚东去逝还生。
远接沧海有味咸，今夜春雨无月明。
玉兰白花沉甸甸，水珠遥看如霜霰。
忽然清风枝间起，滴落草丛难寻见。
洗去雾霾无纤尘，垂柳返绿添年轮。
嫩黄稀薄如疏帘，帘中过尽相思人。
柳边流水何时已，柳下游客恰相似。
折柳话别犹在耳，转眼唯有东流水。
长空此去云悠悠，微信解得许多愁。
孔雀尚知东南飞，不愿西北有高楼。
落花飘零欲徘徊，可怜误入观鱼台。
装点几处面包屑，游鱼一去人不来。
从此敛香默无闻，心心念念唯有君。
化作尺素写情书，字字句句不成文。
目湿目涩目已花，君来君去君无家。
相逢一程相识否，如雨满江如月斜。
雨耶月耶皆成雾，漫天流转迷故路。
他年春来潮有信，月洒雨后新柳树。

主要参考文献

一　古籍

王文诰辑注《苏轼诗集》，孔凡礼点校，中华书局，1982。

翁方纲：《苏诗补注》，中华书局，1985。

苏轼：《苏轼文集》，孔凡礼点校，中华书局，1986。

高秀芳、陈宏天整理《苏辙集》，中华书局，1990。

苏洵：《嘉祐集笺注》，曾枣庄笺注，上海古籍出版社，1993。

四川大学中文系唐宋文学研究室：《苏轼资料汇编》，中华书局，1994。

苏轼：《东坡题跋》，上海远东出版社，1996。

孔凡礼：《苏轼年谱》，中华书局，1998。

曾枣庄：《苏诗汇评》，四川文艺出版社，2000。

曾枣庄、舒大刚：《三苏全书》，语文出版社，2001。

冯应榴：《苏轼诗集合注》，黄任轲、朱怀春校点，上海古籍出版社，2001。

孔凡礼：《三苏年谱》，北京古籍出版社，2004。

邹同庆、王宗堂：《苏轼词编年校注》，中华书局，2002。

苏轼：《苏轼词集》，上海古籍出版社，2009。

张志烈、马德富、周裕锴主编《苏轼全集校注》，河北人民出版社，2010。

李之亮：《苏轼文集编年笺注》（诗词附），巴蜀书社，2011。

查慎行：《苏诗补注》，王友胜校点，凤凰出版社，2013。

王水照：《苏轼选集》（修订本），中华书局，2015。

王水照：《宋人所撰三苏年谱汇刊》，中华书局，2015。

杨松冀：《苏轼和陶诗编年校注》，人民文学出版社，2016。

洪兴祖：《楚辞补注》，中华书局，1983。

蔡邕：《琴操》，《续四库全书·子部·艺术类》，上海古籍出版社，2013。

陈寿：《三国志》，中华书局，2005。

郦道元：《水经注》，时代文艺出版社，2001。

萧统：《文选》，李善注，上海古籍出版社，1986。

严可均：《全晋文》，商务印书馆，1999。

严可均：《全上古三代秦汉三国六朝文》，河北教育出版社，1997。

严可均：《全齐文 全陈文》，商务印书馆，1999。

胡大雷：《齐梁体诗选》，河北大学出版社，2004。

余嘉锡：《世说新语笺疏》，中华书局，2011。

骆玉明：《世说新语精读》，复旦大学出版社，2012。

刘义庆：《世说新语》，钱振民点校，岳麓书社，2015。

陈延杰：《诗品注》，人民文学出版社，1961。

王运熙、周锋：《文心雕龙译注》，上海古籍出版社，2012。

李壮鹰：《诗式校注》，人民文学出版社，2003。

陈铁民：《王维集校注》，中华书局，1997。

李白：《李白集校注》，瞿蜕园、朱金城校注，上海古籍出版社，1980。

仇兆鳌：《杜诗详注》，中华书局，1979。

岑参：《岑嘉州诗笺注》，廖立笺注，中华书局，2004。

韦应物：《韦应物诗集系年校笺》，孙望编著，中华书局，2002。

刘禹锡：《刘禹锡集》，中华书局，1990。

韦绚：《刘宾客嘉话录》，阳羡生校点，上海古籍出版社，2012。

钱仲联：《韩昌黎诗系年集释》，上海古籍出版社，1984。

韩愈：《韩愈文集汇校笺注》，刘真伦、岳珍校注，中华书局，2010。

方世举：《韩昌黎诗集编年笺注》，郝润华、丁俊丽整理，中华书局，2012。

司空图：《司空表圣诗文集笺校》，祖保泉、陶礼天笺校，安徽大学出版社，2002。

陈贻焮：《增订注释全唐诗》，文化艺术出版社，2001。

苏舜钦：《苏舜钦集》，沈文倬校点，上海古籍出版社，1981。

梅尧臣：《梅尧臣集编年校注》，朱东润编年校注，上海古籍出版社，2006。

蔡襄：《蔡襄全集》，福建人民出版社，1999。

欧阳修：《欧阳修诗编年笺注》，刘德清等笺注，中华书局，2012。

欧阳修、宋祁：《新唐书》，中华书局，1999。

欧阳修：《欧阳修集编年笺注》，李之亮笺注，巴蜀书社，2007。

欧阳修：《欧阳修全集》，李逸安点校，中华书局，2001。

李壁：《王荆文公诗笺注》，高克勤点校，上海古籍出版社，2010。

沈括：《梦溪笔谈》，金良年校点，齐鲁书社，2007。

朱长文：《琴史》，林晨编著，中华书局，2010。

司马光：《资治通鉴》，中华书局，2011。

李焘：《续资治通鉴长编》，中华书局，2004。

黄以周：《续资治通鉴长编拾补》，中华书局，2004。

刘挚：《忠肃集》，裴汝诚、陈晓平点校，中华书局，2002。

郑永晓整理《黄庭坚全集辑校编年》，江西人民出版社，2008。

黄庭坚：《黄庭坚诗集注》，中华书局，2003。

刘琳、李勇先、王蓉贵：《黄庭坚全集》，四川大学出版社，2001。

陆游：《陆游集》，中华书局，1976。

陆游：《老学庵笔记》，中华书局，1979。

楼钥：《攻瑰集》卷五，《四部丛刊》本。

程洵：《尊德性斋小集（补遗）》，清知不足斋丛书本。

朱熹：《四书章句集注》，中华书局，2012。

黎靖德：《朱子语类》，杨绳其、周娴君校点，岳麓书社，1997。

朱熹：《朱熹集》，郭齐、尹波点校，四川教育出版社，1996。

邵博：《邵氏闻见后录》，中华书局，1983。

洪迈：《容斋随笔》，夏祖尧、周洪武校点，岳麓书社，2006。

惠洪：《冷斋夜话》，中华书局，1988。

陈鹄：《西塘集耆旧续闻》，上海古籍出版社，2012。

吴曾：《能改斋漫录》，中华书局，1985。

陈岩肖：《庚溪诗话》，中华书局，1985。

张淏：《云谷杂记》，张宗祥校，中华书局，1958。

袁文：《瓮牖闲评》，上海古籍出版社，1985。

胡仔：《苕溪渔隐丛话前后集》，中华书局，1985。

郭绍虞：《沧浪诗话校释》，人民文学出版社，1961。

张健：《沧浪诗话校笺》，上海古籍出版社，2012。

陈定玉：《严羽集》，中州古籍出版社，1997。

脱脱等：《宋史》，中华书局，1985。

曾枣庄、刘琳：《全宋文》，巴蜀书社，1991。

陈世隆：《宋诗拾遗》，徐敏霞校点，辽宁教育出版社，2000。

张伯伟：《稀见本宋人诗话四种》，江苏古籍出版社，2002。

厉鹗：《宋诗纪事》，上海古籍出版社，2013。

李冶：《敬斋古今黈》，商务印书馆，1935。

方回：《瀛奎律髓》，纪昀刊误，诸伟奇、胡益民点校，黄山书社，1994。

王若虚：《滹南遗老集》（附续诗集），中华书局，1985。

吴文治：《宋诗话全编》，江苏古籍出版社，1998。

王士禛：《带经堂诗话》，人民文学出版社，1963。

杜绾：《云林石谱》，中华书局，1985。

方勺：《泊宅编》，中华书局，1983。

李时珍：《本草纲目》，刘衡如、刘山水校注，华夏出版社，2011。

钱锺书：《宋诗选注》，人民文学出版社，2005。

阮元：《十三经注疏·礼记》，中华书局，2009。

丁福保：《清诗话》，中华书局，1963。

《景印文渊阁四库全书》，台北商务印书馆，1986。

邓椿：《画继》，上海人民美术出版社，1963。

张彦远：《历代名画记》，俞剑华注释，上海人民美术出版社，1964。

于安澜：《画品丛书·画鉴》，上海人民美术出版社，1982。

周积寅：《中国画论辑要》，江苏美术出版社，1985。

王伯敏、任道斌：《画学集成·唐朝名画录》，河北美术出版社，2002。

王伯敏、任道斌：《画学集成·林泉高致》，河北美术出版社，2002。

俞剑华：《中国古代画论类编》，人民美术出版社，2004。

潘运告：《中国历代画论选》，湖南美术出版社，2007。

《宣和画谱》，俞剑华注译，江苏美术出版社，2007。

王弼：《老子道德经注校释》，楼宇烈校释，中华书局，2008。

陈仙月：《道德经译注》，宗教文化出版社，2013。

郭庆藩：《庄子集释》，王孝鱼点校，中华书局，2004。

陆永品：《庄子通解》，中央编译出版社，2015。

董国柱：《佛教十三经今译·楞严经》，黑龙江人民出版社，1998。

释正受：《楞伽经集注》，释普明点校，上海古籍出版社，2015。

房融等：《楞严经》，刘鹿鸣译注，中华书局，2012。

慧能：《坛经校释》，郭鹏校释，中华书局，1983。

王孺童：《坛经诸本集成》，宗教文化出版社，2014。

齐云鹿：《坛经大义》，宗教文化出版社，2014。

圆悟克勤：《碧岩录解析》，子愚居士译，宗教文化出版社，2014。

天童正觉、万松行秀：《从容录》，尚之煜点评，宗教文化出版社，2013。

惠洪：《禅林僧宝传》，中国藏学出版社，1993。

普济：《五灯会元》，海南出版社，2011。

广超法师：《大方广圆觉修多罗了义经讲记》，复旦大学出版社，2009。

《乾隆大藏经》，台北新文丰出版公司，1992。

《佛光大藏经·禅藏·语录部·大慧禅师语录》，台湾佛光出版社，1994。

二 专著与论文集

刘国珺：《苏轼文艺理论研究》，南开大学出版社，1984。

谢桃坊：《苏轼诗研究》，巴蜀书社，1987。

黄鸣奋：《论苏轼的文艺心理观》，海峡文艺出版社，1987。

木斋：《苏轼诗歌研究》，朝华出版社，1993。

李一冰：《苏东坡新传》，台北联经出版事业公司，1996。

郑倖朱：《苏轼以赋为诗研究》，台北文津出版社，1998。

黄美铃：《欧梅苏与宋诗的形成》，台北文津出版社，1998。

木斋：《苏东坡研究》，广西师范大学出版社，1998。

姜声调：《苏轼的庄子学》，台北文津出版社，1999。

衣若芬：《苏轼题画文学研究》，台北文津出版社，1999。

曾枣庄等著《苏轼研究史》，江苏教育出版社，2001。

陶文鹏：《苏轼诗词艺术论》，上海古籍出版社，2001。

颜中其：《苏东坡论》，时代文艺出版社，2002。

金生杨：《苏氏易传研究》，巴蜀书社，2002。

杨胜宽：《杜学与苏学》，巴蜀书社，2003。

冷成金：《苏轼的哲学观与文艺观》，学苑出版社，2003。

Xiyan Bi（毕熙燕），*Creativity and Convention in Su Shi's Literary Thought*（《苏轼文学思想的继承和创新》），Lewiston, N. Y.: Edwin Mellen, 2003.

刘乃昌：《苏轼文学论集》，齐鲁书社，2004。

张惠民、张进：《士气文心：苏轼文化人格与文艺思想》，人民文学出版社，2004。

朱靖华、刘尚荣主编《中国苏轼研究》（第二辑），学苑出版社，2005。

朱靖华、刘尚荣、冷成金主编《中国苏轼研究》（第三辑），学苑出版社，2007。

王启鹏：《苏轼文艺美论》，中山大学出版社，2007。

戴丽珠：《苏东坡诗画合一之研究》，台北文津出版社，2007。

刘尚荣、冷成金主编《中国苏轼研究》（第四辑），学苑出版社，2008。

饶晓明：《东坡词研究新思维》，广西师范大学出版社，2008。

莫砺锋：《漫话东坡》，凤凰出版社，2008。

江惜美：《苏轼诗文艺美学研究》，台北学生书局，2009。

内山精也：《苏轼诗研究》，研文出版，2010。

张兆勇：《苏轼和陶诗与北宋文人词》，安徽大学出版社，2010。

郑园：《东坡词研究》，北京大学出版社，2010。

王友胜：《苏诗研究史稿》（修订版），中华书局，2010。

叶平：《三苏蜀学思想研究》，河南大学出版社，2011。

徐建芳：《苏轼与周易》，中国社会科学出版社，2013。

石学翰：《苏轼易学与古文融摄之研究》，台北花木兰文化出版社，2013。

内山精也：《传媒与真相——苏轼及其周围士大夫的文学》，朱刚等译，上海古籍出版社，2013。

山本和义：《诗人与造物：苏轼考论》，张剑译，中国社会科学出版社，2013。

金甫暻：《苏轼"和陶诗"考论——兼及韩国"和陶诗"》，复旦大学出版社，2013。

保苅佳昭：《新型与传统：苏轼词论述》，上海古籍出版社，2013。

刘燕飞：《苏轼哲学思想研究》，人民出版社，2014。

阮延俊：《苏轼的人生境界及其文化底蕴》，世界图书出版广东有限公司，2014。

王水照：《苏轼研究》，中华书局，2015。

陈中浙：《我书意造本无法：苏轼书画观与佛教》，商务印书馆，2015。

胡金旺：《苏轼王安石的哲学建构与佛道思想》，中央编译出版社，2015。

冷成金主编《中国苏轼研究》（第五辑），学苑出版社，2016。

傅乐成：《汉唐史论集·唐型文化与宋型文化》，台北联经事业出版公司，1977。

王水照：《唐宋文学论集》，齐鲁书社，1984。

钱锺书：《七缀集·诗可以怨》，上海古籍出版社，1985。

黄永武、张高评编著《宋诗论文选辑》，台湾复文图书出版社，1988。

刘起釪：《尚书学史》，中华书局，1989。

廖名春、康学伟、梁韦弦：《周易研究史》，湖南出版社，1991。

孙钦善等主编《国际宋代文化研讨会论文集》，四川大学出版社，1991。

陈植锷：《北宋文化史述论》，中国社会科学出版社，1992。

四川大学古籍整理研究所等：《宋代文化研究》（第二辑），四川大学出版社，1992。

王世德：《儒道佛美学的融合——苏轼文艺美学思想研究》，重庆出版社，1993。

张高评：《宋诗综论丛编》，台湾丽文文化事业股份有限公司，1993。

四川大学古籍整理研究所等：《宋代文化研究》（第四辑），四川大学出版社，1994。

张少康：《中国历代文论精品》，时代文艺出版社，1995。

张高评：《宋诗之新变与代雄》，台北红叶文化事业有限公司，1995。

四川大学古籍整理研究所等：《宋代文化研究》（第五辑），巴蜀书社，1995。

余敦康：《内圣外王的贯通：北宋易学的现代阐释》，学林出版社，1997。

胡昭曦、刘复生、粟品孝：《宋代蜀学研究》，巴蜀书社，1997。

巩本栋编《程千帆沈祖棻学记》，贵州人民出版社，1997。

张善文：《周易与文学》，福建教育出版社，1997。

王水照：《宋代文学通论》，河南大学出版社，1997。

沈松勤：《北宋文人与党争——中国士大夫群体研究之一》，人民出版社，1998。

周裕锴：《文字禅与宋代诗学》，高等教育出版社，1998。

谢佩芬：《北宋诗学中写意课题研究》，台湾大学文学院，1998。

王水照：《王水照自选集》，上海教育出版社，2000。

程杰：《北宋诗文革新研究》，内蒙古教育出版社，2000。

查屏球：《唐学与唐诗——中晚唐诗风的一种文化考察》，商务印书馆，2000。

程千帆:《程千帆全集·读宋诗随笔》,莫砺锋编,河北教育出版社,2000。

唐晓敏:《中唐文学思想研究》,北京师范大学出版社,2000。

刘衍文:《寄庐杂笔》,上海书店出版社,2000。

王水照:《新宋学》(第一辑),上海辞书出版社,2001。

王静芝等:《千古风流——东坡逝世九百年学术研讨会》,台北红叶文化事业有限公司,2001。

包弼德:《斯文:唐宋思想的转型》,刘宁译,江苏人民出版社,2001。

王水照:《首届宋代文学国际研讨会论文集》,复旦大学出版社,2001。

莫砺锋:《唐宋诗论稿》,辽海出版社,2001。

漆侠:《宋诗研究论丛》(第4辑),河北大学出版社,2001。

刘扬忠、王兆鹏、刘尊明:《宋代文学研究年鉴:1997-1999》,武汉出版社,2001。

刘扬忠、王兆鹏、刘尊明:《宋代文学研究年鉴:2000-2001》,武汉出版社,2002。

张高评:《宋诗特色研究》,长春出版社,2002。

陈伯海、蒋哲伦:《中国诗学史》,鹭江出版社,2002。

刘宁:《唐宋之际诗歌演变研究:以元白之"元和体"的创作影响为中心》,北京师范大学出版社,2002。

何寄澎:《典范的递承:中国古典诗人论丛》,台北文史哲出版社,2002。

王水照:《新宋学》(第二辑),上海辞书出版社,2003。

袁行霈:《中国文学史》,高等教育出版社,2003。

姜锡东:《宋诗研究论丛》(第5辑),河北大学出版社,2003。

陶文鹏：《唐宋诗美学与艺术论》，南开大学出版社，2003。

莫砺锋编《第二届宋代文学国际研讨会论文集》，江苏教育出版社，2003。

袁行霈：《中国文学史》，高等教育出版社，2003。

蒋寅：《古典诗学的现代阐释》，中华书局，2003。

张高评：《自成一家与宋诗宗风：兼论唐宋诗之异同》，台北万卷楼图书股份有限公司，2004。

王铁：《宋代易学》，上海古籍出版社，2005。

李大明主编《巴蜀文学与文化研究》，商务印书馆，2005。

张廷杰：《第三届宋代文学国际研讨会论文集》，宁夏人民出版社，2005。

张高评：《春秋书法与左传学史》，上海古籍出版社，2005。

陈元锋：《北宋馆阁翰苑与诗坛研究》，中华书局，2005。

高津孝：《科举与诗艺——宋代文学与士人社会》，潘世圣等译，上海古籍出版社，2005。

刘扬忠、王兆鹏、刘尊明：《宋代文学研究年鉴：2002－2003》，武汉出版社，2005。

朱瑞熙等：《宋诗研究论文集》（第十一辑），巴蜀书社，2006。

蔡根祥：《宋代尚书学案》，台北花木兰文化出版社，2006。

沈松勤：《第四届宋代文学国际研讨会论文集》，浙江大学出版社，2006。

刘扬忠、王兆鹏、刘尊明：《宋代文学研究年鉴：2004－2005》，武汉出版社，2007。

祝尚书：《宋代文学探讨集》，大象出版社，2007。

高怀民：《宋元明易学史》，广西师范大学出版社，2007。

李丰楙等：《圣传与诗禅：中国文学与宗教论集》，中研院中国文哲研究所，2007。

田晓菲：《尘几录：陶渊明与手抄本文化研究》，中华书局，2007。

吴相洲：《中唐诗文新变》，学苑出版社，2007。

周裕锴：《宋代诗学通论》，上海古籍出版社，2007。

钱锺书：《管锥编》，生活·读书·新知三联书店，2007。

莫砺锋：《唐宋诗歌论集》，凤凰出版社，2007。

张海鸥：《北宋诗学》，河南大学出版社，2007。

徐芹庭：《易经源流——中国易经学史》，中国书店，2008。

李建军：《宋代春秋学与宋型文化》，中国社会科学出版社，2008。

朱自清：《诗言志辨》，凤凰出版社，2008。

杨晓山：《私人领域的变形：唐宋诗歌中的园林与玩好》，江苏人民出版社，2008。

朱伯崑：《易学哲学史》，昆仑出版社，2009。

刘扬忠、王兆鹏：《宋代文学研究年鉴：2006-2007》，武汉出版社，2009。

刘师培：《中国中古文学史讲义 中国近三百年学术史论》，时代文艺出版社，2009。

邓乔彬编《第五届宋代文学国际研讨会论文集》，暨南大学出版社，2009。

缪钺：《古典文学论丛》，浙江大学出版社，2009。

胡云翼：《宋词研究》，岳麓书社，2010。

查金萍：《宋代韩愈文学接受研究》，安徽大学出版社，2010。

周裕锴：《第六届宋代文学国际研讨会论文集》，巴蜀书社，2011。

葛焕礼：《尊经重义：唐代中叶至北宋末年的新〈春秋〉学》，山东大学出版社，2011。

王春林：《书集传研究与校注》，人民出版社，2012。

陶文鹏：《两宋士大夫文学研究》，中国社会科学出版社，2012。

吴振华：《韩愈诗歌艺术研究》，安徽师范大学出版社，2012。

罗联添：《韩愈研究》，天津教育出版社，2012。

李贵：《中唐至北宋的典范选择与诗歌因革》，复旦大学出版社，2012。

凌郁之：《宋代雅俗文学观》，中国社会科学出版社，2012。

刘扬忠、王兆鹏：《宋代文学研究年鉴：2010－2011》，武汉出版社，2013。

欧明俊：《宋代文学四大家研究》，人民出版社，2013。

王祥：《唐宋文学论稿》，中国社会科学出版社，2013。

徐中玉：《徐中玉文集》，华东师范大学出版社，2013。

陈良中：《朱子〈尚书〉学研究》，人民出版社，2013。

副岛一郎：《气与士风——唐宋古文的进程与背景》，上海古籍出版社，2013。

王水照、崔铭：《欧阳修传》，天津人民出版社，2013。

杨子怡：《中国古典诗歌的文化解读》，人民出版社，2013。

谢琰：《北宋前期诗歌转型研究》，北京大学出版社，2013。

浅见洋二：《距离与想象：中国诗学的唐宋转型》，金程宇、冈田千穗译，上海古籍出版社，2013。

莫砺锋：《文学史沉思拾零》，中华书局，2013。

杨国安、吴河清：《第七届宋代文学国际研讨会论文集》，河南大学出版社，2013。

王水照、朱刚：《新宋学》（第三辑），上海人民出版社，2014。

邓小南、范立舟：《宋史会议论文集》，中国社会科学出版社，2014。

李赓扬：《融通三教 师法自然：苏轼自然观》，海天出版社，2014。

姜锡东主编《宋史研究论丛》（第十五辑），河北大学出版社，2014。

程千帆：《唐代进士行卷与文学 古诗考索》，商务印书馆，2014。

张兴武、王小兰：《唐宋诗文艺术的渐变与转型》，中国社会科学出版社，2014。

肖瑞峰、刘跃进：《跨界交流与学科对话：宋代文史青年学者论坛》，浙江大学出版社，2015。

王水照、朱刚：《新宋学》（第四辑），上海人民出版社，2015。

张健：《知识与抒情：宋代诗学研究》，北京大学出版社，2015。

王利民、武海军：《第八届宋代文学国际研讨会论文集》，中山大学出版社，2015。

王水照、朱刚：《新宋学》（第五辑），复旦大学出版社，2016。

张毅：《宋代文学思想史》，中华书局，2016。

王基伦：《宋代文学论集》，台北学生书局，2016。

何九盈：《汉字文化学》，商务印书馆，2016。

李泽厚：《美的历程》，文物出版社，1981。

葛路：《中国古代绘画理论发展史》，上海人民美术出版社，1982。

伍蠡甫：《中国画论研究》，北京大学出版社，1983。

徐复观：《中国艺术精神》，春风文艺出版社，1987。

朱光潜：《诗论》，生活·读书·新知三联书店，1998。

蔡仲德：《音乐与文化的人本主义思考》，广东人民出版社，1999。

于润洋：《现代西方音乐哲学导论》，湖南教育出版社，2000。

李公明：《奴役与抗争——科学与艺术的对话》，江苏人民出版社，2001。

刘承华：《中国音乐的人文阐释》，上海音乐出版社，2002。

袁有根：《吴道子研究》，人民美术出版社，2002。

于润洋：《音乐史论新稿》，人民音乐出版社，2003。

蔡仲德：《中国音乐美学史》（修订版），人民音乐出版社，2003。

蔡仲德：《音乐之道的探求：论中国音乐美学史及其他》，上海音乐出版社，2003。

蔡仲德：《中国音乐美学史资料注译》（增订版），人民音乐出版社，2004。

谢稚柳：《中国古代书画研究十论》，复旦大学出版社，2004。

衣若芬：《观看 叙述 审美：唐宋题画文学论集》，中研院中国文哲研究所，2004。

孙晓辉：《两唐书乐志研究》，上海音乐学院出版社，2005。

王耀华、乔建中：《音乐学概论》，高等教育出版社，2005。

苗建华：《古琴美学思想研究》，上海音乐学院出版社，2006。

朱谦之：《中国音乐文学史》，上海人民出版社，2006。

钱锺书：《谈艺录》，生活·读书·新知三联书店，2007。

韩锺恩：《音乐美学》，上海音乐学院出版社，2008。

韩锺恩：《音乐存在方式》，上海音乐学院出版社，2008。

王振东：《诗情画意谈力学》，高等教育出版社，2008。

王顺娣：《宋代诗学平淡理论研究》，巴蜀书社，2009。

诸宗元：《中国书画浅说》，中华书局，2010。

李霖灿：《中国美术史讲座》，广西师范大学出版社，2010。

徐建融：《实践美术史学十论》，上海人民美术出版社，2010。

王韶华：《元代题画诗研究》，中国传媒大学出版社，2010。

过晓：《论作为中国传统绘画美学概念的"似"》，上海人民出版社，2011。

王新：《诗、画、乐的融通》，中国社会科学出版社，2012。

丰子恺：《绘画与文学》，岳麓书社，2012。

章英华：《宋代古琴音乐研究》，中华书局，2013。

齐柏平：《唐诗乐器管窥》，中央音乐学院出版社，2013。

孙丽君：《伽达默尔的诠释学美学思想研究》，人民出版社，2013。

尤迪勇：《空间叙事研究》，生活·读书·新知三联书店，2014。

杨文衡、杨勤业：《中国地学史·古代卷》，广西教育出版社，2014。

史忠平：《莫高窟唐代观音画像研究》，中国社会科学出版社，2016。

张伯伟：《禅与诗学》，浙江人民出版社，1992。

饶宗颐：《梵学集·马鸣佛所行赞与韩愈南山诗》，上海古籍出版社，1993。

孙昌武：《中国佛教文化史》，中华书局，2010。

李光华：《禅与书法》，宗教文化出版社，2011。

方新蓉：《大慧宗杲与两宋诗禅世界》，中华书局，2013。

方立天：《中国佛教哲学要义》，宗教文化出版社，2014。

R. H. VAN Gulik, The Lore of The Chinese Lute: An Essay in The Ideology of The Ch'in, Tokyo. Sophia University, 1968.

爱德华·汉斯立克：《论音乐的美——音乐美学的修改刍议》，杨业治译，人民音乐出版社，1980。

马克思、恩格斯：《论文学与艺术》（一），人民文学出版社，1982。

茵格尔顿：《音乐作品及其本体问题》，杨洸译，中央音乐学院油印本，1985。

苏珊·朗格：《情感与形式》，刘大基等译，中国社会科学出版社，1986。

卡尔·波普尔：《科学知识进化论——波普尔科学哲学选集》，纪树立编译，生活·读书·新知三联书店，1987。

李约瑟：《中国科学技术史》，王铃协助，科学出版社、上海古籍出版社，1990。

梅洛·庞蒂：《眼与心——梅洛·庞蒂现象学美学文集》，刘韵涵译，中国社会科学出版社，1992。

埃德蒙德·胡塞尔：《现象学的方法》，倪梁康译，上海译文出版社，1994。

贡布里希：《艺术与科学：贡布里希谈话录和回忆录》，杨思梁、范景中、严善錞译，浙江摄影出版社，1998。

海德格尔：《存在与时间》，陈嘉映等译，生活·读书·新知三联书店，1999。

迈克尔·波兰尼：《个人知识：迈向后批判哲学》，许泽民译，贵州人民出版社，2000。

H. 帕克：《美学原理》，张今译，广西师范大学出版社，2001。

古斯塔夫·缪勒：《文学的哲学》，孙宜学、郭洪涛译，广西师范大学出版社，2001。

米歇尔·福柯：《词与物——人文科学考古学》，莫伟民译，上海三联书店，2001。

海德格尔：《在通向语言的途中》，孙周兴译，商务印书馆，2005。

温尼·海德·米奈：《艺术史的历史》，李建群等译，上海人民出版社，2007。

F. 大卫·马丁、李·A. 雅各布斯：《艺术和人文——艺术导论》，包慧怡、黄少婷译，上海社会科学院出版社，2007。

阿伦·瑞德莱：《音乐哲学》，王德峰等译，上海人民出版社，2007。

培根：《学术的进展》，刘运同译，上海人民出版社，2007。

姜斐德：《宋代诗画中的政治隐情》，中华书局，2009。

维柯：《新科学》，朱光潜译，商务印书馆，2009。

黑格尔：《美学》，朱光潜译，商务印书馆，2010。

宇波彰：《影像化的现代：语言与影响的符号学》，李璐茜译，四川大学出版社，2014。

雷吉斯·德布雷：《图像的生与死：西方观图史》，黄讯余、黄建华译，华东师范大学出版社，2014。

莫罗·卡波内：《图像的肉身：在绘画与电影之间》，曲晓蕊译，华东师范大学出版社，2016。

三　主要论文

程千帆：《苏诗札记》，《光明日报》1957年5月19日。

王季思：《苏轼试论》，《文学研究》1957年第4期。

郭绍虞：《试测〈沧浪诗话〉的本来面貌》，《文汇报》1961年6月10日。

王水照：《评苏轼的政治态度和政治诗》，《文学评论》1978年第3期。

朱靖华：《论苏轼政治思想的发展》，《历史研究》1978年第8期。

曾枣庄：《论苏轼政治主张的一致性》，《文学评论丛刊》1979年第3辑。

公木：《歌诗与诵诗——兼论诗歌与音乐的关系》，《文学评论》1980 年第 6 期。

温肇桐：《屈原〈天问〉与楚国壁画》，《江汉论坛》1980 年第 6 期。

胡念贻：《略论宋诗的发展》，《齐鲁学刊》1982 年第 2 期。

陈新雄：《从苏东坡的小学造诣看他在诗学上的表现》，《古典文学》1985 年 8 月 7 日上期。

钱锺书：《中国诗与中国画》，《中国社会科学院研究生院学报》1985 年第 1 期。

朱靖华、王洪：《试论严羽的东坡论》，《文学遗产》1986 年第 3 期。

程千帆、莫砺锋：《苏轼的风格论》，《成都大学学报》（社会科学版）1986 年第 1 期。

程云：《汉唐乐荣衰之回顾》，《音乐研究》1988 年第 2 期。

于润洋：《罗曼·茵格尔顿的现象学音乐哲学述评》，《中央音乐学院学报》1988 年第 1 期。

王仁农：《徐州煤田与苏东坡》，《当代矿工》1990 年第 1 期。

刘勇：《唐代到宋代音乐文化的变化是衰退还是转型》，《音乐研究》1991 年第 1 期。

李祥霆：《论唐代古琴演奏美学及音乐思想》下册，《中央音乐学院学报》1995 年第 4 期。

詹绪左：《论宋代书学中的人格主义倾向》，《文艺研究》1996 年第 4 期。

程杰：《宋诗"平淡"美的理论和实践》，《学术研究》1996 年第 5 期。

袁有根：《〈送子天王图卷〉真迹辨》，《文艺研究》1998 年第 6 期。

池泽滋子：《苏东坡与陶渊明的无弦琴：苏轼与琴之一》，《中国典籍与文化》1998年第1期。

徐乃为：《苏轼〈念奴娇·赤壁怀古〉五辨》，《文学遗产》1999年第6期。

蒋寅：《以禅喻诗的学理依据》，《学术月刊》1999年第9期。

张健：《〈沧浪诗话〉非严羽所编——〈沧浪诗话〉成书问题考辨》，《北京大学学报》（哲学社会科学版）1999年第4期。

张志烈：《诗性智慧的和弦——儒释道与苏轼的艺术人生》，《西南师范大学学报》（哲学社会科学版）2000年第3期。

沈亚丹：《寂静之音——关于诗歌的音乐性言说》，《南京大学学报》（哲学人文社会科学）2000年第3期。

沈亚丹：《论汉语诗歌语言的音乐性》，《江汉学刊》2001年第5期。

朱靖华：《苏轼的综合论及综合研究苏轼》，《中国人民大学学报》2001年第3期。

莫砺锋：《从苏诗苏词之异同看苏轼"以诗为词"》，《中国文化研究》2002年夏之卷。

赵敏俐：《音乐对先秦两汉诗歌形式的影响》，《社会科学战线》2002年第5期。

王耘：《阿摩罗识与阿赖耶识》，《中州学刊》2003年第1期。

张文利：《孔孟与宋代理学家人格理想之比较》，《文史哲》2003年第2期。

许外芳、廖向东：《苏轼禅诗代表作误读的个案研究》，《新疆大学学报》（哲学社会科学版）2004年第3期。

王胜明：《东坡用典指谬》，《新疆大学学报》（社会科学版）2004年第3期。

钱志熙：《论中国古代的文体学传统》，《北京大学学报》

（哲学社会科学版）2004年第5期。

刘方：《文化转型与宋代审美理想人格典范的重建》，《湖南师范大学社会科学学报》2005年第3期。

吴承学、沙红兵：《中国古代文体学学科论纲》，《文学遗产》2005年第1期。

杨胜宽：《苏轼论语说三题》，《达县师范高等专科学校学报》（社会科学版）2005年第6期。

杜晓勤：《诗歌·音乐·音乐文学史——先秦两汉诗歌史的音乐文学研究法》，《东方丛刊》2006年第2期。

沈亚丹：《论汉语诗歌的内在音乐境界》，《南京师范大学学报》（社会科学版）2006年第1期。

张君梅：《苏轼〈琴诗〉与佛经譬喻》，《惠州学院学报》（社会科学版）2006年第4期。

刘文：《认知科学在文学研究中的运用》，《求索》2007年第10期。

马丽梅：《苏轼诗用典研究》，南京师范大学硕士学位论文，2007。

任竞泽：《论严羽〈沧浪诗话〉之辨体批评》，《北方论丛》2007年第4期。

翟敏：《论〈听颖师弹琴〉引发的争论及内涵》，《天中学刊》2008年第2期。

刘石：《诗画一律内涵》，《文学遗产》2008年第6期。

李立：《论汉赋与汉画空间方位叙事艺术》，《文艺研究》2008年第2期。

周杨波：《南宋格律词派和浙派古琴的渊源——以杨缵吟社为中心的考察》，《文学遗产》2008年第2期。

刘尚荣：《苏轼〈琴诗〉不是诗》，《文史知识》2008年第

8 期。

于润洋：《关于音乐学研究的若干问题思考》，《人民音乐》2009 年第 1 期。

邵学海：《屈原"呵而问之"之壁画年代考——以新出考古材料之美术作品为主要依据》，《中国楚辞学》2009 年第 16 辑。

赵宪章：《文学和图像关系研究中的若干问题》，《江海学刊》2010 年第 1 期。

周裕锴：《〈沧浪诗话〉的隐喻系统和诗学旨趣新论》，《文学遗产》2010 年第 2 期。

范子烨：《艺术的灵境与哲理的沉思——对陶渊明"无弦琴"的还原阐释》，《北京大学学报》（哲学社会科学版）2010 年第 2 期。

刘正平：《佛教譬喻理论研究》，《宗教学研究》2010 年第 1 期。

马丽梅：《论苏轼诗歌用典的"同类误用"》，《兰州学刊》2010 年第 6 期。

刘笑岩：《古琴音乐与宋代"士群体"的人格精神》，《西华师范大学学报》（哲学社会科学版）2010 年第 1 期。

蔡秉霖：《试论欧阳修音乐美学之"琴意"说》，《东方人文学志》2010 年第 3 期。

周裕锴：《〈沧浪诗话〉的隐喻系统和诗学旨趣新论》，《文学遗产》2010 年第 2 期。

王术臻：《从严羽的诗学批评方法看〈沧浪诗话〉的写作意图》，《文学遗产》2010 年第 6 期。

韩伟：《宋代乐论研究》，南京大学博士学位论文，2011。

钱志熙：《歌谣、乐章、徒诗——论诗歌史的三大分野》，《中山大学学报》（社会科学版）2011 年第 1 期。

李源:《美学视域下的诗歌与音乐韵律之通同性研究》,《音乐创作》2011年第5期。

水汶:《即使戏作亦大作——谈苏轼〈琴诗〉》,《兰台世界》2011年第16期。

吕肖奂:《韩愈琴诗公案研究——兼及诗歌与器乐关系》,《社会科学战线》2011年第3期。

苏畅:《宋代美学推崇审美人格之成因》,《社会科学辑刊》2011年第1期。

赵宪章:《语图互仿的顺势与逆势:文学与图像关系新论》,《中国社会科学》2011年第3期。

徐培均:《试论新发现的秦观〈辋川图跋〉》,《文学遗产》2011年第1期。

邹广胜:《谈文学与图像关系的三个基本问题》,《文艺理论研究》2011年第1期。

李晓囡:《音乐作品本体结构的"层次性"研究——对罗曼·茵加尔登〈音乐作品及其本体问题〉的重新解读》,《音乐艺术》2012年第4期。

沈章明:《谁知圣人意,不尽书籍中——苏轼诗歌用典研究》,《学术界》2012年第4期。

赵宪章:《语图符号的实指和虚指——文学与图像关系新论》,《文学评论》2012年第2期。

杜奕:《雄放 清敦皆神俊——从〈王维吴道子画〉看苏轼的艺术审美观》,《美术大观》2013年第2期。

李瑞卿:《苏轼的易学与诗学》,《文学评论》2013年第3期。

钱志熙:《论汉魏六朝七言诗歌的源流及其与音乐的关系》,《中华文史论丛》2013年第1期。

劳伦斯·克拉默:《李斯特音乐中的文学性》,柯扬译,《中央音乐学院学报》2013 年第 1 期。

谢思炜:《杜甫的数学知识》,《古典文学知识》2013 年第 2 期。

孟子寻:《徐州知州苏东坡与〈石炭歌〉》,《读与写杂志》2013 年第 9 期。

蔡铁权:《格物致知的传统阐释及其现代意蕴——一种科学与科学教育的解读》,《全球教育展望》2014 年第 6 期。

徐迅:《窈冥而不知其所如,是谓达节也已——我解吴道子释道画壁》,《中国画画刊》2014 年第 1 期。

刘靓:《魏晋诵诗的崛起与歌诗的隐退》,《郑州大学学报》(哲学社会科学版) 2014 年第 3 期。

孙尚勇:《中国古代诗乐关系及其历史变迁》,《中国文学研究》(辑刊) 2014 年第 1 期。

孙尚勇:《相和歌表演程式演进考论》,《文学遗产》2014 年第 6 期。

唐明贵:《苏轼论语说的阐释特色》,《东岳论丛》2015 年第 3 期。

梅云生:《传统诗学与科学方法——梁启超后期诗论述评》,《安徽师范大学学报》(人文社会科学版) 2015 年第 5 期。

巩本栋:《走近"苏海"——略谈东坡的思想学术与文学》,《古典文学知识》2015 年第 4 期。

蔡德龙:《韩愈〈画记〉与画记文体源流》,《文学遗产》2015 年第 5 期。

葛晓音:《跨学科研究的探索和实践——以日本雅乐和隋唐乐舞研究为例》,《文史知识》2016 年第 10 期。

杨继勇:《论图-文关系等视域的世界图像化时代的命题之困——对当代西方哲学预言和赵宪章文学图像论的阐释》,《中国海洋大学学报》（社会科学版）2016年第3期。

汤克兵：《知觉性画框与绘画的视觉再现》，《内蒙古社会科学》（汉文版）2016年第5期。

汪小洋：《汉赋与汉画的本体关系及比较意义》，《文艺理论研究》2016年第2期。

杨倩丽、陈乐保：《用乐以合〈周礼〉试论北宋宫廷雅乐改革》，《四川师范大学学报》（社会科学版）2016年第2期。

半夏：《意料之外的博物玄机——读苏轼〈惠崇春江晚景〉》，《文史知识》2016年第7期。

浅见洋二：《言论统治下的文学文本——以苏轼诗歌创作为中心》，《复旦学报》（社会科学版）2016年第4期。

解婷婷：《诗琴合流苏轼〈听杭僧惟贤琴〉发微》，待刊稿。

后　记

初稿完成后，迟迟没写后记。现在想来，原因很多。首先，论文涉及的问题仅仅得到部分解决，更多的新问题继续占据着我的思考，这就让"完成"二字大打折扣。其次，我也不知道后记应该怎么写。我拜读过一些，大体有这么几类：一是感谢型；二是诉苦型；三是展望型；四是回顾型。更多的是兼而有之。尽管一路走来，我吃过不少苦头，遇到很多恩人，过去种种常出现梦中，未来历历颇现于眼前，但我的博士学位论文后记究竟写什么，上面几种类型还仅供参考而已。

感谢和诉苦，在我们这一代文科博士中大同小异，我再写出来，感谢的部分像是客套话，诉苦的效果则祥林嫂化了。至于展望与回顾，个体性略强，但前有义务教育，后有职称评审，不仅走过的路已经成蹊，未至之道也将如期，这都是可以感受到和预料到的。所以尽管我想要写得与众不同一点，但最后恐怕还是徒劳一场。既然如此，那我就动笔使它"完成"吧。

毫无疑问，后记是我可以独自"完成"的，但这篇博士学位论文的"完成"，远非我个人可以胜任，不得不涉及很多人。他们从身份上来讲，包括古人、亲人、师友等，但从学术启发上来说，却无一例外都是我的老师。想要面面俱到地写，不是后记能承载的，这里只写我印象最深刻的部分。

  首先自然是古典诗人们。他们光辉的名字无须例举，只要在心中想起便激动不已。其中跟这篇博士学位论文关系最密切的是苏轼。他不仅用天才的作品涤荡一代代读者的心灵，还为研究者提供一个钻之弥坚、仰之弥高的典范。他的意义不仅在于对"集大成"者的集成、出新，也不仅在于为困境中的社会和人们提供策略和智慧，更在于他直白坦诚地指出世上无法克服的难题，并终其一生无怨无悔地探索这道难题的答案。遗憾的是，由于能力和时间所限，文中对他的论述还远不够充分、深入、圆满。不过，连苏轼这样的通才尚且需要一生探索，驽钝如我，更当用一生去追寻、叩问。

  其次是我的亲人。父亲常说一棵树要长得高大，树苗不能歪，为此他没少用树枝教训我。他也曾想为我规划前程，尤其是在母亲过世后，强烈地想要我考公务员，但最终认可我的选择，并在就业中鼓励我"男儿志在四方"，不必拘泥一隅。我的母亲笑起来很爽朗，是个喜欢热闹的人，可惜常常患病，家境贫寒，让她开怀的时候不多。即便如此，她还是经常跟我说"船到桥头自然直"，鼓励我"人穷志不短"。祖母如今已经九十二岁高龄，虽然卧病在床，但她那慷慨大方、顽强不息的生活态度和精神意志一直激励着我（补记：祖母已于2017年3月16日逝世）。家人以外，还有很多亲戚、邻居给予我帮助，点点滴滴，都在心里。尤其是一位谢家婆婆，在我小学时借钱给我交学费，母亲生前不止一次跟我提起过。

  虽然以上所写都是我的"老师"们，但我生命中遇到的好老师远不止此。这份名单如果从幼儿园开始算起，那对这篇后记来说过长，关键是，这份名单无疑还会不断增加，难有止境。我只能挑选一部分。浙大中文系有我美好的回忆，我至今仍然

后 记

记得在楼艳老师办公室值班时,埋头看书,扭头望见窗外的绿植;记得临近毕业时,在通往周明初老师办公室的楼梯上,来来回回递交不断修改的毕业论文;记得在文学院楼下大厅遇见徐永明老师,他问我去哪里读研,并热情地推荐我去北师大……这种好运在北师大古籍所仍未改变。校内校外有那么多顶尖的学者,他们的风采让我至今难忘。但我第一个想到的是我的硕士导师韩格平老师,他很不客气地批评我的训诂学作业,让我再也不敢偷懒;有一次陪韩老师返校,过天桥下来的时候,他关于学术的那段肺腑之言,让我终生难忘;而我之所以最终转到古代文学专业,也是因为韩老师觉得光学文献学不够,还需要加强文学阐释能力……

能来南大文学院师从莫砺锋老师读博,是我今天想起仍然感念不已的事。在这里,我还惊喜地发现很多令人尊敬的学者。张伯伟老师的睿智犀利,巩本栋老师的严肃认真,武秀成老师的循循善诱,程章灿老师的才华横溢,曹虹老师的谨言慎语,许结老师的幽默风趣,苗怀明老师的热情鼓励,徐兴无老师的高屋建瓴……他们虽各有特点,却又都体现出共同的学风与品格。莫师也不例外。从学三载,莫师对我的教诲何其多也,我不可能都记录出来,其中很多是光记不行,还需要见之行事,甚至主要不是用来记而是用来付之于实践的。但有些事情,此刻在我脑海里不断涌现跳跃,不得不形诸文字。我记得有一次读书会上,莫师把一篇论文还给我,告诫我思维太跳跃,行文不严谨。至于博士学位论文的选题,更是被他否定了不下十个。还有一次单独找莫师,我有感于苏轼的务实精神,感叹以后少做无益之事,莫师接过话锋说:"既然是无益之事,那就不要做,为什么要少做?"莫师于我醍醐灌顶、豁然开朗的教诲,皆类于此。

来南大的另一件幸运事是遇到很多志同道合的"同"学。同门之间的论文会，同学之间的思想交锋，等等。在这里我也要感谢一位北师大的旧友杨继承。我们一起去成都游玩，拜访杜甫草堂，参观三苏祠，其间我流露出对自身学术能力的怀疑，得到他的很多鼓励。当然，像杨继承这样鼓励我的同学还有很多，但愿天涯海角，我们还能重逢。

记得刚开始研究苏轼，我便在柜子一面涂鸦了他的"泥上偶然留指爪，鸿飞那复计东西"，没想到博士学位论文最后要写的一节，跟这首诗的争议有关，这可能就是冥冥中的注定。在杭州、北京、南京各地求学，漂泊感和孤独感如影随形，把原句改动一字，最能表达我的心情："泥上偶然留指爪，鹏飞那复计东西。"所幸"此心安处是吾乡"，无论在何处漂泊，一起经历过的事，一起结伴而行的师友，都在此心珍藏，而此心最可贵之处，在于可以随时随地携带，得此心便得我身，这或许是苏轼对人们最大的馈赠，我又怎能不知感激？

前天，我在羊山公园后面看到一株梅树，中间的枝上开白花，周围开红花。也许还有更多的颜色，只是我没有看到。这多像这篇单薄的博士学位论文，完成的只是现在能看到的部分，更多的部分还没完成。但正如梅洛·庞蒂所说，关键不是从它里面能看出什么，而是它会带着我们怎样去看。但愿走上这条道路者，都能看见更多看不见的风景。也正因此，我们才会选择持续不断地行走在大地上。最后，以这首送给黄睿的《同株异色的梅花》，作为博士学位论文后记的结尾。

> 还有更多的颜色肉眼看不见
> 不止是白和红点缀在同一棵树上
> 甚至它们也喜欢独自出没

后　记

红梅看不见白而白梅看不见红

这些小秘密没人曾经说破

摄影师指挥完新娘婚纱下的表情后

沉默地举起相机咔嚓一阵

无边的春光会被照片剪留多少

他们都不关心！这无疑是正确的

毕竟照片泛黄与绿叶枯黄不是一回事儿

满目春光透露出的永恒瞬间

更不等同于永不凋零的希冀

看不见的万物让抑郁者更爱这世界

像红与白之外的红与黑，也许

根本不存在本身才能见证存在者

它足以让梅花不再飘落

2017 年 3 月 8 日于南京大学
仙林校区四组团下午背阳室

补 记

拙稿的相关篇章，已经在《大连理工大学学报》（社会科学版）、《天府新论》、《中国韵文学刊》、《社会科学论坛》、《南京晓庄学院学报》等期刊发表，感谢编辑老师的选稿和修正。出于全书的体例考虑，这次出版没有太多改动。犹记得博士学位论文答辩时，答辩主席陈书录教授，答辩委员钟振振教授、程杰教授、巩本栋教授、曹虹教授都提出了宝贵的修改意见，细节方面的都已按要求修正。曹虹教授以陈寅恪研究陶渊明时提出的"新自然说"相期，建议苏轼研究也提出类似核心概念；莫砺锋师也建议补充苏轼儒学与诗学等关键章节，以使这一论题更臻完整。说实话，这两个建议时刻在我脑海萦绕，然毕业至今，匆匆两年，并无所获。盖非不能措笔也，实于此等方面难以提出新说。夜深人静辗转难眠之际，我甚至怀疑自己的选题是否成立。诗艺与才学，果有关系否？博士学位论文中所论之具体联系，真能确信不移吗？诸如此类问题，皆萦绕回旋，难以说清，以我一己之力难以解决，则公诸同好，集思广益，会不会更有所得？出于这样的想法，我战战兢兢地让这本单薄的小书问世，算是对过往时光的一个纪念和叩问吧。感谢南京晓庄学院对青年教师的科研支持，感谢社会科学文献出版社杜文婕编辑的辛苦工作,让这本小书能够顺利诞生。

2019年1月9日于适彼斋

时金陵大雪纷飞,盖此书亦东坡所谓"雪泥鸿爪"者乎?

图书在版编目（CIP）数据

万象自往还：苏诗与苏学 / 关鹏飞著. -- 北京：社会科学文献出版社，2019.5
ISBN 978 - 7 - 5201 - 4465 - 0

Ⅰ.①万… Ⅱ.①关… Ⅲ.①苏轼（1036 - 1101）- 宋诗 - 诗歌研究 Ⅳ.①I207.22

中国版本图书馆 CIP 数据核字（2019）第 047480 号

万象自往还
——苏诗与苏学

著　　者 / 关鹏飞

出 版 人 / 谢寿光
责任编辑 / 杜文婕
文稿编辑 / 李　伟

出　　版 / 社会科学文献出版社（010）59367143
　　　　　 地址：北京市北三环中路甲29号院华龙大厦　邮编：100029
　　　　　 网址：www.ssap.com.cn
发　　行 / 市场营销中心（010）59367081　59367083
印　　装 / 三河市龙林印务有限公司

规　　格 / 开　本：787mm × 1092mm　1/16
　　　　　 印　张：17.5　字　数：209 千字
版　　次 / 2019 年 5 月第 1 版　2019 年 5 月第 1 次印刷
书　　号 / ISBN 978 - 7 - 5201 - 4465 - 0
定　　价 / 88.00 元

本书如有印装质量问题，请与读者服务中心（010 - 59367028）联系

版权所有　翻印必究